아슈레이 세계

타카인 스

케리타

아슈레이

The Wind of Ashurei

6

아슈레이 6
김우인 판타지 장편 소설

초판 1쇄 찍은 날 | 2001년 9월 26일
초판 1쇄 펴낸 날 | 2001년 9월 30일

지은이 | 김우인
펴낸이 | 서경석
펴낸곳 | 도서출판 청어람
편집 | 문혜영, 허경란, 박영주, 김희정, 권민정, 장상수
마케팅 | 정필, 강양원, 김규진

등록번호 | 제1081-1-89호
등록일자 | 1999. 5. 31
어람번호 | 제1-0151호

주소 | 경기도 부천시 원미구 심곡1동 350-1 남성B/D 3F (우) 420-011
전화 | 032-656-4452 팩스 | 032-656-4453
e-mail | eoram99@chollian.net

ⓒ 김우인, 2001

값 7,500원

ISBN 89-5505-044-5 (SET) / ISBN 89-5505-170-0 04810

김우인 판타지 장편 소설

아슈레이

The Wind of Ashurei

6

바람의 궤적

도서출판
청어람

목차

제1장
호로스의 수장

The Wind of Ashurei

"키햐~ 조오타~"

털푸덕 소리와 함께 화려한 은빛의 실이 붉은색의 시트 위에 흩어졌다.

"경하님."

"……."

"경하님!"

기엘의 목소리가 들려왔다.

"불렀으면 말을 해, 말을. 피곤하다구."

기엘은 무엇인가 말을 하려다 말고 순간 멈칫했다. 그러자 로운이 끼어들었다.

"무슨 말을 하고 싶은 것인지 충분히 알 것이라고 생각하는데?"

"로운… 난 말이지."

침대 위에 벌렁 드러누웠던 경하는 손가락 하나 움직이기 싫은지 고개만 삐딱하게 로운 쪽으로 향했다.

"기엘한테 말했어. 로운, 네가 아니라."

"기엘이 듣고 싶은 대답은 나 역시 듣고 싶은 것이다. 그러니 상관없잖아?"

"그래서? 뭐가 듣고 싶은 거야? 피곤한데 좀 자자구. 내일 이야기 해도 되는 거잖아. 내가 어디 도망가?"

"이봐!"

조금은 신경질이 난 것인지 로운의 목소리 톤이 높아졌다.

"그러니까, 왜!"

"어떻게 할 작정이냐!"

"뭘?"

어리둥절해하는 경하의 대답이 돌아온다.

"그걸 지금 대답이라고 하는 거냐?!"

"로운!"

기엘이 주먹을 불끈 쥐며 일어서는 로운에게 달려들었다.

"로운, 진정해! 진정하라구!"

"지금 진정하게 되었어? 저 자식 말하는 거 너도 같이 들었잖아!"

"그러니까 좀 진정하고 이야기나 하자고. 응? 로운."

"하모, 하모, 인간은 냉정하게 생각해야 답이 나오는 법이지. 로운처럼 뭐라고 말만 하면 바로 발끈해 버려서야 될 일도 안 되는 법이야."

"너어—!"

"경하님도 그만 하십시오. 저나 로운이 무슨 이야기를 하고 싶은 것인지 잘 알고 계시지 않습니까."

"시끄러우니까 데리고 나가줘, 기엘."

"경하님!"

"하아~"

경하는 한숨을 푸욱 내쉬었다.

"쳇, 결국 일어나게 만드는군. 잠이나 좀 자려고 했더니만."

벅벅 머리를 긁으면서 경하가 자리에서 일어났다.

로운은 그런 경하의 모습을 보고 간신히 진정해 자리에 앉았다.

그런 로운을 보면서 경하는 아무래도 '처리'를 하고 난 후에야 편히 잠잘 수 있겠다고 생각했다.

"그래서? 듣고 싶은 게 정확하게 뭐야?"

팔짱을 터억 끼고 경하가 로운과 기엘을 바라보았다.

"경하님, 저희들이 듣고 싶은 것은……."

열린 창으로 바람이 스며 들어왔다.

미메이라에서 부는 바람과는 조금 다른 열기가 섞인 듯한 바람.

그 바람에 섞인 투명하고 붉은 기운이 경하의 은빛 머리카락을 붉게 물들여 가고 있었다.

불꽃의 나라 호로스.

아슈레이 대륙을 지탱하고 있는 4가지 신의 은총 중 하나인 불꽃을 이어 나가는 자들이 살고 있는 나라.

바로 이웃해 있는 바람의 나라 미메이라보다는 약간 작은 나라이긴 하지만 그 대신 주인이 없는 거대한 사막, 타카인을 끼고 있기 때문에 아슈레이 대륙에 끼치는 영향이 남달리 큰 나라이기도 하다.

하지만 국경선의 대부분이 타카인 사막과 접해 있기 때문에 미메이라와는 또 다른 의미로 다른 나라들과 교류가 거의 없는 것이 바로 호로스다.

경하 일행이 불꽃의 나라 호로스를 찾은 것은 이번이 두 번째.

지난번과는 달리 호로스와 미메이라의 경계선이 되는 라치온 산맥을 넘어 수도인 나카리안에 도착한 것은 예상보다 늦어 라치온 산맥을 넘은 지 이틀 후의 한밤중이었다.

미메이라에 도착해서 며칠도 지나지 않아 이렇게 이웃 나라에 오게 된 데는 나름대로 어쩔 수 없는 이유가 있었다.

기껏 집으로, 원래의 세계로 돌아가게 되었다고 기뻐할 사이도 없이 경하의 앞에는 사건에 사건이 계속 이어져 버렸던 것이다.

경하를 원래의 세계로 돌려보내 줄 장본인인 카류는 대신전에 유폐되어 있었고, 레이죠 장로는 죽음의 목전에 있었고, 설상가상으로 로운과 기엘의 아버지는 각기 다른 생각을 품은 채 일을 꾸미고 있었던 것이다.

그뿐인가?

'시안'은 볼모로써 제국에 시집을 가야 할 형편이었던 것이다.

결국 시안은 경하라는 원래의 이름으로 돌아와 처음으로 시안이 아닌 경하로써 선택을 했다.

대신전의 결계를 파괴해 버리고, 그리고 자신 대신 제국으로 보내질지도 모르는 시유를 데리고 줄행랑을 쳐버렸던 것이다.

영웅 심리 같은 것은 아니었다. 단지 경하는 자신이 할 수 있는 최선의 선택을 한 것이다.

"어떻게 하실 생각입니까, 경하님?"

"뭘 어떻게 해?"

"무작정 호로스로 오신 것은 아니지 않습니까?"

"그건……."

왠지 경하는 기엘의 시선을 피해 눈을 돌렸다.

그런 경하를 보면서 로운은 역시나 하는 한숨을 내쉬었다.

지금까지 경험해 온 것을 토대로 생각해 볼 때, 일단 호로스에 여차여차해서 도착하긴 했지만 경하가 뭔가 이런저런 생각들을 곰곰이 해두었을 것이라고는 믿을 수가 없었던 것이다.

"하기사, 네가 뭔가 생각해 두었을 것이라고는 전혀 믿지 않았지만 말이야."

"뭐야! 왜 싸움을 걸고 그래?"

퉁명스럽게 경하가 대답했다.

정곡을 찔렸기 때문이었다.

"급작스러운 일이라고 해도, 여긴 미메이라가 아닌 호로스다. 지금 넌 경하라고 불리고 싶어하지만 이곳에서는 널 아직 시안으로 알고 있어. 적어도 그 부분만이라도 생각해 둔 바는 없는 거냐?"

"……."

"경하님, 대신관님께는 어떤 말씀을 들은 겁니까?"

"별말없었어. 그냥, 호로스로 가라고 했거든."

"그뿐입니까?"

"응. 호로스로 가서 호로스의 수장에게 도움을 청하라고 했어. 오랫동안 우호적인 관계를 지속해 왔던 나라니까, 도움을 청하면 분명 좋은 해답을 줄 거라고 말이야."

"…흐음."

"어딘가 모르게 대신관님다운 말씀이군. 앞뒤, 옆, 정확하게 딱딱

잘라내서 듣는 사람이 이해할 수 있는 것만 말씀하시는 게."

로운의 말에 경하는 고개를 끄덕였다.

하지만 그것도 잠시, 경하는 끄덕이다 말고 고개를 옆으로 갸웃하며 멈추어 버렸다.

"잠깐. 그거……."

"뭐?"

"그거 지금 나 비웃는 소리였지?"

"설마."

"뭐가 설마야!"

"아니, 대신관님다운 말씀이라고 했을 뿐인데? 듣는 네가 뭔가 스스로 께름칙했던 것 아니야? 나는 그저 진.실.을 말했을 뿐이다."

그렇게 말하는 로운의 얼굴에는 약간의 비웃음 같은 것이 섞여 있다.

"로—오—우—운—!"

가만히 자리에 앉아 있던 경하의 머리 위에서 모락모락 '열받았다는 표시'가 피어 오르기 시작했다.

눈치 빠른 기엘이 얼른 두 사람 사이에 뛰어들었다.

"그만 하자, 로운. 경하님, 죄송했습니다. 저희들은 이만 가보겠으니 오늘은 편히 쉬십시오. 어차피 호로스의 수장님과는 내일 아침이나 돼야 만나실 수 있을 테니."

"그러니까 내가 처음부터 말했잖아. 내일 이야기하자구. 쳇."

"그걸 말이라고 하는 거냐, 넌! 좀 자각을 해봐. 과거엔 어땠을지 몰라도 키리엔을 떠나왔을 때부터 넌 네 뜻대로 움직여 온 거다. 알겠어? 우리나 대신관님이 시킨 게 아니야. 네가 원한 거라구!"

말투는 거칠었지만 진실이 담겨 있는 로운의 말에 경하는 조금 전처럼 장난스럽게 대답하지 못했다.

대신 경하는 입을 꾹 다물고 로운의 시선을 피했다.

"누가 뭐라고 했어? 나도 나름대로 생각이 있으니까 적당히 해줘. 그렇지 않아도 복잡하단 말이야."

"……."

"자, 됐지? 로운, 우리도 경하님께 시간을 좀 드려야 하잖겠어? 좀 쉬실 시간도 드리고."

앉아 있던 자세 그대로 경하의 몸이 옆으로 툭 하고 쓰러졌다.

그런 경하에게 기엘이 다가가 말했다.

"좀 쉬십시오. 아무래도 며칠 제대로 쉬시지도 못하지 않았습니까."

"……."

"그럼 저희들은 이만 가보겠습니다."

경하는 돌아보지는 않았지만 기엘이 로운을 질질 끌고 나가는 것을 알 수 있었다.

문이 닫히는 소리와 함께 한숨 소리가 새어 나온다.

"정말이지, 로운은 꼭 그런 소리만 골라 해서 사람을 이상하게 만든다니까… 쳇."

경하를 제외하고는 아무도 없는 커다란 공간.

그 공간으로 고요하게 바람이 스며든다.

연한 붉은색 톤으로 꾸며진 화려한 침실을 둘러보며 경하는 조금은 투덜거리고 싶은 마음이 되어버렸다.

"왠지… 3일 정도 이 방에 갇혀 있으면 돌아버릴지도 모르겠어. 뭐, 그렇게 오래 머물 생각은 없지만."

경하는 거대한 침대 위로 팔다리를 쭈욱 뻗었다.

바람이 들어오고 있지만 춥지는 않았다.

부드러운 침대 위에 눕자 긴장이 풀리면서 졸음이 쏟아진다.

'뭔가 생각해야 할 것이 굉장히 많았는데……'

스르륵.

눈꺼풀이 덮히자마자 경하는 곧 고른 숨소리를 내기 시작했다.

그 위로 투명한 은색의 실과 같은 것이 떠올랐다.

경하의 머리카락과는 전혀 다른 은빛을 띤 그것은 경하를 보호하기 위해 모습을 드러낸 세나케인이었다.

*　　　　*　　　　*

"하아~ 이럴 줄 알았으면 세계사 책이나 뭐 그런 것이라도 많이 읽어둘걸."

햇살이 강렬하게 내리쬐는 한나절, 경하는 조그만 소리로 궁시렁거리며 화려한 응접실 같은 곳에 앉아 있었다.

사실 말이 응접실이지, 경하의 감각으로는 무슨 영화에라도 나와야 적당할 것 같은 연회장 같은 곳으로 여겨지는 것이다.

'정말이지 곤란하단 말이야.'

눈앞에는 그야말로 진수성찬이 펼쳐져 있지만 목구멍으로 넘어가는 것은 모래요, 씹히는 것은 질긴 소가죽이라도 되는 기분이다.

어제는 일단 피곤한 김에 글자 그대로 곯아떨어져 자버렸지만 아침이 되기 무섭게 눈이 뻔쩍 뜨였다.

'차라리 여기가 한국이라도 되고 이웃 나라는 일본이니, 미국이니 하면 어디선가 듣던 풍월이라도 읊어대지. 잘 알지도 못하는 데

서 웬 외교 사절 노릇이래 이게.'

답답한 기분에 옆에 놓여진 물 컵을 들어 벌컥벌컥 들이켰지만 시원하기는커녕 왠지 미지근하기만 하다.

그도 그럴 것이 지난번과는 달리 이번에는 정말 불꽃의 나라답게 가만히 앉아 있기만 해도 땀이 송골송골 배어 나올 정도로 더웠기 때문이다.

'후우, 덥다.'

손바닥으로 부채질을 하다 말고 경하는 문득 고개를 번뜩 쳐들었다.

'맞아! 내가 왜 이러고 있지?'

그리고는 히죽하고 허공을 향해 웃어 보인다.

다음 순간 시안의 몸 주위에서 조용하게 산들바람이 일어나기 시작했다.

'헤헤헤, 이러면 되는 걸 가지고. 역시 인간은 머리를 쓰고 살아야 해. 아암, 그렇고말고.'

잔잔하게 바람을 불러일으키자 찌는 듯이 더웠던 주위가 조금씩 시원해져 간다.

머리 부분이 시원해져 가자 기분도 조금 나아진 경하는 그제서야 눈앞에 놓인 진수성찬에 달려들기 시작했다.

"시안님."

아까부터 혼자서 이런 표정 저런 표정으로 쉴 새 없이 얼굴 표정을 바꾸어가는 경하를 보고 있던 로운이 참다못해서 경하를 불렀다. 물론 공식적인 이름으로 말이다.

"도대체 무슨 생각을 하고 계시는 겁니까?"

"응?"

후루루룹— 하고 국수 비슷한 것을 입으로 쓸어 넣고 있던 경하는 음식물을 입에 문 채 고개를 돌렸다.

후두둑—

국수 가락들이 떨어진다.

주위에 있는 사람들의 눈들이 일제히 경하에게 모아졌다.

로운은 눈을 질끈 감았다.

'후우, 하늘이 깜깜하군.'

누가 뭐라고 하든 경하의 대외적인 신분은 일단 미메이라의 수장이다.

그런 위치에 있는 사람이 신하되는 사람(?)이 묻는다고 입에 먹을 것을 가득 물고 후두두둑— 떨어뜨리면서 고개를 돌리다니, 정말이지 말이 되지 않는다.

보통 때라면 버럭— 하고 소리를 질러 버렸겠지만 로운은 다른 사람들의 눈을 의식해 주먹을 꾸욱 쥐고는 아주아주 간신히 '평상시'처럼 말을 했다.

"…다 드시고 말씀해 주십시오."

로운이 말을 하기 무섭게 경하의 시선이 음식들이 놓여진 테이블로 향한다.

그리고 무서운 속도로 다시 식사를 하기 시작했다.

"일단 호로스의 수장님과는 저녁 만찬 전에 만나기로 되어 있다. 알겠어?"

"아아, 알아. 아까 나도 같이 들었잖아."

"그렇다면 좀 긴장이라도 해봐. 도대체 어떻게 그렇게 여유로울 수가 있는 거지?"

"로운, 적당히 해. 경하님께도 나름대로 생각이 있으실 것 아니야."

"……."

순간 로운과 기엘의 시선이 동시에 경하에게 향한다.

오똑한 의자 위에 다리를 접어 올려, 그야말로 오똑하게 앉아 있던 경하는 순간 배시시 웃어 보인다.

"나 별 생각 없는데?"

"……."

"……!"

순간 로운이 앞으로 튀어 나가려는 것을 기엘이 뒤에서 붙잡아 말린다.

"뭐, 어떻게든 되지 않겠어? 내가 무슨 외교 사절도 아니고, 이 나이에 무슨 외교니 정치니 하는 것을 공부했겠어? 저쪽에서도 그다지 신경 쓰지 않을 거야. 쉽게 생각하자구, 쉽게."

나름대로 경하도 고민하지 않은 것은 아니다.

한참을, 그것도 오전 내내 고민을 했지만 결론이랄 만한 것이 나올 리가 없었다.

그나마 내린 결론이 '대신관의 말을 믿어보자' 라는 것.

도움을 구하면 어떻게 해서든 호로스의 수장이 도움을 줄 것이 아닌가 하는 것이 경하의 생각이었다.

"그러니까, 저 녀석이 알아서 할 수 있으면 내가 걱정 따위 할 리가 없잖아. 기엘, 이거 놔!"

"로운!"

"젠장할!!"

버럭— 하고 그만 로운이 소리를 질러 버렸다.

그나마 기엘이 주문으로 방 안의 소리가 밖으로 나가는 것을 차단하고 있어서 다행일 뿐이다.

"그렇게 화내지 마. 화낸다고 해서, 그리고 화가 나서 날 몇 대 팬다고 해서 없던 방법이 갑자기 두둥 하고 떠오를 리도 없다구."

"도대체 어째서 그렇게 나 몰라라 할 수 있는 거냐. 이해가 안 가!"

"이해가 안 가도 어쩔 수 없어. 그러니까 그만 떠들어, 머리 아파."

뻔뻔하게 경하가 대답했다.

내심 로운이 저러는 것이 이해가 안 가는 것은 아니지만 역시 앞에서 버럭버럭 소리를 지르며 화내는 것을 보고 있자니 그것도 못할 노릇이다.

"뭐, 일단은 호로스의 수장이 도움을 줄지 안 줄지부터 알아봐야 하잖아. 다른 것은 그때 가서 생각해도 늦지 않아. 어차피 기엘의 아버님이 제국의 수도에 도착하려면 상당한 시간이 필요할 것 아니야. 아무리 최단거리로 움직인다고 해도 말이야."

"……"

뭔가 말을 하려던 기엘이 하라스다인 장로에 대한 말이 나오자 입을 다물어 버렸다.

"대충 얼마나 걸릴 것 같아, 기엘의 아버님이 수도에 도착할 때까지?"

"글쎄요. 정말 최단거리를 잡아서 간다고 해도 이 주일 정도는 걸리지 않을까 싶습니다. 실제 직선거리를 주파할 수는 없는 노릇인데다가 일단 일종의 사신의 입장이니 파발마라도 띄운 속도로 말을 달릴 리는 없을 겁니다. 그렇다면 이 주일 이상 걸릴 가능성도 없지 않습니다."

"봐, 로운. 아직 시간은 있잖아. 그러니까 그렇게 열내지 마. 나는 그것보다는 다른 게 신경 쓰이는 중이니까."

"그게 뭔데?"

"묻지 마. 말하기 곤란한 거니까."

그렇게 말하고는 경하는 오똑하고 앉아 있던 의자에서 내려와 창가로 걸어갔다.

확 트인 정경이 경하의 눈앞에 펼쳐졌다.

'내가 걱정하는 것은 일단 그게 아니라구. 도대체 어떤 얼굴을 하고 호로스의 수장 얼굴을 봐야 할지 그게 고민이란 말이야.'

경하가 후우— 하고 깊게 숨을 내쉬는 것을 로운과 기엘은 그저 잠자코 바라볼 수밖에 없었다.

과연 얼마만큼의 시간이 그들에게 있는 걸까?

그리고 경하는 도대체 무슨 생각을 하고 있는 걸까?

믿을 수밖에 없다고 생각하면서도 그들은 불안감을 떨칠 수가 없었다.

꼬리에 꼬리를 물고 일어나는 사건들. 그 사건들이 하나하나 그물처럼 엮여 들어간다.

그리고 그 그물 어딘가에 걸려 있는 사람들.

그들 중 하나인 자신들.

기엘과 로운이 그렇게 자신을 바라보는 것을 아는지 모르는지 경하는 경하대로 다른 생각에 빠져 있었다.

'그 사람 얼굴을 보면 과연 무슨 말이 튀어나올지……'

앞뒤 상황까지는 모른다.

경하가 목격했던 것은 단지 한 가지, 전 수장 레나텐의 힘을 현

수장이 모조리 흡수했다는 것.

그것이 무엇을 의미하는 것인지 경하는 잘 알 수가 없었다.

설사 경하가 보았던 광경이 아무런 문제가 없는 자연스러운 일이었다고 해도 눈앞에 그 문제의 사람이 나타났을 때 경하 스스로가 어떤 반응을 보이게 될지는 상상이 가지 않았다.

눈앞에 닥쳐 있는 문제들도 심각했지만 무엇보다 경하를 괴롭히고 있는 것은 바로 그 부분이었다.

'그러고 보니……'

기우뚱하고 경하의 얼굴이 옆으로 기운다.

'다른 사람의 엘을 흡수하는 게 가능하다는 건가, 결국은?'

경하의 시선이 어느새 기엘과 로운에게 향해진다.

'엘러라면 누구나 가능하다는 소리가 될 수도 있는데. 그렇다면 이전에 일어났던 한두 가지 일이 이해가 안 가는 것도 아니고 말이야.'

경하의 머리 속에 떠올랐던 것은 그리 먼 과거의 일도 아닌 바로 얼마 전에 일어났던 사건들이다.

이유는 모르겠지만 혼미하게 흐려져 있는 기억의 한 자락 속에 아주 께름칙하게 느껴지는 것들이 남아 있는 것이다.

자신 때문에 죽어버렸던, 그를 보호하기 위해 몸을 던졌던 사람과 그의 목숨을 노리다가 죽어버린 사람들.

그리고 아무리 해도 기억나지 않는 기엘과 로운에 관한 일들이 차례차례 머리 속에서 되살아난다.

'이상하단 말이야. 분명 뭔가 있는 것 같은데 정확하게 기억이 나질 않으니. 단지 뭔가 있었다라는 것으로는 부족하다구.'

왠지 머리를 감싸 안고 데굴데굴 굴러버리고 싶었다.

'아아, 정말이지, 내가 왜 여기서 이러고 있는 거지?'

어쩔 수 없는 경하의 딜레마였다.

*　　　　　*　　　　　*

"폐하, 오늘은 이만 쉬시는 것이 어떠십니까?"

"아, 벌써 시간이 그렇게 되었나?"

산처럼 쌓인 양피지 더미 사이에서 머리 하나가 불쑥 튀어나왔다.

그는 다름 아닌 곧 제국의 황제가 될 남자, 로렌이었다.

"그렇군. 벌써 어두워졌어."

"일은 쉬면서 하시는 쪽이 좋습니다. 폐하께서 항상 제게 그렇게 말씀하지 않으셨습니까?"

"아아, 카스핀. 물론 그런 말을 하기는 했지."

로렌은 양피지 더미에서 걸어나오면서 피식하고 웃음을 지었다.

"하지만 가끔은 정반대로 나가보고 싶단 말이야."

"뭔가 즐거우신 것 같군요, 요즘."

"무슨 말이 하고픈 건가, 카스핀?"

"아니, 아무것도 아닙니다."

입을 꾹 다문 남자를 보며 로렌은 약간 기분이 상한 듯 이마를 찌푸려 보인다.

사람들이 많을 때는 그다지 감정 표현을 얼굴에 보여주는 타입이 아니기에 미타 남작은 자신이 실수를 했나 싶어 당혹스러웠다.

"그렇군. 얼굴에까지 나타나는 건가? 아니면……."

"그런 것은 아닙니다."

묘하게 주어가 생략된 대화를 나누는 두 사람.

그 둘 사이에서 이상한 공기가 맴돌았다.

"가끔은 나도 숨을 돌리고 싶을 때가 있네. 그때는 조금 기대가 되고, 조금은 그리워지는 거지."

"……."

"그건 그렇고, 문득 생각이 났는데 말이야."

저벅저벅.

로렌이 미타 남작 쪽으로 걸어왔다.

"그 일은 어찌 되었나?"

"예?"

"미메이라와의 국경 부근으로 전진 배치시켰던…."

"아, 예. 일단은 8곳에는 철수 명령이 내려졌습니다. 나머지 3곳은 대기 중입니다. 자세한 정보를 원하신다면…."

"아니야, 아니야. 그 정도면 되었네. 자세한 것은 자네한테 일임한 상태니까."

로렌이 손을 내저으면서 말했다.

하지만 미타 남작이 눈치를 못 챌 리는 없었다.

저런 주군의 태도는 말하자면 엄청나게 궁금하지만 나도 채통이 있으니 이 정도로 하겠네라는 의미인 것이다.

미타 남작은 로렌이 잠자리에 들기 전에 자잘한 보고서를 슬쩍 그의 침전에 가져다 두어야겠다고 마음먹었다.

때로는 약간의 '어리광'을 받아주는 것도 자신의 일이라고 생각했기 때문이다.

"생각보다는 시간이 많이 걸릴 것 같군 그래. 카스핀, 자네가 생각하기에 미메이라에서 우리에게 요구할 게 뭐라고 생각하는가?"

"글쎄요……."

정확한 답변을 요구하는 것으로는 보여지지 않았기에 미타 남작은 슬쩍 말을 흐렸다.

"일단 영토를 요구할 것 같지는 않은데 말이야. 그렇지 않은가?"

"그렇습니다. 과거의 기록을 검토해 보아도 기본적으로 신국이라는 나라들은 영토 확장에는 그다지 열성적이지 않았습니다. 사실 굳이 영토 확장을 해야 할 필요성을 못 느낄 테니까요."

"그다지 교류도 없고, 특별한 물적 지원도 필요하지 않다라고 하면 도대체 뭘 반대급부로 제공을 해야 할지 그것도 나름대로는 난감하군."

"그러니까 신국은 어려운 상대라는 겁니다, 폐하."

혹시나 마음 한구석에서라도 미메이라 인을 황비로 맞이하는 것에 일말의 불안감 같은 것이 로렌에게 생겨나 주지 않을까 하며 미타 남작은 조심스럽게 말했다.

"하지만 그들도 어차피 사람들이 아닌가. 인간이라는 것은 아무리 만족스러워도 또 뭔가를 원하게 되어 있어. 이쪽의 요구에 그쪽이 반응한다는 것은 역시 우리에게 뭔가 요구할 것이 있다는 소리가 돼. 안 그런가?"

"……."

"원하는 것을 들어보고, 충분하게 들어줄 수 있는 것이라면 반 정도만 들어주는 것이지. 그 정도로 족해. 뭐니 뭐니 해도 우리는 그쪽에서 얻을 것이 있으니까 말이야."

만족스러워하는 로렌의 얼굴을 보면서 미타 남작은 속으로 한숨을 내쉬었다.

과연 로렌이 만족스러워하는 대상이 그가 말하는 대로 미메이라의 기사들이라면 그리 걱정이 되지 않는다.

하지만 로렌이 저렇게 며칠을 군소리없이 미타 남작이 가져오는 모든 일들을 해치우는 것을 보았을 때 맹세코 그 한 가지의 이득 때문만이 아니라고 미타 남작은 생각했다.

미메이라의 바람술사들의 뒤에 있는 단 한 명의 존재.

시안 리에 디 하로이엔 미메이라.

로렌은 그녀를 기다리고 있는 것이다.

*　　　　　*　　　　　*

어슴프레 날이 저물고 있는 시각.

경하는 홀로 어둑어둑해지는 정원에 나와 앉아 있었다.

앞에 놓여진 뭔지 모를 것으로 끓여진 차는 냄새는 향기로웠지만 맛은 영 아니었기 때문에 경하는 딱 한 모금만 마신 채 손도 대지 않고 있었다.

'차라리 물이나 주지.'

삐딱하게 의자에 기대앉아서 그는 정원을 바라보았다.

이름 모를 기화요초들이 경하가 일으키는 산들바람에 이리저리 날리고 있었다.

'도대체 왜 이런 데서 보자는 거야? 정말…'

주위에는 인기척이라고는 느껴지지 않는다.

'정말 무슨 비밀 정상 회담이라도 하자는 걸지도 모르겠어.'

벅벅벅.

경하는 버릇처럼 은빛 실 타래 같은 머리카락 속에 손가락을 넣어 머리를 긁는다.

기엘이나 로운이 보면 제발 체통을 지키는 행동을 해달라고 애원할 만한 행동이었다.

문득 그런 생각이 들자 경하는 애매하게 손을 내렸다.

그리고 여기저기 혹시나 그것을 본 사람이 없을까 돌아다본다. 아무도 없다는 것을 알면서도 말이다.

'후우… 정말이지, 난감해. 난감하다구.'

내리쬐던 햇빛은 저녁이 되자 광도가 약해져 주위를 온통 붉게 물들이고 있었다.

은빛으로 반짝이는 경하의 머리카락조차 붉게 보일 지경이다.

조용하고 시원한 정원의 한구석에 홀로 오도카니 앉아 있다 보니 슬슬 졸음이 밀려왔다.

'우우, 졸면 안 되는데……'

이상한 일이지만 요즘은 가만히 혼자 앉아 있기만 하면 졸음이 몰려오곤 한다.

아무리 천하태평으로 일관하고 있는 경하이긴 하지만 나름대로는 일생일대의 '비밀 정상 회담'장에 나와 있는 그는 애써 졸음을 쫓았다.

휘리리릭—

경하가 졸음을 쫓기 위해 머리를 흔들자 은빛의 머리카락이 바람에 날려 주위를 가득 채웠다.

'…어?'

한참을 그리고 있던 경하는 순간 뭔가가 자신의 뒤쪽에서 다가오는 것을 느끼고 자리에서 벌떡 일어섰다.

주위를 가득 채우고 있던 머리카락들이 순식간에 자신의 자리를 찾아간다.

'그 사람… 이겠지?'

다가오고 있는 파장은 굳이 설명을 듣지 않아도 단번에 그 정체를 알아챌 수 있을 정도로 강렬한 불꽃의 엘이 내뿜는 것.

경하는 조용히 그 강력한 불꽃의 엘을 가진 사람이 오는 것을 기다렸다.

그가 다가오면 다가올수록 확연하게 공기가 바뀌는 듯한 느낌이 들었다.

경하의 주위를 가득 메우고 있던 바람의 엘이 하나둘씩 불꽃의 엘로 채워지고 있었다.

그리고 경하의 바로 앞에 불꽃의 엘의 강력한 파장을 내뿜는 남자가 우뚝 섰다.

"오래 기다리시게 해서 죄송합니다."

낮은 목소리가 들려왔다.

"호로스에 오신 것을 환영합니다. 호로스의 수장 로이드린 에쉬라히 호로스입니다."

화려한 불꽃의 머리카락과 불꽃의 눈동자를 가진 남자가 환하게 웃으며 인사를 건네왔다.

건장한 체격의 남자는 불꽃과 대비되는 정반대의 새하얀 피부를 가지고 있었다.

경하의 기억 속에 남아 있는 레나텐과 닮은 점이라곤 그 불꽃과도 같은 붉은 머리카락과 눈동자뿐.

경하는 잠시 그의 그 살아 있는 불꽃 같은 눈동자를 정면으로 바라보았다.

일렁이는 불꽃 위로 자신의 모습이 비추어지고 있었다.

"시안 리에 디 하로이엔 미메이라입니다."

*   *   *

"하아~ 정말 걱정되는데. 어째서 시간이 이렇게 걸리는 거지?"

기엘은 초조하게 앉았던 자리에서 일어나 성큼성큼 문가로 걸어 갔다. 하지만 닫혀진 문을 열지는 않는다.

대신 그는 원래 있던 자리로 다시 돌아왔다.

처음에는 경하에게 모든 것을 맡겨보자고 했던 기엘이지만 막상 경하가 홀홀 단신으로 호로스의 수장을 만나러 자리를 비우자 바로 그 순간부터 불안해하기 시작했던 것이다.

"역시 단둘이서 보자고 했을 때 고집을 피워서라도 동석을 했어 야 했어."

"역시 그러는 쪽이 좋았겠지?"

자신이 하는 말에 기엘이 맞장구를 치자 로운은 조금은 비웃는 듯한 표정을 지으며 자신의 친우를 바라보았다.

"그렇게 말할 거면 좀 일찍부터 내 쪽에 가세해 주면 좋았잖아. 여하튼 네 녀석은."

"아… 하, 하지만…."

왠지 겸연쩍어진 기엘이 할 말을 찾지 못해서 말을 더듬자 로운 이 퉁명스럽게 대답했다.

"그러니까 앞으로는 때에 따라서 내 말에 좀 따라줘. 젠장, 영 불 안해서 견딜 수가 없군."

경하가 호로스의 수장인 로이드린과 마주 서 있을 무렵.

경하의 두 신변 보호인(?)은 불안감에 몸을 가만히 두지 못하고 있었다.

그도 그럴 것이 경하를 혼자 두기만 하면 반드시라고 할 만큼 사건이 터져 나왔던 것을 두 사람은 너무나 잘 기억하고 있기 때문이었다.

호로스의 수장이 경하와 홀로 만나겠다고 하는 전언을 들었을 때 로운은 사람들의 눈을 의식해서 날뛰지는 않았지만 강력하게 반대 의사를 표명했었다.

하지만 그들이 있는 곳은 호로스고 호로스에 있는 이상은 호로스의 수장의 말을 거역할 수가 없기에 이렇게 둘이 덩그머니 대기하는 상태가 되어 있는 것이다.

불안감은 시간이 갈수록 더해지기만 했다.

"뭐, 별일이야 있겠어? 경하님의 몸에 이상이 생기면 세나케인님도 있고 하니까."

"누가 그 녀석 몸을 걱정한데? 쳇."

"로운."

툭하고 내뱉은 말에 기엘이 정색을 하고 로운을 바라본다.

그런 기엘의 무언의 항의에 로운은 간단히 실언을 했다며 항복했다.

"미안. 실언이었다. 내가 잘못했어."

"…농담으로도 그런 소리는 하지 말아."

"잘못했다니까. 초조해서 그래."

드물게 솔직하게 대답하는 로운을 보며 기엘은 자신 역시 초조함이 극에 달해 신경이 날카로워져 있음을 깨닫고 로운에게 말했다.

"미안. 좀 날카로워져 있었나 봐."

"아니, 그럴 만했으니까. 괜찮아. 그나저나 어떻게 소식이라도 들었으면 좋겠는데."

"그러게. 시간이 너무 걸리는 게 아닌가 싶다."

두 남자는 같은 자리에 있지 않는 한 사람에게 서로의 신경을 집중하며 그렇게 시간을 죽였다.

분명히 아무 일 없을 것이라고 스스로를 세뇌하고, 또 세뇌하면서.

*　　　*　　　*

"이렇게 시안님과 한자리에 있게 될 줄은 몰랐습니다."

"아, 예에. 아, 하하하하."

삐질삐질.

이마에서 식은땀이 흘러내린다.

경하는 앞에서 빙글빙글 웃고 있는 남자에게 무슨 말을 해야 할지 몰라서 당황하고 있었다.

차라리 대뜸 '무슨 일로 오신 겁니까?' 라고 물어준다면 '이렇고 저렇고 이래서 이렇습니다' 하고 장광설이라도 늘어놓겠지만 그런 상황도 아닌 것이다.

마치 무슨 소개팅(?)이라도 하는 사람들처럼 통성명을 하고 이런저런 시답잖은 대화만이 테이블 위를 오가고 있었다.

"정말 다행이라고 생각합니다. 저도 며칠 전에야 나카리안에 돌아온 참이었기 때문에 하마터면 시안님을 오래 기다리게 했을 뻔했습니다."

"예… 뭐, 힘드실 텐데 이렇게 직접 뵐 수 있게 되어 영광입니다."

경하의 말에 로이드린의 표정이 살짝 변한다.

물론 로이드린의 입장에서는 재미있군이라는 반응이었지만 경하는 자신이 혹시 말실수라도 한 게 아닌가 싶어서 바짝 긴장을 해버렸다.

"계승로라는 것이 쉽다면 쉽고, 어렵다면 어려운 것이니까요. 그러고 보니 시안님께서는 얼마 전 이곳을 다녀가신 일이 있으시지요?"

"예. 그때는……."

"그때는 제가 아니라 전 수장이신 레나텐님께서 시안님을 맞으셨겠지요."

"그, 그렇습니다."

순간 경하의 머리 속에 레나텐의 얼굴이 떠올랐다.

그러자 경하의 얼굴빛에 그림자가 비쳤다.

그것을 어떻게 해석했는지는 모르지만 로이드린은 대뜸 말을 돌렸다.

"그러고 보니 제가 계승로에 오르기 전에 미메이라에 들렀어야 하는데 상황이 여의치 않아서 그러질 못했군요. 조만간 미메이라로 찾아뵙겠습니다."

"……."

경하는 로이드린이 무슨 소리를 하는 건가 싶어서 머리를 갸우뚱했다가 곧 그가 무슨 소리를 하는 것인지 깨달았다.

미메이라와 호로스의 오랜 친분에 따르면 사실 로이드린이 계승로를 떠나기 전에 미메이라에 기별을 하지 않은 것은 어떻게 보면 상당한 실례가 되는 것이다.

그렇게 하자라고 성문화시킨 것은 아니지만, 말하자면 오랜 암묵적인 계약을 어긴 것이나 다름없기 때문이다.

뭐라고 대답을 해야 할까 열심히 머리를 굴리던 경하는 간신히 답을 찾아냈다.

따지고 보면 그가 계승로를 떠나기 전에 미메이라에 갔었다고 해도 경하를 직접 만날 수는 없었던 노릇이기 때문이다.

"아, 뭐. 저도 자리를 비우고 있었으니까 그런 것은 크게 신경 쓰시지 않아도 됩니다. 그런 것은 후일을 기약하면 되는 것이니까요."

스스로 말해 놓고도 뭔가 멋지다 싶어서 경하는 씨익— 하고 미소를 지어 보였다.

'아아, 난 역시 천재인가 봐.'

"그렇… 습니까?"

"그렇겠죠?"

그리고 둘은 마주 보고 웃음을 터뜨렸다.

'우웃… 천재는 둘째 치고 닭살이 돋아서 죽을 것 같아.'

경하는 웃음을 터뜨리면서도 벅벅벅, 옷 속의 손바닥이며 손등을 긁는 것을 잊지 않았다.

"그러니까… 현재 상황이 그렇다는 것이군요."

"예. 제국의 황제가 무슨 생각을 하는 것인지는 모르겠지만 여하튼 그들이 원하는 것을 모조리 들어줄 수도 없는 노릇이고……."

"어려운 문제가 되겠군요."

"예. 그저 단순하게 정략 결혼을 원하는 것이라면 어떻게든 돌파구를 찾아보겠습니다만 사실 그렇지가 않지 않습니까?"

"물론 그에 따른 반대급부가 만만치 않겠지요."

손가락을 펴 깍지를 끼며 로이드린이 의자 깊숙이 앉았다.

그는 그 자세 그대로 자신을 똘망똘망 바라보고 있는 시안에게 시선을 맞추었다.

길고 긴 은발의 머리카락과 옅은 회색 빛의 눈동자, 어딘지 모르게 중성적인 외모가 확연하게 눈길을 끈다.

하지만 본인은 그것을 눈치 채고 있는 것인지 아닌지 도통 알 수가 없다.

상당히 공손하고 예의 바른 것 같으면서도 어딘가 모르게 풀어진 듯한 자유 분방함.

완벽한 언밸런스함이 시안에게서 풍겨 나오고 있었다.

'이건 또… 어떤 대답을 해줘야 할까?'

미메이라 부근에서 일어나는 일은 사실 어느 정도는 알고 있었다고 하는 쪽이 맞을 것이다.

아무리 타 국가에 대한 정보가 중요하지 않은 신국이라고 해도 일반적인 수준 이상의 정보는 가지고 있기 때문이다.

미메이라 국경 부근으로 집결되던 제국군의 소식은 그가 계승로에 들어가기 전에 이미 접했던 사실이다.

사실 계승로를 이토록 빨리 마친 이유에 미메이라와 제국의 움직임이 포함되어 있지 않다고는 말할 수 없다.

"이런 문제를 들고 와서 정말 죄송합니다, 로이드린님."

"일단 어떤 도움을 제가 드릴 수 있을지는 조금 생각을 해보겠습니다, 시안님."

"가, 감사합니다."

되도록 착하고 예쁘게(?) 보이자라는 명제 아래 경하는 열심히 웃어 보였다.

사실 조금 전에 경하가 로이드린에게 이런저런 미메이라의 사정에 대해 설명을 하긴 했지만 실제로 모든 것을 전부 다 이야기한 것은 아니다.

나름대로의 판단에 따라 몇 가지만큼은 제외를 하고 말을 했다.

예를 들면 제국으로 이미 미메이라에서 사신이 떠났다는 이야기라던가, 미메이라의 신전을 봉쇄하고 있던 마법의 결계를 자신이 깨버렸다든가 하는 이야기들을 말이다.

차마 도움을 요청하는 입장에서 미메이라의 수뇌부(?)가 둘로 갈려 있다는 소리는 할 수가 없었다. 또한 일을 크게 만든 장본인이 자신이라는 소리는 정말 입이 삐뚤어져도 할 수가 없었던 것이다.

경하가 속으로 약간 뜨끔뜨끔 찔리고 있는데 로이드린이 갑자기 톤을 바꿔 맑은 목소리로 질문을 했다.

"그것보다 궁금한 것이 있습니다만."

"예?"

로이드린의 말에 안도의 한숨을 내쉬고 있던 경하는 화들짝 놀라서 눈이 동그랗게 되었다.

"저와 마찬가지로 시안님께서도 계승로를 마치신 지 얼마 안 된 것으로 압니다."

"그, 그렇습니다. 일주일도 채 안 되었으니까."

'하루, 이틀, 사흘' 하고 경하는 속으로 날짜를 세어보았다.

워낙 정신이 없기도 했었고 도대체 언제를 마지막으로 잡아야 하는지 모르는 상태라 정확하게 날짜를 세는 것은 불가능했다.

풍환을 얻은 날을 기점으로 해야 하는 것인지, 아니면 미메이라 땅으로 돌아온 날을 기점으로 해야 하는 건지, 그것도 아니면 정식으로 키리엔으로 돌아왔던 날인지 경하로서는 알 수가 없었다.

실제로는 아슈레이의 중간 지대에서 돌아와 키리엔에서 정식으로 즉위식을 올리기 전날까지이긴 하지만 사실적으로 경하는 정식으로 즉위식을 올린 상태도 아닌 것이다.

즉위식은커녕 오히려 일만 잔뜩 벌여놓고는 그대로 줄행랑을 친 것이다.

"그런데 그것은 왜?"

"……"

뚫어지게 경하를 바라보는 로이드린의 눈동자.

그것이 점점 더 붉게 타오르기 시작했다.

'도대체 왜 저렇게 느끼하게 뚫어져라 보는 거지?'

경하는 시선을 돌리고 싶었지만 자신이 무슨 죄라도 지었나 싶어서 지지 않고 로이드린의 눈을 바라보고 있었다.

그렇게 한참을 바라보고 있자니 이상한 것이 눈에 들어왔다.

붉은 기운과도 같은 그것은 로이드린의 몸에서 퍼져 나와 그의 몸 둘레를 맴돌고 있었다.

'이건 파장… 인가?'

자신이 이전에 호로스에 와서 레나텐을 만났을 때가 생각났다.

그때는 레나텐이 가진 아주 강력한 불꽃의 엘의 파장에 상당히 긴장했던 기억이 있다.

'하지만 이건… 이 사람이 설마 레나텐보다 약한 건가? 아니, 그렇지는 않은 것 같은데….'

정확하게 표현할 수는 없었지만 로이드린이 레나텐보다 더 강력한 화염술사라는 것을 경하는 몸으로 느끼고 있었다.

'그런데 어째서 레나텐님 때보다 거부감 같은 게 안 느껴지는 건지 모르겠어.'

이전에 무의식적으로 레나텐의 파장을 차단해 기엘과 로운을 도왔던 적이 있는 경하로서는 그게 제일 이상하게 생각되는 부분이었다.

그것이 스스로의 능력이 좀 더 강해졌기 때문이라는 것을 경하는 이상하게도 눈치 채지 못했다.

"로이드린님?"

아무래도 로이드린이 입을 열 것 같지 않자 경하는 그의 이름을 불러 주위를 환기시켰다.

그제서야 로이드린은 마치 참고 있던 숨이라도 내쉬는 듯 한숨을 크게 내쉬었다.

"후우… 아무것도 아닙니다, 시안님."

로이드린은 정말로 아무것도 아니라는 듯 싱긋 웃어 보였다.

하지만 그의 속 사정은 그렇게 아무것도 아닌 상태가 아니었다.

그는 스스로가 강력한 능력을, 누구보다 강력한 능력을 가지고 있다고 생각해 왔다.

이미 수장 계승자가 되기 이전, 자신의 고모가 되는 레나텐보다 훨씬 강대한 능력을 가지고 있음을 인정받았던 그였다.

거기에 레나텐의 허락 하에 그녀의 엘까지 흡수한 그는 누구보다도 강한 화염술사로 인식되었고 그 스스로도 그 사실을 믿어 의심치 않았던 것이다.

하지만 지금 그의 눈앞에 있는 시안, 즉 경하의 능력은 아무리 가늠해 보려고 해도 그 끝을 알 수가 없을 정도다.

처음 경하가 호로스의 경계선에 발을 디뎠을 때부터 어렴풋이 느끼긴 했지만 실제 경하를 만나기 위해 이 정원으로 들어서는 순간 그는 강렬한 바람의 엘의 파장을 느꼈던 것이다.

'정말로 놀라워. 저 정도라면 이미 바람술사의 경계를 넘어선 것 아닐까?'

아주 오랜 옛날, 초기의 수장들은 자신들이 맡고 있는 각각의 신의 힘에 더해 나머지 3가지 신의 힘까지 자유자재로 쓸 수 있을 만큼 강력한 술사였다고 전해진다.

그는 지금 자신의 눈앞에 있는 이 소녀(?)가 그들에 필적하는 게 아닐까 진지하게 고민하기 시작했다.

"많이 늦었습니다. 벌써 별이 떠오르고 있군요."

"아, 예. 그렇네요."

경하를 직접 만나 그가 내뿜고 있는 바람의 엘을 직접 경험한 그는 속으로는 당장이라도 기절해 버릴 만큼 놀라고 있었지만 겉으로는 평소와 다름없는 미소를 띠고 있었다.

그는 가볍게 자리에서 일어나 경하에게 팔을 내밀었다.

"제게 부디 아름다운 수장님을 모시고 같이 저녁 만찬을 할 수 있는 영광을 주시겠습니까?"

"아, 예. 무, 물론이죠."

내밀어진 팔에 경하는 얌전히 손을 올렸다.

'케엑— 닭살 돋아서 닭이 되고 말지! 우에에에엑—!'

경하의 웃고 있는 얼굴 한쪽에 눈에 보이지 않는 경련이 일어나기 시작했다.

로이드린은 경하가 속으로 무슨 생각을 하는지 눈치 채지 못한 채 그대로 경하를 에스코트하여 정원을 떠났다.

*   *   *

"로이드린님, 무슨 염려라도 있으십니까?"

매끄럽게 울리는 아름다운 목소리가 등 뒤에서 들려왔다.

그녀는 로이드린이 침소에 들고도 계속 잠을 이루지 못하고 앉아서 날을 세는 것을 염려한 것이다.

"글쎄, 염려라면 염려고, 우려라면 우려고, 아무것도 아닌 일이라면 그렇게 여겨질 수도 있지."

말은 그렇게 했지만 로이드린은 경하와 저녁 만찬을 마친 뒤 계속 한 가지 생각만을 하고 있었다.

'역시 힘의 불균형이 문제가 되는 걸까?'

미메이라에서 불어온, 급작스럽게 불어온 경하의 바람은 왠지 온통 불길한 것뿐이다.

경하가 가져온 소식이 그랬고, 실제 경하의 몸에서 풍겨 나오던 그 무시무시한 바람의 엘의 파장이 그랬다.

경하가 가져온 소식은 미메이라와 제국에만 해당하는 이야기가 아니다.

사실 사건의 겉만을 보자면 단순히 미메이라와 제국에 한정되는, 나름대로는 단순하고 깔끔해서 그다지 심각하게 보이지 않을 지경이다.

제국에서 이례적으로 신국에 사신을 보내 황비로 누군가를 보내주길 요청한 것이다. 물론 외교적인 기타 반대급부들이 양측에 오고 가겠지만 그것은 기본적으로 크게 문제가 되지 않는 것일 수도 있다.

하지만 그것은 신국을 기타 다른 나라들과 같은 선상에서 생각할 때의 경우다.

문제는 미메이라가, 그리고 아슈레이의 신국들이 제국을 비롯한 다른 나라들과는 상당히 다른 양상을 띠고 있다는 데에 있는 것이다.

지금까지 어느 국가에서도 신국과 정략결혼을 통해 우호 조약이니 하는 것을 맺은 적이 없었다.

제국 역시 마찬가지이다. 아슈레이 대륙에서 가장 커다랗고 비옥한 영토를 차지하고 있는 만큼 그들의 프라이드는 대단했고 그들에게 있어서 신국 같은 것은 그저 주변의 자잘한 소국보다 못한 존재였던 것이다.

신국은 언제나 경원시당해 왔고 신국에 사는 사람들과 자신과 같은 역대 수장들 역시 그다지 신국의 영토 외에 다른 곳에 눈길을 돌리지 않았던 것이다.

'만일 미메이라와 제국이 혼인으로 맺어지게 된다면 역시…….'

로이드린은 머리를 식히며 곰곰이 생각했다.

'미메이라에는 큰 영향이 없을지도 모른다. 하지만 제국이 미메이라의 그 기사들을 요구해서 그것을 관철시킨다면…….'

그렇지 않아도 대륙에서 가장 큰 나라다.

그나마 하나스를 중심으로 하는 셰비 통산 연합국이라던가 저 북쪽의 광대하고 거친 영토를 차지하고 있는 나메스가 있어 그럭저럭 균형을 유지해 나가고 있는 것이다.

물론 국경 근처의 자잘한 분쟁 같은 것을 제외하고 말이다.

'역시 페이요트를 넘어갈 생각인 건가.'

그다지 타 국가의 영토 문제에 영향을 받지 않는 호로스이지만 그래도 나름대로는 대륙에 변화가 오면 그에 따른 기타 영향을 무시할 수 없다.

'아니야. 그 이전에 또 다른 차원의 힘의 불균형이 일어날 수도 있다.'

그리고 그는 시안을, 정확하게는 시안의 이름을 쓰고 있는 경하를 머리 속에 떠올렸다.

사실 로이드린은 어제부터 지금까지 경하의 파장이 가져온 이상하리만치 강렬한 느낌을 몸에서 떨쳐 내버릴 수가 없었다.

이렇게 푹신한 침대에 앉아 있어도 나카리안 어딘가에 있는 경하의 파장이 손에 잡힐 듯 전해져 오는 것이다.

숨 쉬고 있는 동안 폐 안에 가득 경하의 바람의 엘이 들어차는 것 같은 기분.

이성적으로는 경하의 파장이 아니라 경하가 가져온 소식에 좀 더 신경을 쓰고, 고민하고, 고찰해야 한다고 생각하면서도 어느새 자신도 모르게 가만히 눈을 감고 바람을 따라 전해져 오는 경하의 파장을 더듬어 나가고 있는 자신을 발견한다.

'아니, 이게 아니야.'

손가락이 붉은 머리카락 사이로 파고든다.

이틀 전과는 완전히 다른, 정신을 산만하게 만드는 초조함이 그의 마음속으로 스며들고 있다.

시안이라는 바람의 수장이 이 땅에 들어온다는 것만을 알고 있을 때와 지금은 전혀 상황이 다르다.

화염을 다스리는 불꽃의 수장 로이드린. 그에게도 나름대로 야망이라는 것이 있다.

장로들의 반대를 무릅쓰고 아직은 생명의 선을 이어 나갈 수 있었던 레나텐의 엘을 흡수해 버릴 정도로 그는 그의 야망을 위해 달리고 있었다.

하지만 그것이 지금 눈앞에서 바람을 맞은 등불처럼 위태하게 흔들리고 있는 것을 그는 온몸으로 경험하고 있었다.

'너무나 강력하고, 너무나 깨끗해.'

순간 오싹하고 소름이 돋아났다.

'힘의 불균형이란 것은 역시 막을 수가 없는 건가? 아니……'

"로이드린님, 이만 주무시지요. 나머지는 내일 생각하도록 하세요."

문득 그의 상념을 여자의 목소리가 가로막는다.

"아아, 그러지."

온몸에 잔뜩 들어갔던 힘이 순식간에 풀려 나갔다.

'막지 못하는 것이 아니다. 그저 변하고 있는 것일지도 몰라. 내 스스로가 그렇듯이.'

반듯하게 누워 천장을 바라본다.

아무것도 없는 빈 공간.

하지만 그 빈 공간에 바람이, 공기가 가득 차 있다는 것은 누구나 알고, 또한 누구나 잊고 있는 사실이다.

그 빈 공간에서 불꽃의 엘이 한 올 한들한들거리며 춤을 추고 있었다.

*   *   *

"으아아아아~ 뻐근하다."

"어이, 잘 못 잤나 봐?"

"아, 이리야! 이틀 만이네."

"그래. 이제야 내가 보이는가 보군. 어제는 저~ 쪽에서 열심히 아는 척을 해도 돌아다보지도 않더니만 말이야."

이리야가 조금은 심술이 났는지 입술을 삐죽거리면서 경하에게 시비를 건다.

"아하하하, 미안. 어제는 좀 긴장을 했는지 눈에 뵈는 게 없더라구. 잘 지냈지? 뭐 이상 없고?"

나름대로는 이것저것 아무런 조건도 붙이지 않고 경하를 따르고 있는 이 남자는 단순한 경하의 '안부'를 묻는 말에도 기분이 좋아져 버렸다.

"물론이지. 이 이리야를 어떻게 보는 거야? 처음에는 좀 느낌이 이상하긴 했지만 그것도 하루 지나니 가뿐하던데?"

"그럼 다행이고. 걱정이 좀 되었거든."

경하는 이리저리 이리야를 살펴보았다.

잠을 잘 잤는지 혈색이 좋고, 밥도 열심히 먹었는지 피부가 탱탱해 보인다.

역시 이상 무(無)!

"생각보다는 다들 멀쩡한가 봐. 지난번에는 조금씩 다들 안 좋아져서 걱정 많이 했… 아! 그렇지."

휘익— 하고 경하의 시선이 이리야를 지나 옆에 서 있는 기엘과 로운을 스쳐 지나간다.

하지만 왠지 아무리 주위를 둘러보아도 경하가 찾는 사람은 보이지 않는다.

혹시나 싶어 다시 한 번 둘러보았지만 결과는 역시나.

"우웅… 로운, 그… 저기 말이야……."

"말을 하고 싶으면 똑바로 해."

"알았어! 그 시유는 어떻게 된 거야?"

"피곤한지 아직 자리에 있는 모양이다. 여독이 한꺼번에 풀리면서 지친 것 같기도 하고."

"그것뿐?"

"그것 이외에 그럼 무슨 이유가 있겠어?"

로운이 무슨 귀신 씨나락 까먹는 소리를 하냐는 듯이 경하를 바라본다.

"정말?"

"그렇다니까."

"진짜 몸에 다른 이상 없대? 왜, 지난번에는 로운이나 기엘이나 이리야나 다들 조금씩 이상했잖아."

"글쎄? 이번에는 아무렇지도 않았는데. 물론 불꽃의 엘이 좀 부담스러울 정도로 강하게 느껴지긴 하지만…… 아!"

말을 하다 말고 로운이 그제서야 깨달았다는 듯이 짧은 신음 소리를 냈다.

스스로가, 그리고 기엘이나 이리야가 아무렇지도 않은 듯이 있었기에 방심을 하고 있었던 것이다.

"그렇군. 불꽃의 엘의 영향을 받고 있는 건가?"

"맞습니다. 어째서 생각을 하지 못했는지. 이런!"

기엘 역시 같은 생각을 하고 있는지 표정이 어두워진다.

오로지 이리야만이 뭔 소리인가 싶어서 눈을 껌벅였다. 그런 이리야를 보고 경하가 조금은 한심하다는 듯이 말했다.

"그 정도 말을 하면 좀 눈치를 채야지. 어째 본인들이 이상이 없다고 그렇게 눈치가 둔치들이 된 거야? 정말 개구리가 올챙이 적 생각 못한다더니만. 쳇."

"아무래도 몸의 상태가 안 좋을 텐데 그 경우면 더 더욱 이곳의 강력한 불꽃의 파장에 영향을 받고 있을 거야."

"거기다가 한 가지 더. 다들 못 느끼고 있는 것 같은데 지난번의 그 레나텐님 때보다 훨씬 강해, 지금의 수장은."

"……."

"……!"

"…에?!"

경하의 말에 세 사람이 각기 다른 얼굴 표정을 지어 보였다.

"그러니까, 그 아슈레이의 중간 지대에서 다들 조금씩은 변한 것 같은데 왜 그렇게 눈치를 못 채는 거야? 힘이 좀 더 세졌으면 좀 더 섬세하게 느껴야 할 것 아니야. 그렇게 서 있지 말고 가서 쉴드라도 쳐주던가!"

간만에 경하가 잘난 척을 하면서 '명령'을 내렸다.

그 모습이 좀 아니꼽기는 하지만 꽤나 중요한 사실을 간과하고 있었던 잘못도 있어서 로운은 순순히 자리에서 일어났다.

재미있는 사실은 역시 경하가 제일 먼저 민감하게 사실을 짚어냈다는 것에 있다.

얼마 전까지만 해도 경하가 일행 중에서 제일 둔한 축에 속해 있었다는 것을 생각하면 말이다.

"이런 경우면 차라리 경하님께서 가시는 쪽이 좋지 않을까요? 일단 누구보다 시유에게 경하님이 도움이 될 겁니다."

"내가 가면 싫어하잖아. 괜시리 미움 사고 싶지 않아."

경하가 팔짱을 끼고 휙 하고 돌아섰다.

"아아, 배고파! 왜 여기는 시간 맞춰서 밥을 안 먹여주는 거야!"

"딴청 피우지 마, 너."

"시끄러워, 로운! 내가 배가 고프다면 고픈 게 맞아! 그리고 내가 배가 고프면 밥 먹을 시간이 된 거야! 알겠어?"

"……."

억지를 쓰는 경하를 보고 로운이 기가 막히다는 표정을 했다.

그나마 밥타령이 조금 줄었다 싶더니만 이제는 생떼를 쓰고 있는 것이 아닌가.

"밥!"

"기다려."

"배고파!"

"기다리라니까! 그리고 기엘, 시유님께 좀 갔다 와."

경하와 똑같은 포즈를 하고 로운이 인상을 파악 썼다.

"가서 어떻게든 해서 데리고 나와. 언제까지나 시유님이 저 녀석을 안 보고 있을 수도 없는 노릇이잖아."

"아아, 알았어."

기엘이 똑같은 포즈로 서로 등을 대고 서 있는 사람들을 보며 피식 웃는 동안 이리야는 옆에서 정말로 웃기다는 감정을 온몸으로 표현해 내기 시작했다.

"하하하하하하. 푸하하하하하하."

"이리야! 왜 웃어!"

데굴데굴 구르며 웃어대는 이리야를 향해 경하가 소리를 질렀다.

하지만 경하가 소리를 지르든 말든 이리야는 신경도 쓰지 않고 웃어 제꼈다.

"하하하하, 여하튼 똑같은 주제에 둘이 신경전을 하는 것 보면 웃기지도 않아. 푸하하하하."

"이리야! 안 멈추면 밟아버릴 거야!"

"밟고 싶으면 밟아. 그래도 웃긴 거는 웃긴 거니까. 크하하하하하!"

"이상한 걸로 웃지 말란 말이야! 저거랑 나랑 어디가 똑같아!"

순간 이리야가 웃는 것을 참고 있었던 로운의 신경이 툭— 하고
끊어졌다.

"내가 어째서 '저거'지?"

"……."

문을 닫고 나가던 기엘이 로운의 말을 듣자마자 푸웃— 하고 웃
음을 터뜨렸다.

"어째서 내가 '저거'라는 소리를 들어야 하나구!!"

로운이 목소리를 높이는 소리에 이어 기엘이 문을 닫고 웃어대는
소리가 들려왔다.

*   *   *

경하 일행이 밥을 둘러싼 신경전을 벌이는 동안 나카리안의 다른
쪽에서는 심각한 회의가 이루어지고 있었다.

중앙에는 희끗희끗한 색이 섞여 있는 긴 머리카락을 가진 노인
하나가 서 있었고, 둘레에는 각기 명도나 채도는 조금씩 다르지만
거의 모두 붉은색을 주로 한 머리카락을 가지고 있는 남자들이 둘
러앉아 있었다.

그리고 상단 쪽에는 로이드린이 심각한 표정을 한 채 장로들의
이야기를 듣고 있었다.

'정말이지, 이놈의 원로회는 예나 지금이나 탁상공론이군.'

"이대로라면 아슈레이 대륙의 미묘한 군사적 균형이 무너질 수도
있습니다."

"하지만 어차피 아슈레이 대륙에서 무시 못할 군사력을 가진 것
은 가이칸 제국뿐이오. 괜시리 개입을 했다가 경이라도 치게 되

면……."

"그러니 더 더욱 그런 가능성은 사전에 막아야 하지 않겠습니까?"

"물론 가이칸 제국이 무시 못할 가장 강력한 군사 대국임에는 틀림없습니다만, 그것은 어디까지나 수치적인 것이 아닙니까? 비록 가이칸이 제국이라 하나 아직 새로운 황제가 정식으로 등극한 것은 아닙니다. 어린 황제가 제대로 가이칸 제국을 장악하는 데는 상당한 시간이 필요할 것입니다. 황제가 하라는 대로 할 만큼 제국의 제후들은 호락호락하지 않습니다."

"그러니까 더 더욱 황제의 권한이 거대해지지 않도록 미리 손을 써야 한다고 봅니다. 미메이라와 제국이 혼약으로 맺어진다고 가정해 봅시다. 그렇다면 황비의, 즉 미메이라의 군사력은 그대로 제국 황제의 것이 된다고 봐도 과언이 아니지 않습니까?"

설전이 오가고 있었다.

제국의 힘이 확대되는 것을 막기 위해 적극적으로 나서야 한다는 파와 제국과 관련되어 좋은 일이 있을 리 없다며 개입하는 것을 반대하는 파, 그리고 그것을 조용히 듣고 있는 로이드린과 같은 생각을 가진 비주류 파까지.

워낙 외세의 영향을 받지 않았던 탓도 있을 것이다.

돌고 도는, 결코 끝나지 않는 공방.

그것을 로이드린은 지겨움을 참으며 조용히 듣고 있었다.

화염술사라는 자들이 으레 그렇고, 호로스의 사람이라면 누구든지 인정하는 그들의 호전성. 그렇게나 호전적인 사람들이 꽤나 조심스럽게, 그러나 격렬하게 토론을 하고 있다.

사실 로이드린도 호전적이고 격한 성격이라는 것을 아는 사람들은 다 알고 있다.

이 자리에 있는 그 누구보다도 말이다.

"자, 그만 합시다."

그런 그가 자리에서 일어나 말하는 순간 주위가 일순간에 조용하게 가라앉았다.

"결론을 내려봅시다. 의견 교환은 이 정도면 되었지 않습니까?"

*　　　　　*　　　　　*

"일단 이건 제 개인적인 생각입니다만…."

"뭔데, 기엘?"

"되도록이면 시유님은 사정을 설명하고 부탁을 드려 이곳에 머물 수 있도록 해보는 것이 어떨까 합니다."

"흐음."

로운이 기엘의 말을 듣고 고개를 끄덕인다.

"사실 이제부터 일이 어떻게 진행될지는 모르겠습니다만 결코 위험하지 않다고는 말할 수 없습니다. 정말 내일 당장이라도 제국으로 뛰어들어야 하는 상황이 될 수도 있지 않습니까?"

"하지만… 그 혼자 이곳에 있게 하면 그것도 좀 문제가 되지 않을까? 지금도 별로 몸 상태가 안 좋은 것 같은데."

이리야가 슬그머니 자신의 의견을 피력한다.

"그것은 쌓인 피로 때문에 심해 보이는 것이지 일단 기력을 회복하시고 나면 스스로도 어느 정도는 통제가 가능할 겁니다. 무엇보다도 시유님 역시 바람술사이시고 특별하게 호로스의 수장과 대면하지 않는다던가 하면 특별한 문제는 없을 겁니다."

"흐음."

로운이 턱을 괴고는 생각에 빠진다.

나름대로 기엘의 말에 동감하는 점이 있었기 때문이다.

"잠깐. 나는 생각이 달라."

경하가 나섰다.

"물론 시유를 위해서는 그쪽이 좋을 수도 있지만 여기다 시유를 남겨두고 가면 혹시나 나중에 제국 황제나 기타 다른 사람들이 시유를 노려서 이곳에 올 수도 있잖아? 아무리 도움을 청한다고 해도 말이야. 그건 어디까지나 간접적인 거지 직접적으로 자신들의 위험을 불사해서까지 도와줄 수 있다고는 생각하지 않아."

"그것도 맞는 말이긴 하지."

"시유가 남겠다고 하면 뭐 일단 부탁은 해보겠지만 역시… 내 생각에는 좀 위험할지 몰라도 차라리 같이 행동하는 게 좋을 것 같아. 뭘 하든 간에 말이야."

"…흐음."

"일단 같이 생각해 보면 좋은 결론이 나올 겁니다, 시안님. 시유님의 의견도 들어야 하고 뭐니 뭐니 해도 오늘 저녁이나 내일쯤에는 호로스 측의 답변도 나오지 않겠습니까?"

"그건 그렇지만."

"그것을 듣고 결정해도 늦지 않을 겁니다. 물론 호로스 측에서 좀 더 답변을 빨리 준다면 좋겠지만요."

"응. 그렇게 하자."

경하가 고개를 끄덕였다.

스스로가 이렇게 뭔가 진지하고 중대한 일을 하고 있다는 것에 가슴이 남몰래 뿌듯해질 지경이다.

'아아, 정말로 뭔가 진짜로 굉장히! 필요한 사람이 되어 있다는 기분이란 말이야.'

물론 이런 것을 로운이 들었다면 분명 무엇인가 한소리 할 것이라는 생각도 같이 하고 있는 경하였다.

제2장
진실 & 거짓

The Wind of Ashurei

"일단 제가, 그리고 우리 호로스가 약속드릴 수 있는 것은 어디까지나 전적으로 미메이라의 대표이신 시안님을 후원하겠다는 것입니다."

"감사합니다."

시원스럽게 말하는 로이드린, 그의 앞에는 현재는 시안 노릇을 하고 있는 경하를 비롯 경하의 일행 모두가 자리 잡고 있었다.

이른 아침.

불의 나라라고는 해도 아침 이슬이 없을 리는 없다.

그 아침 이슬이 풀잎에 매달렸다가 떨어지는 소리가 토독토독 하고 열려진 창문 밖에서 들려오고 있었다.

잠에서 덜 깬 듯한 눈을 하고 있던 경하도 로이드린이 하는 말에 눈을 번쩍 떴다.

"하지만."

'으잉?'

경하가 눈을 번쩍 뜨기 무섭게 로이드린의 입에서 하지만이라는 단어가 나오자 경하의 표정이 눈에 띄게 변했다.

그런 경하의 표정을 보며 로이드린이 조금은 쓴웃음을 지으며 말했다.

"물론 전적으로 시안님을 후원해 드리겠습니다만 일단 저희도 외부적인 상황을 고려하지 않을 수 없다는 것을 말씀드리고 싶습니다. 먼저 제가 해드릴 수 있는 것은 아무래도……."

"일단은 관망하시겠다는 의미로 받아들여도 되겠습니까?"

로이드린의 말을 기엘이 살짝 자르고 들어갔다.

그가 왠지 알맞은 단어를 고르는 듯 잠시 머뭇거리고 있었기 때문이다.

"꼭 그런 것만은 아닙니다."

"그렇다면?"

"일단은 외부적으로 들어나지 않게라는 의미라고 할까요? 제가 할 수 있는 모든 일을 해드리되, 최악의 상황이 오기 전까지는 대외적으로 호로스가 미메이라와 가이칸 제국 간의 분쟁… 아, 분쟁이라고 표현하는 것이 맞지 않을 수도 있겠습니다만 여하튼, 그 분쟁에 전적으로 개입했다는 증거는 남기지 않는 것이 좋을 것이라는 말입니다."

"흐음."

경하는 손가락으로 관자놀이를 꾹꾹 눌러가며 방금 들은 말을 나름대로 이해하기 위해 노력했다.

왠지 지끈지끈 머리가 아파오는 기분이었다.

말하자면 결국 도와는 주겠지만 우리가 도와주었다는 소리는 어디 가서도 하지 말아달라라는 뜻인 거다.

물론 경하의 해석이지만.

"신국이 대대적으로 가이칸 제국을 적으로 돌릴 수는 없습니다. 물론 서로 간에 어느 정도는 암묵적인 불가침 조약이 성립되어 있는 것이나 마찬가지겠습니다만, 현재 미메이라와 가이칸 제국 간의 상황을 보았을 때 과연 그 불가침 조약이라는 것이 얼마나 신빙성을 주는지 조금은 의구심이 들지 않습니까?"

로이드린은 웃으면서 말하고 있었지만 결국 그가 하고픈 말은 하나다.

신국으로서의 의리는 지키겠으나 제국의 적이 되기는 싫다라는 것이다.

"대신 저는 다른 쪽으로 정보를 드릴까 합니다."

"다른 쪽?"

침묵을 지키고 있는 로운을 대신해 기엘이 로이드린에게 말하자 그의 시선이 기엘에게 돌려졌다.

'뭔가 재미있는 조합이군, 이 일행.'

궁금한 것은 많았지만 자리가 자리이니만큼 호기심은 일단 접어두기로 했다.

"예. 예부터 호로스는 가이칸 제국보다는 하나스와 교류를 해왔습니다. 현재 벌어지는 일은 아무래도 호로스보다는 하나스와 하나스를 포함해 그 밑의 아셀 제국 쪽까지, 즉 셰비 통산 연합국이라 불리는 네 나라가 훨씬 더 귀가 솔깃해할 만한 것들입니다. 무엇보다 현재 가이칸 제국의 황제가 어떤 생각을 하고 있느냐에 따라서 앞으로의 향방이 결정되겠습니다만, 그래도 하나스나 아셀은 가이칸과 국경을 마주 대고 있는 만큼 결코 미메이라와 가이칸 제국 간에 일어나고 있는 사건들을 무시할 수가 없지요."

"그래서 지금 저보고 하나스와 아셀 제국으로 가란 소리인가요?"

"아, 제가 해드릴 수 있는 말은 여기까지입니다."

그 이상의 말은 하지 않겠다는 듯 로이드린이 단호한 어조로 대답했다.

"해석은 시안님께서 직접 하시는 쪽이 좋겠지요?"

마치 그 정도는 네가 알아서 할 수 있는 것이잖아? 하는 말투.

순간 삐죽하고 입이 나올 것 같았지만 경하는 억지로 그것을 참았다.

어린애라는 소리는 듣고 싶지 않았기 때문이다.

'쳇, 결국 도움은커녕 네가 하고 싶은 대로 알아서 하라는 소리잖아. 쳇! 도대체 대신관 할아버지는 여기 뭐 하러 오라고 한 건지.'

투덜투덜, 불평이 튀어나오기 직전이다.

'으으, 역시 외교며 정치며 하는 것은 내가 건드릴 수 있는 분야가 아니라구. 으윽.'

"자아, 그럼 이른 아침부터 서둘러 여러분들을 청했으니 이만 늦은 아침 식사라도 함께할까요?"

마치 가벼운 환담이라도 마쳤다는 듯 로이드린이 식사를 청했다. 모두들 마지못해서 그것을 받아들일 수밖에 없는 노릇이다.

"여러분들이 원하실 때까지 머무르셔도 좋습니다. 충분히 휴식을 취하시면서 차후 행방에 대해서 논의해 보셔도 좋겠지요."

"아, 아아. 그렇겠죠."

'그리고 당신은 쏙— 빠지고 말이야. 치잇, 역시 첫인상이 나쁘더니만.'

로이드린의 뒤를 따라가며 경하는 마음껏 로이드린의 뒤통수에 대고 욕을 퍼부었다.

＊　　　　＊　　　　＊

"쳇, 결과적으로 알아서 하라는 소리잖아, 이건."

"뭐, 직접적으로 뛰어들기에는 위험 부담이 너무 많으니까요."

"그래도 그렇지. 이러면 여기까지 힘들여 온 보람이 없다구. 역시 그 할아버지 말은 믿을 게 못 돼. 못 된다구!"

"그 정도로 해둬. 어차피 호로스에서 많은 것을 얻을 수 있다고는 생각하지 않았으니까. 이 정도로 우리 일행을 받아준 것도 이쪽에서는 어떤 면에서 충분히 위험을 감수하고 한 행동이다. 국가와 국가 간의 일이 그렇게 네 생각대로 쉽게 이루어지는 것은 아니다."

딱딱한 말투로 로운이 경하의 투덜거림을 막아버린다.

그 역시 말 그대로 호로스에 커다란 기대를 하고 온 것은 아니다.

하지만 생각보다 훨씬 차가운 반응에 조금은 열이 받아 있는 것도 사실이었다.

"기왕 이렇게 된 것 하루라도 빨리 움직이는 게 좋아. 하라스다인 장로님은 조만간 가이칸의 수도 카드미엘에 도착하실 테고 아마도 그분이 돌아오시기 전에 너나 시유님이 행방불명되었다는 사실이 가이칸에 전해질 거다. 그전에 모든 일을 끝내야 해."

"모든 일?"

경하는 갑자기 무슨 소리냐며 어리둥절한 표정을 지어 보인다.

그런 경하의 표정을 본 로운이 후우~ 하고 한숨을 내쉬었다.

'어리숙해서 그런 건지 무지해서 그런 건지, 아니면 원래 머리가

나쁜 건가, 이 녀석은?'

"한숨 같은 거 내쉬지 말고 설명을 해, 설명을."

결코 멍청해서 그런 것은 아니다.

단지 어렴풋하게 머리 속에 자리 잡고 있는 것들이 좀 더 확연하게 손에 들어오길 바라기 때문이다.

아무리 경하가 나이가 어리고 배운 것이 많지 않다고 하지만 눈에 확연하게 들어오는 것들을 이해하지 못할 리는 없다.

로운은 한 발자국 물러서기로 했다.

모든 일에 대한 책임은 경하가 아니라는 것을 그도 잘 알고 있다.

어쩌다 보니 경하가 돌아가는 상황들의 시발점, 또는 매개체가 되어버려 그 안에 단단하게 끼어들어 빠져나올 수 없게 된 것이 아닌가.

답답해서 시종일관 경하에게 신경을 곤두세우고 있었지만 이것은 아마도 경하가 이 자리에 없었더라도 충분히 일어날 수 있는 일이다.

"기엘, 모두를 모아줘. 어차피 한 번 정도는 설명이라고 해야 할까? 여하튼 앞으로의 방향을 결정해야 하니까 기왕이면 같이 머리를 맞대보자고."

"그래. 시유님을 불러오도록 하지."

로운의 말에 기엘이 재빨리 자리를 비웠다.

'칫, 결국 멋있는 역은 혼자 다 맡아 하잖아.'

어린애처럼 경하는 조금 토라져 버렸다.

'후우~ 어렵다, 어려워. 역시 어려워.'

"로이드린님, 결국 그들에게 하나스 행을 권고하실 생각입니까?"

"글쎄? 나는 그저 단서를 제공할 뿐이다. 그들에게 내가 이래라저 래라 할 수는 없지."

"흐음, 제국의 황태자가 호전적이다 하는 소문은 들었습니다만 정식으로 황제로 등극하지도 않았는데 벌써 일이 터지는군요."

희끗한 색이 섞여 붉은 머리카락을 연하게 물들이고 있는 특이한 색의 머리를 가진 남자가 조심스럽게 손에 들고 있던 양피지를 로 이드린에게 내밀었다.

"이것은 신전에서 보내져 온 것입니다."

"아아, 준비가 다 된 건가?"

"예. 내일 모레, 준비는 완벽하다고 합니다."

"생각보다는 빠르군."

사실 따지고 보면 로이드린 역시 아직 호로스의 수장으로 정식으 로 등극한 것은 아니다.

계승로를 마치고 돌아온 지 이제 겨우 이삼 일밖에 지나지 않았 을 뿐이다.

그가 이례적으로 전통을 따르지 않고 수개월이 걸리는 계승로를 단 이틀로 줄여 돌아온 것은 역시 전대미문의 사건.

하지만 그 배경에 시시각각으로 변하고 있는 주변 정세가 있었기 에 로이드린의 행동은 현재 한시적으로나마 용납받고 있는 상태였 다.

제국이 움직이기 시작한 이상 언제까지나 천하태평으로 수장의 자리를 비워놓을 수는 없었기 때문이다.

"뭔가 변화의 바람이라도 불기 시작한 기분이다."

"예?"

"그렇지 않은가? 미메이라의 수장이 바뀌고, 그 뒤를 잇는 것처럼 제국의 황제가 바뀌었지. 그리고 우리 역시······."

마치 꼬리에 꼬리를 물고 연관성이라도 있어 보일 정도로 그것들은 차례차례 일어나고 있다.

"물의 나유, 땅의 바라스 역시 비슷한 일을 겪고 있지 않을 것이라고는 확신할 수 없지 않은가."

"그것은······."

"선례를 봐도 알 수 있네. 완전히 시기가 일치하지 않는다 해도 말이야. 하나의 신국의 계승자가 새롭게 수장이 되면 다른 신국들도 비슷하게 앞서거니 뒤서거니 하면서 수장이 갈려 나간다 이 말이야."

"로이드린님, 그런 말씀은···."

"아아, 이런. 예전의 말투가 나왔나? 미안하군."

씨익— 하고 로이드린이 웃어 보였다.

"뭐, 지금은 그게 중요한 것이 아니니 넘어가 주지 않겠나?"

"알겠습니다, 로이드린님."

"여하튼 문제는 그것뿐만이 아니야."

"그럼 또 무슨······."

"뭐라고 말하기는 어려워. 여하튼 그런 것이 있다라고만 알아두면 되네."

로이드린은 바람이 새어 들어오는 창가로 다가갔다.

아주 조금밖에 열리지 않았는데도 그곳으로 스며 들어오는 바람은 끊기지 않고 쉴 새 없이 그가 서 있는 공간을 채우고 있었다.

'문제는 수장이 갈리거나 제국의 황제가 죽거나 새로 옹립되거나 하는 정도가 아니다.'

손을 뻗어 창문에 대고 힘을 준다.

그리 힘을 주지 않았지만 곧 창문은 굳게 닫혔다.

새어 들어오던 바람은 멈추었지만 굳게 닫힌 창 사이로 여전히 햇살과 공기가 스며들고 있다는 것쯤은 그도 잘 알 수 있었다.

'그녀는, 미메이라의 새 수장은 그 끝을 알 수 없는 힘을 가지고 있었다. 이 내가 앞에 나아가도 전혀 기죽지 않는 강력한 힘을 가지고 그녀의 일행을 보호하고 있었지.'

그뿐만이 아니다.

굳이 힘을 써서 가늠해 보려 하지 않아도, 가만히 서 있기만 해도 경하가 있는 곳을 그대로 짚어낼 수 있을 정도다.

그것은 너무나 강력해서 스스로 빛을 발하고 있는 항성과도 같이 그 존재감을 드러내고 있다.

'너무나 강력하다. 그것이 문제야.'

힘의 불균형이라는 것은 비단 국가 간의 문제뿐만이 아니다.

아슈레이 대륙을 지탱하는 4신의 힘은 결코 한쪽으로 치우쳐서는 안 된다.

예전에도 그래 왔고, 지금도 그렇고, 앞으로도 그래야 하는 것.

'어떻게 그렇게까지 강한 힘을 가질 수 있는 것일까.'

정의감과 전혀 다른 감정으로 로이드린은 경하를 질투하고 있었다.

"어떻게 하면 그런 강력한 힘을……'

*   *   *

"이곳에… 남으라는 말씀이신가요?"

"꼭 그러시라는 것은 아닙니다. 하지만 앞으로 상황이 어찌 될지 모릅니다. 되도록 안전한 곳에 계시는 쪽이…"

"그쪽이 당신들한테 편.하.기 때문이라는 소리로 들립니다."

"시유님."

단정한 단발머리를 곱게 빗은 소녀가 입술을 깨물고 앉아 있었다.

어디까지나 가짜로 여자 행세를 하고 있는 경하와는 달리 아무리 봐도 머리끝에서 발끝까지, 목소리 하나, 행동거지 하나를 봐도 15~6세 소녀다운 시유.

머리카락 색은 경하와 같지만 역시 경하가 연기하고 있는 어설픈 '여자'와는 거리가 멀다.

그녀와 4명의 남자.

그들은 한자리에 마주 앉아 머리를 맞대고 실랑이를 하고 있었다.

"기엘, 설득할 필요 없어."

"하지만 역시 내 생각에는 이곳에 머무는 쪽이 훨씬 낫다고 생각해."

"하지만 본인이 싫은 모양이잖아. 안 그런가요, 시유님?"

"……."

로운의 말에 시선을 내리깔고 있던 시유가 로운을 쏘아본다.

왠지 강렬한 그 눈빛에 로운이 슬며시 고개를 돌렸다.

"시유님이라는 호칭은 적당하지 않습니다, 로운 오라버니. 그냥 시유라고 불러주세요."

"……."

대답 대신 고개를 끄덕인다.

"이곳에 남아야 할 이유를 합당하게 제게 설명해 주신다면 그리

하겠습니다. 하지만 제가 납득할 수 없다면 여러분과 함께하고 싶습니다."

시유는 설명을 요구하고 있었다.

"이미 다 들었잖아. 뭘 더 설명하라는 거야?"

시유의 말에 경하가 불쑥 끼어든다.

하지만 금세 경하는 깨갱 하고 꼬리를 말고 물러날 수밖에 없었다.

"지금 전 다른 분들께 묻고 있습니다. 당신의 말을 듣겠다는 것이 아닙니다."

"어어, 이봐. 차별하지 마."

"너는 가만히 있어."

꾸욱— 하고 이리야가 의자 뒤에서 경하의 머리를 내리눌렀다.

"네가 끼어들어 봤자 저 아가씨 성질 돋우는 것밖에 안 돼."

"쳇, 알았으니 이거 놔!"

시유 못지않게 경하도 얼굴을 굳히고는 고개를 돌려 버렸다.

'젠장, 말이 안 통해, 말이! 무슨 애가 저러냐?'

"시유님, 어떤 설명을 더 해달라는 것인지 말씀해 주십시오."

"나이트 기엘님도 제게 말을 높이지 말아주세요. 불편합니다."

"……"

'그러는 너 때문에 우리가 더 불편해!'

경하는 차마 입으로는 말할 수 없는 불평을 속으로 늘어놓는다.

'정말이지, 이러다가는 매사에 불평 불만자가 될 것 같아. 으으으~ 열받는다.'

"저희들은 이제부터 얼마나 오래 이곳저곳을 떠돌아야 할지 모릅니다. 이미 말씀드린 바와 같이……."

로운의 소집령 아래 모인 5명은 오랜 시간 이야기를 나누었다.

물론 어느 정도 뒤늦게 합류한 셈인 시유는 한발 물러서 있기는 했지만 말이다.

5명이 모여 내린 결론은 결국 어떻게 보면 로이드린이 말한 그대로를 따르는 것과 다를 바 없는 내용이었다.

기본적으로 아슈레이 대륙의 세력을 반분하고 있는 것이 가이칸 제국이다. 대륙의 삼분지 일, 그중에서 가장 비옥한 땅을 차지하고 있는 것이 가이칸이다. 하지만 가이칸이라고 해서 무조건적인 대륙의 패자로 군림할 수 없는 이유가 있으니 바로 셰비 통산 연합국이라고 불리우는 4국 연합이 바로 그것이었다.

제국과 국경을 마주 대고 있는 하나스와 하나스 못지않게 대륙과의 사이에 오랜 영토 분쟁 역사를 가지고 있는 아셀 제국이 일단 제국의 막강한 군사력에 도전하고 있는 나라다.

아셀 제국은 스스로 제국이라 칭하고 있으니 기본적으로 가이칸 제국의 입장에서는 제국으로 인정하지 않고 있는 나라다.

아셀과 하나스 두 나라 역시 그렇게 친밀한 관계를 가지고 있지는 않다.

대하 폴리카르를 두고 격심한 영토 분쟁에 휘말렸던 일도 한두 번이 아닌 것이다.

그런 나라들임에도 불구 가이칸 제국이라는 커다란 나라가 적이 되면 단번에 하나로 똘똘 뭉쳐 버린다.

그들을 지원하는 나라는 하나스 옆의 바에사와 아셀 못지않은 영토를 가지고 있는 케리타 왕국.

가이칸이 페이요트 산맥을 넘어 서진을 해오면 결국 그 영향은 하나스와 아셀 제국 옆의 케리타와 바에사에까지 미친다.

결국 그들은 다른 어떤 이유보다도 가이칸 제국에 한해서는 하나로 뭉쳐 거대한 연합 국가를 형성하는 것이다.

하나하나의 힘은 제국에 미치지 못하지만 그것이 4개나 모이면 사정은 달라진다.

결국 결론은 가이칸 제국을 위협하기 위해서는 무엇보다 저 4개의 나라, 즉 셰비 통산 연합국이라 불리는 나라의 힘을 빌어올 수밖에 없다는 것이다.

"적어도 앞으로 저희들은 하나스와 아셀까지 여행을 해야 할 겁니다. 저나 로운은 훈련을 받은 기사이고 이리야 역시 남다른 훈련을 받아 충분히 그 험난한 일정을 견딜 수 있습니다. 하지만 시유님은 다릅니다."

"……."

기엘은 설명을 하다 말고 로운에게 도와달라는 시늉을 했지만 로운은 거들떠보지도 않았다.

'후우, 어렵군.'

기엘은 입을 꾹 다물고 시선조차 돌리지 않고 있는 소녀 앞에서 쩔쩔매고 있었다.

경하와는 전혀 다른 타입의 상대에게 그는 애를 먹고 있었던 것이다.

사실 누군가 자신을 대신해 시유를 설득해 주었으면 하고 기엘은 간절히 바라고 있었다.

거칠고 제멋대로인 수련생들을 교육하는 것은 쉽지만 얌전하게 있는 소녀를 설득하는 게 이렇게 어려운 일일 줄 기엘은 꿈에도 생각지 못했던 것이다.

이렇게 저렇게 설명을 하면 얌전하게 남아줄 것이라고 사실 내심 생각했던 것이다.

가능하다면 자신 대신 로운이나 경하가 말을 해줬으면 했지만 로운은 의외로 그것은 시유가 알아서 할 일이라며 기엘에게 책임을 미루어 버렸고, 경하의 경우에는 시유가 아예 상대를 하려 하지 않았기 때문에 논외가 되어버렸다.

결국 기엘은 슬그머니 이리야에게 눈을 돌렸다.

"이리야 씨, 좀 설명을 해주시겠습니까?"

"어, 어라. 왜 날 불러? 난 몰라. 난 일단은 논외자라구. 난 이 녀석 경호야. 이 녀석 따라온 거라구."

"이리야 씨이~"

"애절하게 불러도 난 몰라. 모른다고."

"기엘, 그만 하자."

"로운!"

로운이 자리에서 일어났다.

"어차피 이곳에 남겨두고 가도 어떤 일이 생길지 몰라. 만약의 경우를 생각해 본다면 차라리 우리가 시유를 데리고 가는 쪽이 훨씬 나아. 적어도 눈에 보이는 곳에 있으면 보호하기도 더 쉬우니까."

"하지만, 로운. 우린 경하님을……."

기엘은 아차 하고 입을 다물었다.

기엘의 입장에서는 사실 경하를 경호하고 보호하는 데도 힘이 달릴 지경이다. 하지만 그것은 입 밖에 내서는 안 될 말이다.

그것은 로운에게도 해당되는 말이다.

"시유님, 지금 제 말은……."

어떻게 말을 해야 할지 몰라 기엘이 당황한다.

그러자 시유가 물끄러미 기엘을 바라본다.

"무슨 말씀이신지는 알고 있습니다. 저도 현실적으로 생각할 줄 아는 머리가 있습니다. 저보다는 저 사람이 여러분께는 더 중요한 사람이라는 의미겠지요. 실제로도 그런 건지는 모르겠습니다만."

"…시유님, 저는……."

"시유님이라고 부르는 것 저는 허락할 수 없습니다."

"…잠깐."

시유가 고집스럽게 말을 하자 그때까지 딴청을 하고 있던 경하가 벌떡 자리에서 일어났다.

"듣자 듣자 하니까 너 말이야."

허리에 손을 얹고 경하는 진심으로 시유를 노려보았다.

"어리광은 그만둬."

"당신 말은 듣고 싶지 않습니다."

"듣고 싶지 않아도 들어!"

"싫다고 했습니다."

"고집 피우지 말아!! 지금 상황이 어떤 상황인 줄 알아? 그래! 까놓고 말해서 사실 나도 뭐가 뭔지 잘 모르겠어. 하지만 적어도 뭐가 위험하고, 뭐가 중요하고, 뭘 어떻게 해야 할지 정도는 알아. 누구는 좋아서 여기 이러고 있는 줄 알아? 누구는 좋아서 여기까지 널 끌고 나온 줄 아느냐구!"

"경하님, 그만……."

경하의 말이 격해지자 기엘이 중재를 하려 했다. 하지만 그의 중재는 단칼에 잘려 나가 버렸다.

경하는 정말로 화가 나 있었던 것이다.

"기엘! 기엘은 좀 가만히 있어. 나름대로는 나도 저앨 생각해 준다고 가만히 있었지만 더 이상은 못 참아주겠어. 사실 나도 저애가 없으면 훨씬 편할지도 모른다고 생각은 해. 그래서 기엘의 생각에 동조할 생각도 있다고. 하지만 반면에 저앨 여기다 두고 갔다가 어떻게 될지 그것도 걱정이 돼."

"걱정 같은 것은 안 하셔도 됩니다. 저도 제 한 몸 지킬 힘은 있습니다."

"지금 그런 것을 말하고 있는 게 아니야, 이 바보 멍청아!!"

버럭— 하고 경하가 소리쳤다.

"지금 누가 여기서 네가 땡깡 부리는 거 듣고 싶은 줄 알아? 나름대로 난 진지해. 젠장할! 내가 지금 여기서 이렇게 이런 꼴로 앉아 있는 게 다 누구 때문인 줄 알아? 원래는 네 언니가 해야 할 일이라구!"

"싫으시면 안 하면 되잖아요!!"

"웃기는 소리 하지 마!!"

철썩—

경하를 노려보던 눈동자가 순식간에 한쪽으로 돌아가 버렸다.

시유의 빰을 경하가 날려 버린 것이다.

"경하님!!"

기엘이 달려들어 경하의 손목을 붙들었다.

"진정하십시오!"

"지금 진정하게 됐어?! 저애 때문에 분위기까지 썰렁해지잖아. 가뜩이나 머리 복잡한데! 왜 저 녀석 때문에 기엘이나 로운이 눈치를 보고 설설 기어야 해!!"

"경하님!!"

"기엘은 가만히 있으라면 가만히 있어!! 명령이야!!"

"……"

경하는 기엘이 잡고 있던 손을 뿌리치고는 앞에 놓여 있던 의자
를 힘껏 걷어찼다.

콰앙—!!

육중한 의자가 나뒹굴었다.

화가 머리끝까지 치밀어 올랐다.

콰앙!

콰앙!

몇 번이나 의자를 걷어차며 성질을 부리는 모습을 네 사람은 말
없이 지켜보고 있었다.

한참을 그렇게 혼자 난리 치던 경하는 숨을 헉헉 내쉬더니 척척
척, 시유 앞으로 걸어왔다.

"너, 한 번만 말할 테니까 귀 씻고 똑바로 들어. 나도 네가 여자
애라는 것쯤은 잘 알아. 그래! 내 빌어먹을 누나들이 언제나 그러
지. 여자한테는 잘해주라고."

흥분했던 탓에 어느새 경하의 몸에서 바람의 줄기들이 새어 나오
고 있었다.

그 바람의 줄기들이 시유의 얼굴 쪽으로 하나둘씩 흘러갔다.

"날 미워하고 싶으면 얼마든지 미워해도 좋아. 네 언니가 죽은 게
내 탓이라 생각하고 싶으면 얼마든지 그렇게 생각해도 좋다구. 하
지만 쓸데없이 떼를 쓰거나 고집 피우지는 말아. 그렇지 않아도 나
는 머리가 터져서 죽고 싶은 심정이야. 알아듣겠어? 나는 사실은 여
기에 있을 사람이 아니야. 전혀! 미메이라니 아슈레이니 하는 것과
는 전혀 상관이 없는 사람이라구. 그런데 나는 내 의지로 여기 이렇
게 서 있어."

경하의 몸에서 스며 나오는 바람에는 격하게 격양된 경하의 감정이 섞여 있었다.

그것을 시유는 온몸으로 느낄 수 있었다.

시유뿐만이 아니었다. 주위에 둘러선 로운과 기엘, 이리야에게도 그것은 전해져 왔다.

"전혀 상관없는 사람이 나름대로는 잘해보겠다고 노력하고 있어. 그런데 너는 당사자야. 네가 살고 있는 나라의 일이고 네 언니가 해야 했어야 하는 일이야. 기엘과 로운도 뭐 잘나서 저러고 있는 것 같아? 그렇지 않아! 이리야가 무슨 호승심이나 영웅심에서 날 따라다니는 줄 알아? 그것도 아니야!!"

헉, 헉, 하고 경하는 숨을 몰아 내쉬었다.

무엇 때문에 이렇게나 화가 치밀어 오르는 걸까?

화를 내고 있지만 자신이 무엇을 향해 진심으로 화를 내고 있는 것인지 그는 잊어버렸다.

"따라오고 싶으면 얼마든지 따라와. 그리고 네가 할 수 있는 일은 뭐가 되는지 해. 하지만 기엘이나 로운을 힘들게 하진 마. 알겠어? 걸리적거리지 마. 어린애처럼 굴지 말아. 나를 미워하는 것은 네 자유지만 절대로 쓸데없는 일에 고집 같은 거 피우지 마. 무슨 소린지 알아들어?"

"……"

"알아들었으면 대답을 해!"

"경하님, 이제 그만…"

"그래, 적당해 해라. 보기 좋지 않다."

입술을 깨물며 경하를 바라보고 있는 시유를 보며 기엘과 로운이 경하를 말리기 시작했다.

"그 정도로 해두면 시유도 알아들었을 거야."

하지만 경하는 기엘과 로운의 말 같은 것은 귀에 들어오지도 않는 모양이었다.

그들의 말에도 불과하고 경하는 시유를 다그쳤다.

"대답을 해야 할 것 아니야!! 넌 입도 없냐?!"

"그만 하라니까!!"

로운이 경하에게 다가가는 순간 그때까지 입술 하나 꼼짝하지 않고 있던 시유가 자리에서 일어나더니 그대로 바람처럼 문 쪽으로 달려갔다.

콰아앙—

방 안 모두가 흔들릴 정도로 크게 문을 닫으며 그녀는 그대로 달아나 버렸다.

"......"

"젠장!!"

퍼억— 하고 경하가 시유가 앉아 있던 의자를 발로 걷어찼다.

"아아악—! 열받아!!"

긴 머리카락을 헝클어뜨리며 경하가 혼자서 발악을 하기 시작했다.

"열받아!!"

"......"

"후우~ 무슨 폭풍이라도 친 것 같구만. 참나."

"그렇군요, 이리야 씨."

로운이 발악하고 있는 경하를 말리기 시작했지만 기엘과 이리야는 혼이라도 빠진 사람처럼 멀리 떨어져 그런 둘의 모습을 바라보고만 있었다.

"여하튼 저 녀석은 허구한날 멍하게 있나 싶은데 가끔은 진짜 속을 쿡쿡 찌르는 말만 골라서 한단 말이야."

"경하님이까요. 분명 말은 거칠었지만 경하님의 진심은 시유님께 전해졌을 겁니다."

"헹. 절대로 아니올시다, 기사 양반."

"예?"

"여자들은 섬세해. 아주~ 섬세하다고. 구구절절 저 녀석이 옳은 말을 했다고 해도 여자한테 저런 태도로 말을 하면 미움받는다고."

"하하하하하."

"하기사 미워할려면 자길 미워하라고 했으니 별 상관 없는 건가?"

"하하하, 그럴지도 모르겠습니다."

넋 놓고 있으려니 어느새 로운이 무슨 짓을 어떻게 했는지 모르겠지만 경하가 완전히 얌전해져서 로운의 앞에서 꾸중(?)을 듣고 있는 모습이 기엘의 눈에 들어왔다.

"화가 난다고 해서 그걸 다 풀었다가는 될 일도 안 돼. 너야말로 무슨 말인지 알아듣겠어?"

"……."

"앞으로 어떤 일이 일어날지 모른다. 그런 것에 일일이 감정적으로 행동하다 보면 될 일도 안 돼. 알았어?"

"……."

끄덕끄덕.

경하가 고개를 끄덕였다.

사실 경하는 고개를 끄덕이고 있기는 했지만 속으로는 완전히 딴 생각을 하고 있었다.

'우우… 어떻게 하지? 여자애한테 엄청나게 화를 내버렸어. 으윽.'

사실은 따지고 보면 경하만한 페미니스트도 없다.

물론 그것이 스스로 타고났다기보다는 위에 있는 누나들에게 다년간 주입식 교육을 받은 탓이라고 해도 말이다.

열이 받아 퍼부어 버렸지만 내용은 둘째 치고 단순하게 여자애에게 그렇게 마구 몰아붙이며 화를 내버렸다는 사실 그 자체가 경하의 머리를 혼란스럽게 하고 있었다.

'으윽, 적당히 하는 건데. 아아아아! 미치겠다.'

단순하다면 단순한 성격이다.

"듣고 있는 거야?"

"아! 듣고 있어, 로운. 머리 아프니까 적당히 해줘."

서서히 제정신으로 돌아오자 머리가 욱신거리기 시작했다.

예전부터 아주 심각하게 화를 내고 나면 항상 이런 두통이 뒤를 따랐었다. 경하의 형이나 누나들은 그런 경하를 보고 사실은 성격이 나빠서 그런 것이라며 놀려댔었다.

"경하님, 괜찮으십니까?"

"아니, 안 괜찮아. 머리 속에서 해머로 여기저기를 마구 쳐대는 것 같아. 으윽."

머리를 쥐어뜯으면서 경하가 앞에 서 있는 로운에게 몸을 기댔다.

"으윽…"

"후우… 정말이지, 일일이 손이 가게 만드는군."

로운은 정말이지 정떨어진다는 표정으로 경하의 머리에 손을 댔다.

"로. 조하 아슈레이. 미메이라 바람의 시작에서 끝. 메 하니다(정결케 하는 바람)."

부웅— 하고 로운의 손에서 희미한 빛과 함께 바람이 쏟아져 나왔다.

그것은 경하가 쥐어뜯고 있는 머리카락 사이로 파고 들어가 경하의 머리를 감쌌다.

하늘거리며 머리카락이 로운의 엘에 반응하여 흔들리기 시작했다.

"후우… 좀 괜찮냐?"

정말 귀찮다는 표정을 하고는 있지만 말속에 로운의 걱정이 듬뿍 배어 나온다.

"응."

가만히 눈을 감고 있으려니 로운의 힘이 자신의 몸속을 돌아 나오는 것이 느껴진다.

완전히 가뿐해지지는 않았지만 적어도 견딜 수 없을 만큼 괴롭던 두통이 차츰 가라앉았다.

"저기, 이리야."

"어, 왜?"

"시유한테 좀 가봐줄래?"

두통이 가라앉자 문득 시유가 걱정된 경하는 이리야에게 부탁했다.

"가서 괜찮나 좀 봐줘. 혹시 그… 울고 있지 않을까 해서."

"그런 건 직접 가지 왜 날 시켜?"

"이리야가 가는 쪽이 제일 낫잖아. 내가 가면 또 화를 낼걸?"

"그래도……."

"부탁이야."

"……."

"그렇게 하시죠, 이리야 씨. 아무래도 시유님 입장에서는 이리야 씨가 제일 상관이 없는 사람으로 보이는 모양입니다."

"그건 또 무슨 의미야?"

"그러니까 적어도 미워할 사람으로는 안 느껴진다랄까요?"

"쳇. 정말이지, 왜 마지막에는 항상 나한테 미루는 거야."

"뭐, 좋지 않습니까? 관상용 미소녀."

씨익— 하고 기엘이 웃어 보였다.

"뭐, 뭐야, 그 웃음은? 젠장, 그런 소리는 좀 잊어버리라구."

"어떻게 잊어버릴 수가 있겠습니까? 하루이틀 들었던 소리도 아닌걸요."

"알았어! 알았다구! 가면 될 것 아니야!"

투덜투덜거리며 이리야가 문 쪽으로 몸을 돌렸다.

"이봐, 너!"

"왜?"

로운에게 머리를 기대고 있던 경하가 살짝 실눈을 뜬다.

기본적으로 이리야가 '너'라고 부르는 것은 대부분 경하일 때가 많다.

"기분 안 좋아, 그만 떨어져."

"……?"

무슨 소리인가 싶어서 경하는 이리야의 말에 귀를 기울였다.

"기본적으로 아직도 내 관상용 미녀는 너라구."

"……!!"

"그럼 나는 이만 분부하신 것을 이행하러~"

소리도 없이 문이 닫힌다.

그 닫혀진 문을 통해 경하의 울부짖는 소리가 들려왔다.

"이리야~ 당신 주—욱었어!!!"

*　　　　*　　　　*

'결국 알고 싶었던 것은 단 하나도 얻어내지 못한 채 보내게 된 건가?'

호로스의 수장궁 나카리안에서 멀지 않은 언덕에 한 필의 말이 여유롭게 풀을 뜯고 있었다.

그 말에게서 멀지 않은 곳에 붉은 머리카락을 가진 한 남자가 서 있었다.

그는 내일이면 정식으로 호로스의 수장이 될 사람이었다.

"레나텐, 당신이 지금의 저 바람의 계승자를 보면 무슨 말을 할까?"

버릇처럼 그는 전 수장인 레나텐의 이름을 불렀다.

혼잣말을 하는 것이 그의 버릇이 되어버린 모양이다.

'불가사의라고 해야 할까?'

멀리 바람의 계승자를 포함한 일행들의 모습이 그의 눈에 들어왔다.

그중에서도 바람의 계승자는 굳이 모습을 확인하지 않아도 온몸의 감각으로 느낄 수가 있다.

로이드린에게 있어서 경하와의 만남은 일종의 충격이었다.

그를 만나기 전까지는 적어도 어떤 계승자도 자신의 힘에 미치지 못할 것이라고 스스로 자만하고 있었기 때문일지도 모른다.

아니, 실제로 그는 자만하고 있었다.

누구보다도 뛰어난 능력자라고 말이다.

하지만 그것은 아무리 짚어보려고 해도 짚어볼 수 없는 무한한 경하의 능력과 비교한다면 왠지 그 발끝에도 못 미치는 것처럼 느껴졌다.

로이드린은 사실 귀족의 핏줄을 타고난 사람이 아니었다.

아는 사람은 알고 모르는 사람은 모르는 그의 출생 배경.

그는 그저 그런 부모에게서 태어나 마음껏 자신의 세상을 살아가던 평범한 사람이었다.

그런 그가 한순간 그 능력에 눈을 떠버렸던 것이다.

대부분의 능력자는 보통은 태어났을 때 이미 가려진다.

하지만 아주 드물게 나이가 들어서 신의 은총을 더욱 받아 그 능력을 깨우치는 사람들이 있다.

로이드린이 바로 그런 경우였다.

한순간에 눈떠 버린 능력은 누구보다도 강대하여 심지어는 당대의 수장의 힘을 훌쩍 뛰어넘어 버렸다.

레나텐은 그가 힘에 눈뜬 순간 그 사실을 알아차렸고 차대 불꽃의 계승자로서 그를 수장궁으로 불러들였다.

그것은 불과 얼마 전의 일.

미미한 능력을 가지고 있는 평범한 화염술사에 불과했던 그는 자신의 힘을 자각한 뒤로 점점 더 자신의 능력에 심취했다.

그리고 결국에는 아직 불꽃의 계승자로서 힘을 가지고 있던 레나텐의 몸에서 계승자의 증거인 화륜을 빼앗아 흡수해 버렸던 것이다.

모든 것은 신의 뜻이라며 그대로 로이드린에게 힘을 이양해 버린 레나텐은 슬프게 미소 지으며 현실을 받아들였었다.

"도대체 무엇이 신의 뜻이란 말인가."

허무함이 로이드린의 심장을 파고든다.

꾸욱 쥔 주먹에서부터 붉은색의 화염이 은은하게 피어 오른다.

"신의 뜻이라면 무엇이든 받아들여야 하는 건가, 레나텐?"

그는 자신의 몸속에 깃들어 있는 레나텐의 엘에 질문을 해본다.

"아니, 난 그렇게 생각하지 않아."

그는 화염이 피어 오르는 손을 앞으로 내밀었다.

바람에도 영향받지 않는 순수한 엘의 불꽃이다.

"설사 저 바람의 계승자가 신의 힘을 그대로 부여받았다고 해도."

손에서부터 시작된 화염이 점점 전신으로 번져 나갔다.

머리카락이 화염과 함께 하늘로 치솟기 시작했다.

붉게, 그리고 뜨겁게 타오르는 불꽃이었으나 그것은 머리카락 한 올 태우지 않는다.

"그리하여 저 바람의 계승자가 모든 것에 변화의 바람을 불게 한다 해도 나는 승복하지 않겠어."

*　　　　*　　　　*

"아, 그러고 보니 잊어버렸다."

"예? 경하님?"

말을 타고 앞서거니 뒤서거니 하면서 가던 경하가 문득 생각났다는 듯이 고개를 돌려 방금 떠나온 수장궁 나카리안을 바라보았다.

"잊은 것이라도 있으십니까?"

"응. 저 불꽃의 계승자를 만나면 꼭 물어보고 싶었던 것이 있었거든."

경하의 말이 어느덧 발길을 멈추었다.

"무슨?"

"……."

불꽃 속에서 보이던 환영이 경하의 머리 속에 떠올랐다.

도대체 로이드린과 레나텐 사이에서는 무슨 일이 있었던 걸까? 그리고 또 하나, 경하는 로이드린을 만날 때마다 그의 모습 위에 어른거리던 붉은 기운을 떠올렸다.

"그 사람, 끝까지 자각하지는 못하겠지만 그 화륜이라는 것 말이야."

"예?"

"무슨 일이지?"

앞장서 가던 로운이 기엘과 경하가 따라오지 않자 말을 돌려 돌아와 물었다.

"로이드린이라는 사람이 가지고 있는 화륜 말이야."

"그게 어째서?"

"그거, 눈을 뜨고 있었어."

"뭐?"

"그러니까 내 몸에 있는 세나케인처럼 말이야. 아니, 세나케인처럼이라고 하면 좀 무리가 있는 건가?"

"설마, 호로스의 수장도?"

"아니, 그 정도는 아니고… 이걸 어떻게 설명해야 하지?"

머리를 긁으며 고심하던 경하가 순간 손가락을 딱, 하고 울렸다.

"그렇다! 케인한테 물어보면 되겠다. 나보다는 설명을 잘할지도 몰라."

"어째서 그런 것에만 날 부르는 것이지?"

"오오, 말 안 해도 듣고 있었잖아. 기왕이면 설명해 줘."

"귀찮아."

"뭐, 뭐야, 그 지나치게 인간다운 반응은!"

혼자서 마치 유령하고라도 대화하는 듯한 경하의 모습은 로운이나 기엘 등에 있어서는 그리 생소한 광경은 아니다.

하지만 멀리 있던 시유에게는 생소한 정도가 아니라 혹시 경하가 미치기라도 한 게 아닐까 생각되고 있었다.

"네게서 배웠다. 네가 귀찮으면 언제나 날 부르지 않았나?"

"에엑—! 너무해!!"

불쑥 인간의 형체가 경하의 옆에 떠올랐다.

둥둥둥—

정말로 유령처럼 경하의 옆에 아무런 지지대도 없이 떠 있는 세나케인의 모습을 보고 시유는 기절하고 싶은 심정이 되어버렸다.

물론 이전에 세나케인의 모습을 목격하지 못했던 것은 아니지만 그것은 어디까지나 '미메이라의 수호신'으로서의 모습이었기 때문이다.

"귀찮아도 설명 좀 해봐. 알기는 알겠는데 난 설명을 못하겠어."

"정말이지, 믿을 수 없을 정도로 너 머리가 나쁜 게 아니야?"

"시끄러워! 시키는 거나 제대로 해."

"……."

푸욱, 하고 세나케인이 정말 인간처럼 한숨을 내쉰다.

"그의 화륜은 말하자면 활성화되어 있는 것이다. 그가 가진 능력은 분명 일반적인 경우를 훨씬 뛰어넘지. 그러나 너와 같이 각성을 시킬 정도는 아니야. 중간의 애매한 위치에 걸려 있는 거다. 아마도 그가 자신의 생각을 바꾸기 전에는 절대로 화륜을, 불꽃의 에사라를 깨울 수는 없을 것이다."

"불꽃의 에사라?"

"그래. 내가 바람의 세나케인이듯."

"헤에~"

"그는 불꽃의 힘을 순수하게 자기 자신만의 힘이라고 생각한다. 그래서는 아무리 노력해도 소용없지."

"그것으로 끝?"

"그래, 끝."

"흐음… 그렇지만 역시 그건 이해가 안 가는 건데."

끝이라고 말하는 순간 세나케인의 모습이 환영처럼 스르르 사라져 갔다.

"그것에 신경 쓰지 말아라. 불꽃의 계승자가 또 다른 계승자에게 그렇게 되는 것을 허락했을 뿐이니까."

경하가 무엇에 신경을 쓰고 있는지 눈치 채고 있는 세나케인이 경하를 위로하듯 말했다.

"하지만 그래도……"

역시 그런 설명을 들어도 경하가 보았던 그 환상과도 같은 것을 무조건 이해할 수는 없었다.

생리적인 거부감 같은 것이 작용하는 탓일지도 모른다.

"불꽃의 계승자는 다가오는 무엇인가를 느꼈을지도 모르지. 그것은 너를 보았기 때문일 수도 있고, 그녀가 불꽃의 계승자로서 미래를 보는 눈을 가지고 있었기 때문일지도 모른다. 너는 이미 바람의 주인이 되었으니까."

'그건 무슨 소리지?'

자신을 바라보는 사람들의 눈을 의식하고 경하는 입을 다물었다.

"너희들이 신의 은총이라 부르는 힘에는 나름대로의 기준이 있고 균형이라는 것이 있다. 그녀는 그것을 걱정했을지도."

'균형?'

"그래. 균형. 그녀의 힘으로, 그리고 새로운 계승자가 가진 힘만으로는 네가 가진 힘을 감당하기 힘들 것이라고 생각한 그녀의 궁여지책이었을 것이다."

그것으로 세나케인에게서 전해져 오던 소리는 끊어졌다.

경하는 조용히 말고삐를 당겼다.

'균형… 이라고?'

새로운 의문이 경하의 머리 속에 가득 들어찼다.

어디까지 진실이고 또한 진실이 아닌 걸까?

'균형이 흐트러지고 있다는 소리가 되는 건가, 이건?'

바람이 불어오고 있었다.

'바로 나 때문에?'

그 바람은 온 아슈레이에서 단 하나, 다른 세계의 존재인 경하의 곁을 지나 다시 원래대로 자신의 길을 찾아 흘러가고 있었다.

제3장

하나스의 기사

The Wind of Ashurei

불같이 뜨거운 햇살이 내리쬐는 언덕.

그 언덕 위에서 수십 명의 남자들이 떼를 지어 삽질을 하고 있었다.

해를 피할 곳은 단 한 군데도 없어 모두들 땀을 비처럼 흘리며 작업에 열중하고 있었다.

가끔 바람이 그들의 곁을 스쳐 지나갔지만 그것은 잠시, 끊임없는 작업으로 그들은 조금씩 지쳐 가고 있었다.

"어이! 거기 손이 쉬면 어떻게 하나? 머리는 쉬어도 손이 쉬면 곤란해!"

"예! 시정하겠습니다!"

"대답할 기운이 있으면 됐네! 손이나 움직여!"

"알겠습니다, 룬님!"

건장한 체격의 남자가 다른 사람들과 마찬가지로 웃통을 벗고 흙 투성이가 되어 여기저기를 뛰어다니고 있었다.

어떤 사람은 그의 발에 채였다가 다시 벌떡 일어나 삽질(?)을 했고 어떤 이는 주먹으로 얻어맞은 뒤 너털웃음을 지으며 다시 일을 시작하기도 했다.

꽤나 거칠게 사람들을 다루고 있었지만 어느 누구도 얼굴에서 웃음을 잃지는 않았다.

"룬님! 알리아에서 서신이 도착했습니다!"

멀리서 누군가 바람에 짧은 앞 머리카락을 휘날리며 뛰어왔다.

누군가 싶어서 실눈을 뜨고 앞을 바라보던 그는 미간에 파악 주름을 잡았다.

"어, 어어어~ 이거 곤란한데."

"룬님, 이것이라도 걸치시죠."

누군가 남자에게 천 쪼가리 같은 것을 건넸지만 그는 손을 저었다.

"그런 거 걸쳐 보았자 저 녀석은 안 속아."

"그래도 일단은 뭐라도 걸치셔야……."

"눈 가리고 아웅해 봤자라니까. 지난번에 봤잖아."

그렇게 룬이라고 불린 사람과 다른 이들이 실랑이를 하고 있는 동안 그 문제의 '저 녀석'이라 불린 남자가 등성이를 기어 올라왔다.

아니나 다를까, 그는 룬을 보는 순간 기어 올라오던 그 자세로 얼어붙어 버렸다.

"세, 세상에! 룬님!"

"아! 왔어, 카일?"

남자는 손에 든 양피지를 들고서 부들부들 몸을 떨었다.

양피지 끝이 그에 따라서 함께 파들파들 소리를 내는 것 같다.

"너무 흥분하지 마. 흥분은 몸에 안 좋다고."

하지만 카일은 룬의 말은 귓바퀴에도 차지 않는지 손가락으로 룬을 가리키며 경련을 일으키기 시작했다.

"어, 어떻게 이러실 수 있습니까! 세상에 룬님께서!! 왜 도대체 제 말을 안 들어주시는 겁니까! 또 이런 몰골로!!"

"'세상에 룬님'은 또 뭐야? 일하면 다 이렇게 돼."

"말도 안 됩니다! 기사의, 로열 가드의 체면은 다 어디에 던져 버리고 이런…!!"

"이봐, 이봐. 이봐아—!"

당황하는 룬의 뒤에서 룬과 비슷한 모습을 하고 있던 병사들이 히죽히죽거리며 진을 치기 시작했다.

"말이 되지를 않습니다! 이런 병사들과 함께 웃통을 벗으시고 막일을 하시다니… 아아, 고향에 계신 백작님의 얼굴을 어찌 뵐지. 리첼 가문의 모든 식솔들이 땅을 치고 통곡을 할 겁니다, 룬님!"

"시끄러워! 어이, 모두들! 전직 로열 가드는 땀 흘리고 삽질하지 말라는 법이라도 있나?"

속사포 같은 카일의 수다 공격에 침몰 직전인 룬이 주위에 도움을 청한다.

"없습니다!!"

구릿빛 피부를 한 병사들이 일제히 소리를 지르며 룬의 말에 대답했다.

삐이익— 하고 어디선가 휘파람 소리까지 들려온다.

"봐, 없다잖아."

"룬님!!"

"하하하하하, 흥분하지 말라구."

껄껄껄 하는 웃음소리가 야트막한 등성 위로 퍼져 나갔다.

"룬님!! 체통을 지켜주십시오!!"

길고 긴 카일의 비명 소리가 웃음소리의 꼬리를 부여잡고 늘어졌다.

시원한 물방울이 사방으로 튀어 나갔다.

"후우, 이제야 좀 살 것 같군."

손을 내밀자 보송보송한 천이 그 위에 올려진다.

힘차게 뚝뚝 떨어지는 물기를 닦아낸 룬은 한쪽 구석에서 홀쩍홀쩍거리고 있는 남자를 쳐다보았다.

"그만 좀 홀쩍거리게나. 도대체 왜 그렇게 홀쩍거리는 건지 정말."

"으흑, 흑. 어찌하여 리첼 가문의 룬님께서 이리도…."

"이봐. 여기는 변방이다, 변방. 내가 아무리 전직 로열 가드라고 해도 모두들 힘들게 작업을 하는데 명령을 내린 내가 나 몰라라 하며 번쩍거리는 갑옷을 입고 팔짱 끼고 있을 수는 없어. 무엇보다 갑옷 같은 거 입고 있으면 통째로 구이가 되는 것도 어렵지 않을걸?"

"그래도 룬님!!"

"그러니까, 그렇게 찔찔 짜지 좀 말아! 당장 그치지 않으면 걷어차서 내쫓아 버리겠다."

"크흡, 룬님!"

자신의 나이 배는 충분히 먹은 남자지만 그에게 하는 말은 거칠다.

룬은 햇빛에 바래 연한 갈색이 되어버린 머리카락을 손가락으로 빗어 넘겼다.

"적당히 하고, 서신을 가져왔다고 했지? 그것이나 주게."

"아! 예엣, 룬님!"

허둥지둥 카일이 들고 있던 서신을 그의 주인에게 내밀었다.

그는 서신을 내밀고는 룬의 옆에 멀찍이 떨어져 서서 그를 지켜보았다.

그의 주인인 룬은 건장한 체격에 실력도 일류, 수도의 귀족 집안 아가씨들이 수도 없이 연서를 보내올 정도로 호남이다. 거기에다가 수도 알리아에서는 알아주는 기사 가문인 리첼가 출신의 로열 가드였다.

그러니까 정확하게 말하면 로열 가드였었다.

'후우, 어쩌다가 이런 변방으로 오시게 되어 이런 고생을……'

그 생각을 하니 왠지 가슴이 뭉클해지면서 다시 눈에 눈물이 고인다.

룬은 그에게 언제나 남자가 너무 눈물이 헤프다면서 투덜거렸지만 이렇게 감격을 잘하거나, 또는 감정적이 되어버리는 것은 어쩔 수 없는 노릇이다.

카일이 그의 주인의 불운한(?) 사정에 가슴 아파하며 눈에 고이는 눈물을 룬이 모르게 열심히 훔쳐 내고 있는 동안 룬은 카일은 아랑곳하지 않고 받아 든 서신에 정신을 집중하고 있었다.

'흐응… 어서어서 멀리 꺼져 버리라고 할 때는 언제고, 정말이지 제멋대로라니까.'

받은 서신을 읽어 내리면서 룬은 냉소적인 미소를 지을 수밖에 없었다.

그가 전해 받은 것은 귀환 명령서.

1년 간의 변방 근무를 마치고 수도 알리아로 귀환하라는 명령서였다.

그는 오전 내내 흙더미 속에서 뒹군 탓에 몸 여기저기에 말라붙어 있는 진흙을 털어내면서 콧방귀를 뀌었다.

'쳇, 이곳에 있는 쪽이 훨씬 좋은데 말이야.'

수도에 있으면 언제나 숨이 턱턱 막힐 것 같은 의례용 갑옷을 꼭꼭 껴입고 있어야 한다.

물론 그것이 매일매일은 아니라고 해도 별일없는 왕궁에서 별 위험도 없어 보이는 그의 군주를 하루 종일 보좌하고 있다거나, 졸리고 하품만 나오는 회의에 하루에 두 번씩 꼭꼭 참여한다거나 하는 일은 정말이지 심심하기 그지없는 일인 것이다.

물론 이런 이야기를 카일이 듣는다면 그게 무슨 소리냐며 펄펄 뛰겠지만 말이다.

'차라리 나보다 카일이 기사인 쪽이 훨씬 좋았을 텐데. 쯧쯧. 나보다 훨씬 공명심과 정의감에 가득 차서 하루 종일이라도 서 있을 수 있겠지.'

유명 기사 가문에서 태어나 어릴 때부터 이런저런 훈련을 받고 기사로 서임받기까지 그는 자신이 기사 이외의 다른 일을 할 수 있을 것이라고는 꿈에도 생각하지 않았었다.

하지만 의외로 기사가 되고 보니 그는 이상하리만치 그 기사라는 것이 자신의 성격에는 맞지 않는 것이 아닐까 하고 의심을 하기 시작했다.

주위 사람들은 모두들 그에게 멋진 기사라며, 집안을 빛냈다며 칭찬했지만 그런 것은 하나도 귀에 들어오지 않았다.

오히려 작년, 나름대로는 꽤나 커다란 사건을 일으켜 거의 좌천되다시피 해서 이런 변경 성으로 발령받아 왔을 때 꽉 막혔던 숨통이 트이는 기분이었던 것이다.

그가 발령받아 온 곳은 자유 도시에서도 떨어져 불의 신국 호로스 가까이 위치한 작은 성.

성이라고 말하기도 곤란한 요새 같은 곳이다.

하지만 말이 요새지 그저 형식상으로 만들어진, 말하자면 호로스에 대해 격식이나마 차려보자고 만들어진 곳에 불과했다.

하나스는 아슈레이 대륙에서 가장 많은 나라들 사이에 끼어 있는 나라다.

가이칸과 아셀 제국, 바에사, 케리타 사이에 자리 잡고 있다 보니 변경 성은 대부분의 경우 상당히 철통같이 요새화되어 있지만 호로스의 국경에 맞닿아 있는 이곳만은 그렇지 않은 것이다.

아무리 오랜 역사를 거슬러 올라봐도 호로스가 남침을 해온 적은 없다.

그러니 만들어져 있는 요새도 어딘가 맥이 풀려 있다.

성벽이라고 있는 게 그저 돌 몇 개를 쌓아 올린 게 다이다.

멀지 않은 곳에 있는 이오카에는 상당히 커다란 성읍이 있지만 역시 이곳은 하나스 유일의 권태롭기 그지없는 변경.

그런 곳이지만 룬은 이곳이 마음에 들었다.

몸으로 직접 병사들과 함께 야트막한 산등성이에 무너질 듯 위태로워 보이는 성벽을 다시 구축하고, 같이 흙 밭에서 뒹굴며 훈련을 시키는 쪽이 훨씬 그의 적성에 맞았다.

나름대로는 그렇게 즐겁게 지내왔지만 그것도 이제 슬슬 끝인 모양이다.

수도 알리아에서 그를 기다리고 있는 일이 다시 로열 가드의 일일지, 아니면 다행스럽게 어느 한 기사단에 소속되어 열심히 말을 달리게 될지는 모르는 일이다.

"하아… 수도로 돌아가야 하는 건가. 크흐."

그에게 있어서는 나름대로 아쉬움의 감탄사였지만 카일은 그것을 감격의 감탄사로 들어버렸다.

"아앗! 룬님, 드디어 수도로 돌아가시게 되는 것입니까! 이 카일! 너무도 감격스럽습니다. 크흑!"

"울지 마! 울지 말라구!"

"크흡, 너무나 너무나 감격스럽습니다!"

"울지 말라고 했잖나!!"

바깥에서 웅성웅성 병사들의 소리가 들려왔다.

그들에게 있어서 그들의 지휘관인 룬과 그의 보좌관이지만 왠지 시종 분위기를 풍기고 있는 카일의 이런 세리프는 거의 매일매일 듣는 일종의 일례 행사.

한쪽은 울지 말라고 소리치고 한쪽은 상사의, 그의 주인(?)의 명령은 완전 무시한 채 한구석에 무릎을 꿇고 앉아 훌쩍훌쩍, 또는 엉엉 울어댄다.

"그만 좀 하라고 하지 않았나! 으아아— 돌아버리겠어, 정말!"

전직 로열 가드라고 해서 나름대로는 바짝 긴장하며 그들의 새로운 지휘관을 기다렸던 이 성의 병사들에게 있어서 룬은 참으로 색다른 지휘관이었다.

"하아, 골 아파. 정말이지. 밖에 누구 없나!!"

"예!!"

"들어와서 카일 좀 끌어내!"

"예! 알겠습니다!"

여느 날과 다름없이 병사 둘이 들어와 질질 울고 있는 카일을 끌어내기 시작했다.

"실례하겠습니다, 카일님!"

일 년 동안 하루 두 번 정도 벌어지던 행사.

하지만 이날이 마지막이었음을 그들은 뒤늦게야 깨닫게 되었다.

*　　　　*　　　　*

"으으, 엉덩이 아파. 허리 아파. 등 아파. 팔 아파."

"…저건 여전하군. 여자가 있으면 멋이라도 부리느라 덜할 줄 알았더니만."

이리야가 여전히 엄살을 피우고 있는 경하를 보며 키득키득거렸다.

호로스의 수도인 나카리안에서부터 지금까지, 며칠을 계속 말을 타고 여행해 온 탓에 사실 모두들 어느 정도는 지쳐 있었다.

중간중간, 나름대로는 휴식을 취하고 있기는 하지만 일단은 강행군.

"아픈 것은 아픈 거야! 누굴 철골로 알아? 나는 기엘이나 로운과는 다르다고!"

"그렇게 말하지만 저기 시유 양을 봐. 찍소리 하나 안 하고 견디고 있단 말이야, 누구랑은 다르게."

"내, 내가 알 게 뭐야!"

파악— 하고 얼굴에 피가 몰린다.

솔직히 쪽팔리는 것은 어쩔 수 없다.

실제 이리야의 말대로 시유는 나카리안에서 한 번 경하의 폭주를 그대로 경험한 이후로는 작은 일에나 큰일에나 절대로 불만을 말하지 않았다.

사실은 오히려 그것이 더 부담스럽다고 시유를 제외한 멤버 전원이 입을 모을 지경이다.

'으으, 여자들 토라지는 것은 어쩔 수 없는 건가. 크흑.'

경하는 계속 흔들리는 말 위에서 후회막급이라며 열심히 땅을 팠다.

"아, 그러고 보니…."

"왜 그래?"

앞장을 선 기엘 대신 로운이 대답을 했다.

"궁금한 게 하나 있거든."

"뭐가?"

"그 왜 하나스랑, 아셀, 케리타, 바에사 이렇게 4국 연합의 이름이 셰비인 거지? 보통은 종주국이 되는 나라 이름 쓰고 그러지 않나?"

"……."

머리가 좀 정리되고 끊임없이 열심히 말을 달리다 보니 머리 속에 떠오르는 것은 이런저런 잡생각들이다.

현재 그들의 목표는 제일 가까운 나라인 하나스.

그 하나스 중에서도 수도인 알리아다.

"사실 그렇잖아. 엉뚱하게 어디서 튀어나온 것인지도 모르는 이름이 4국 연합의 이름이라니, 이상하지 않아?"

"꼭 그렇지도 않다. 4국 연합의 성명이 체결된 곳이 현재 아셀의 영토로 되어 있는 셰비라는 성이기 때문이지."

뭘 그런 것을 궁금해하냐면서 로운이 설명을 하기 시작했다.

"에헤?"

그가 언제나 말하는 것처럼 쓸데없는 질문이 아니라면 로운은 상당히 친절하게 열심히 설명을 해주곤 한다.

"셰비는 폴리카르와 그 옆의 지류 사이에 껴 있는 성이지. 예전부터 각각의 나라에 가이칸까지 더해서 분쟁이 심각했던 곳이다. 결국 70년 전이었던가? 아셀이 셰비를 차지한 이후로는 그럭저럭 조용해졌지. 여하튼 그 셰비라는 성에서 나름대로는 역사적인 4국 연합체가 탄생을 했다. 그래서 그렇게 불리는 거다."

"흐응… 하기사 내가 있던 곳에서도 뭔가 중요한 협의나 그런 게 있으면 그 지역 이름을 붙였던 것 같기는 해. 세계사 책에서 봤던 것 같기도 하고."

떠올려 보면 사실 그렇게 희한한 일도 아니다.

별것은 아니지만 궁금했던 것을 해결하자 경하는 단순하게도 기분이 좋아져 버렸다.

"아아, 정말로 웬 팔자에 없는 여행인가 몰라. 여기서는 매번 이리저리 돌아다닌 일뿐이니."

"할 수 없는 일이지."

"이봐, 로운."

털썩— 하고 말 등에 엎어진 경하가 애원하듯 로운을 불렀다.

"좀 쉬었다가 가면 안 될까?"

"……."

"내가 힘든데 저앤 더 힘들 거 아니야. 찍소리도 안 하니 뭐라고 하기도 그렇고, 적당히 쉬어가면서 가는 게 어때? 응?"

"서두르자고 했던 것은 다름 아닌 네가 아니었나?"

"그건 그렇지만 그래도 충분히 쉴 만큼은 쉬어야 앞으로의 일정에 영향이 없을 것 아니야."

"필요하다면 회복 주문이라도 걸어주지."

"그런 소리가 아니잖아~"

사실 따지고 보면 급해도 여간 급한 게 아니다. 그럼에도 불구하고 역시나 몸이 피곤하다 보니 정신도 조금은 해이해지는 것이다.

"어차피 하나스의 수도 알리아는 멀었다구. 좀 쉰다고 해서 하나스의 국왕이 어디로 도망쳐 버리는 것도 아니고, 알리아가 망해 버리는 것도 아니잖아?"

"……."

5필의 말의 발굽이 내는 소리가 들려왔다.

경하는 말 등에 기댄 채 건너편에서 묵묵히 앞을 보며 가고 있는 시유를 바라보았다.

정말이지, 말을 하지 않을 뿐 얼굴에는 피곤함이 가득 차 창백해 보일 지경이다.

그동안은 숲에서 노숙을 하기도 했고 마을에 들어가 쉰다고 해도 한밤중 늦게 숙소를 잡아 새벽같이 다시 출발하는 등 상당히 빡빡한 일정으로 움직여 왔다.

사실 이 일행 중 누구보다 피곤하고 힘든 사람은 시유일 것이다.

그녀가 밤새 깜박 잠이 들면 로운과 이리야가 번갈아 회복 주문 같은 것을 시전해 주었지만 피로는 시간이 갈수록 더 더욱 축적되고 있었다.

"더도 말고 하룻밤만, 따악— 하룻밤만 좀 느긋하게 쉬면 안 돼?"

"…시끄럽군. 알았다. 해가 지기 전에 마을에 도착하게 되면 그렇게 하지."

"그런 게 어디 있어!"

"그 정도면 족해. 어?"

경하와 언쟁을 벌이고 있던 로운은 멀찍이 앞장서서 가던 기엘이 기수를 돌려 그들을 향해 맹렬하게 달려오는 것을 발견했다.

"무슨 일이지? 하아!"

로운이 말의 옆구리를 걷어차 달려오고 있는 기엘 쪽으로 다가갔다.

"기엘, 무슨 일이야?"

"앞쪽에 하나스의 기사와 병사들이라고 짐작되는 무리가 있다. 어찌 된 영문인지는 모르겠지만 웅성웅성 농성이라도 벌이고 있는 것 같다."

기엘이 있는 그대로 자신이 본 것을 보고했다.

로운의 뒤를 이어 기엘의 주위로 모인 일행들은 갑자기 무슨 일인가 싶어서 귀를 쫑긋 세운다.

"왜 그래, 기엘?"

경하가 드물게 약간 흥분한 상태인 기엘에게 질문을 했다.

"그것이, 영문을 모르겠습니다만 저 앞쪽으로 하나스의 기사와 병사들로 짐작되는 무리들이 진을 치고 있습니다. 거의 한 부대라고 봐도 좋을 정도의 인원입니다. 물론 저희들과는 상관없을 수도 있겠습니다만, 일단 수가 많은 데다가…."

"하나스의 기사?"

"예. 두 개의 검과 방패, 그리고 그 위에 그려진 문장으로 봤을 때 하나스의 기사가 틀림없습니다."

"흐응…."

언제나 기사인 기엘과 로운과 같이 행동하고 있는 경하이긴 하지만 역시 '기사'라는 단어는 왠지 가슴을 두근거리게 한다.

기엘과 로운은 오히려 너무 가까이 있어서인지 일반적으로 가질 수 있는 기사에 대한 신비감 같은 것이 존재하지 않기도 했기 때문이다.

"기사라… 위험한 걸까, 그 사람들?"

"그렇지는 않을 겁니다. 하지만 일단 마주치게 되면 저희들에게 호기심을 가질 수도 있고…."

어떻게 할까? 라는 표정으로 기엘이 로운의 의견을 구한다.

하지만 로운이 뭐라고 말을 꺼내기도 전에 경하가 가볍게 결정을 내려 버렸다.

"뭐, 상관없잖아. 우리들이 이상한 짓을 하고 있는 것도 아니고, 일단은 하나스의 국왕을 만나러 가는 사신 일행이라구. 조금 모양새는 우스울지 몰라도."

"글쎄… 그렇게 쉽게 생각할 문제는 아니라고 생각하는데."

로운의 신중론.

하지만 역시 경하의 귀에는 로운의 신중론 따위 차지도 않는 모양이다.

"괜찮아, 괜찮아. 우리가 뭐 죄라도 지었어? 물론 조금 켕기는 게 없는 것은 아니지만, 뭐 어때?"

지난번의 꽤나 지독한 경험 이후로 사실은 누군가와 연관되는 것이 상당히 꺼려졌던 경하지만 그저 '구경'만 하는 것이라면 문제가 다르다.

부대라고 부를 수 있을 정도의 인원을 거느린 기사, 그것도 처음

보는 새로운 나라의 기사다. 그런 구경거리를 놓칠 수는 없는 것이다.

물론 다른 사람들은 경하가 그런 생각을 가지고 있는지는 꿈에도 알지 못했지만 말이다.

"그냥 가자고. 떳떳하게 행동하면 뭐라고 하겠어? 와서 딴지를 걸면 여행 중이라고 하면 되잖아. 이전에 가이칸을 지나갈 때처럼."

"뭐, 그것도 나쁘지는 않지 않을까? 사실 나는 이리저리 숨어 다니는 거 질린 사람이라구."

이리야가 경하의 편을 들고 나오자 결국 기엘과 로운도 양보를 하기로 했다.

사실 그렇게 경계를 할 필요는 없다고 그들 스스로도 생각하고 있기 때문이었다.

"그럼 그대로 가도록 하죠. 단, 경하님!"

"응?"

"문제가 될 만한 발언은 절대로 하지 말아주십시오."

"…뭐? 그건 무슨 소리야?"

"그러니까 단순한 당부의 말씀입니다."

"내가 할 말을 기엘, 네가 대신하다니, 웬일이야?"

"이봐, 둘 다! 무슨 의미야, 그건?!"

"하하하하, 글쎄. 로운, 가끔은 네 고민도 함께해 보고 싶다는 마음이랄까?"

"기엘!! 그게 무슨 의미냐니까!!"

뒤에서 아우성치는 경하는 아랑곳하지 않고 로운과 기엘이 사이 좋게 앞장을 서서 가기 시작했다.

그런 그들의 모습을 보며 시유가 남몰래 미소를 짓고 있다는 사실은 아무도 눈치 채지 못한 채 말이다.

*　　　　*　　　　*

"대장님, 정말 떠나시는 겁니까?"

"그래."

"저희들을 두고 가시다니요. 저희들도 같이 가겠습니다."

"웃기는 소리들 하지 말고 모두 돌아가! 지금 무슨 짓을 하고 있는 줄 아나!"

"룬님!!"

"대장님!!"

"가지 마세요!!"

"대장님이 가시면 저희들은…!"

산만한 덩치의 남자가 갑자기 철푸덕 그 자리에 주저앉아 버렸다.

"으허엉— 대장님, 저희들을 버리고 가시면 안 됩니다."

뚝뚝뚝.

솥뚜껑만한 손등 위에 눈물이 떨어진다.

한심하고, 또 한심한 모습을 바라보며 룬이 입을 쩍 벌리는 순간 주위에 늘어서 있던 사내들마저 그 자리에 하나둘씩 주저앉기 시작했다.

"저희들을 데리고 가신다고 말씀하실 때까지 절대로 보내드리지 않겠습니다."

"옳소!!"

"맞아! 죽어도 따라갈 거야!"

이리저리 시끄러운 고함 소리가 난무한다.

그것을 바라보며 룬은 입을 쩍 벌리다 못해 넋이 빠져 버릴 지경이 되어버렸다.

"으윽, 눈물은 여자 눈물이 제일인데 웬 사내 녀석들이 이 모양이냐."

수도 알리아에서 서신이 전해져 온 후 3일째 되는 날.

룬은 주변 정리를 하고 수도로 떠나려 했었다.

하지만 그것은 어디까지나 룬의 생각이었다.

룬은 카일과 함께 짐을 메고(?) 이고 싣고 나름대로는 최대한 배려한답시고 몰래 관사를 빠져나왔지만 어떻게들 알았는지 그를 따르던 일부 병사들이 제각기 보퉁이를 하나씩 지고 그의 뒤를 밟아 따라왔던 것이다.

"하이고오, 내 팔자야."

아름다운 여성들이 줄줄이 따라나서 준다면야 싫다고 할 것도 없겠지만 어디서 덜렁덜렁하고 고만고만한 오합지졸 비스무리한 사내 녀석들이 줄줄이 따라나와 버렸다.

물론 일 년 내내 새빠지게 훈련시켜 이제는 좀 병사들 티라고 하는 게 나기는 하지만, 그래도 아닌 것은 아닌 것.

"당장들 돌아가!! 너, 린슨!! 어머님은 어쩌고 따라나왔어?!"

"어머니께서… 크흑, 룬님을 따라 큰 성에 가서 기사가 되라고 하시며…."

라며 린슨이라 불린 사내가 울음소리로 말을 흐린다.

그가 말을 하자마자 다른 사내들 역시 비슷한 말들을 줄줄 외우며 같이 엉엉대며 룬에게 애원을 하기 시작했다.

"룬님, 어서 서두르셔야 할 텐데요."

카일이 옆에서 훈수를 두자 룬이 빽 하고 소리쳤다.

"그러니까 다 네 탓이잖나!! 내가 입 꾹 다물고 찍소리하지 말라고 했는데 어째서!!"

"그야 모두들 룬님께 인사라도 하고 싶다고 하니 제가 어찌 말릴 수 있었겠습니까."

"에라이! 천하에 도움 안 되는 놈!"

성질 같아서는 걷어차 버리고 싶지만 룬은 꾹꾹 눌러 참았다.

카일을 걷어찼다가는 아마도 카일의 몸이 나을 때까지 꼼짝도 못할 것임을 너무나도 잘 알고 있기 때문이었다.

'어휴, 이걸 정말… 애초에 왜 내가 카일을 데리고 왔는지… 으으~ 후회된다, 후회돼!'

질질 짜고 있는 산 같은 덩치의 남자들. 그리고 어쩔 줄을 몰라 앞에서 왔다리 갔다리 하는 카일을 보며 룬은 한숨을 내쉬고, 또 내쉬었다.

그때였다.

"역시 뭔가 분위기가 이상하지?"

"그러게 말이야. 뭔 줄초상이라도 났나?"

목소리와 함께 말발굽 소리가 가까이 다가오고 있었다.

"역시나 좀… 멀리 돌아서 가는 편이 좋았을까?"

"이미 늦었어."

소곤소곤 말하는 듯하지만 왠지 그중 한 사람의 목소리만큼은 룬의 귀에 쏙쏙 파고든다.

눈을 들어 그 소리의 진원지를 확인하려 했지만 왠지 내리쬐는 밝은 햇살이 그것을 방해했다.

뭔가 머리에 쓰고 있는 듯싶었다.

그것에 햇빛이 반사하고 있었다.

'뭐… 지, 저건?'

따각따각거리는 말발굽 소리가 점점 더 가까워졌다.

가까이 다가갈수록 왠지 울음소리 비슷한 것이 들려왔다.

경하는 살짝, 아주 살짝 최소한도로 그의 바람을 날려 보냈다.

멀리 날아갔던 바람이 돌아오며 그 울음소리 비슷한 것이 상당히 많은 사람들이 모여 한꺼번에 엉엉, 흑흑대며 반쯤은 통곡하고 있는 소리라는 것을 알려준다.

문제는 경하가 바람을 날려 보낼 때 자신들이 말하고 있는 소리까지 한꺼번에 그것에 실어 날려 보냈다는 사실을 눈치 채고 있지 못하는 데 있었다.

"뭔가… 문제있는 거 아닐까, 저기?"

"글쎄. 특별한 게 아니라면 굳이…"

"가봐야 하지 않을까, 로운?"

"…가볼 필요 없다고 말하고 싶지, 로운?"

"당연하지."

세 사람의 말이 교묘하게 이어져 결론을 도출해 낸다.

"쓸데없이 남의 일에 참견할 계제가 아니다."

"그래도 엉엉 울고 있는걸. 덩치가 산만한 아저씨들이. 참견 차원이 아니라 특별한 사정이라도 있는 것인가 싶어서."

손가락으로 남자들이 옹기종기(?) 모여 앉아 있는 곳을 경하가 가리켰다.

사실은 궁금증보다는 조금쯤이라도 가까이 가서 '구경'을 하고 싶은 게 경하의 솔직한 심정이다.

며칠 동안 쭈욱 5명이서 시유가 가끔씩 내뿜는 심인성 찬바람을 맞으며 썰렁하게 여행한 탓에 꽤나 심심했었다는 이유도 있다.

"뭐, 꼭 도와주겠다는 것은 아니구."

로운이 노려보는 듯한 느낌이 들자 얼른 경하는 말을 돌린다.

"여하튼 간에 호기심은⋯."

"헤헤헤헤."

멈추지 않고 앞으로 걸어나가는 말들 덕에 일행은 어느덧 그 문제의 산만한 아저씨들이 잔뜩 옹기종기 웅크리고 앉아서 통곡을 하고 있는 현장에 도착했다.

경하는 로운의 눈치를 보며 말의 고삐를 당길까 말까 고민을 했다.

'우웅, 대뜸 멈춰 서버리면 분명 잔소리를 해댈 텐데.'

한쪽 눈으로는 로운의 눈치를 보며, 다른 한쪽 눈으로는 사람들이 있는 쪽을 살피는데 순간 경하의 시선이 한 남자와 따악 마주쳤다.

그는 엉엉 울고 있는 다른 사람과는 달리 꽤나 단정한 차림을 하고 있었다.

무엇보다 그가 경하의 시선을 끈 것은 그의 허리에 매달려 있는 검과 그의 옆에 내려져 있는 멋들어진 조각이 새겨져 있는 방패였다.

경하의 시선은 어느덧 그의 허리를 지나 바닥에 놓여진 방패로 향하고 있었다.

"⋯은백의, 순은(純銀)의 여신인가⋯."

중앙에 군계일학처럼 우뚝 서 있던 남자가 그 덩치에 알맞은 굵직한 목소리로 말했다.

"아름다워."

한창 방패에 시선이 팔려 있는데 그 옆에서 덜렁덜렁 움직이고 있던 검이 천천히 경하의 눈앞에 확대되어 다가오기 시작했다.

"살아 있는 은백색 상아…"

경하가 자신과 눈이 마주친 남자가 다가오고 있다는 것을 알아챈 것은 그가 남자들의 무리에서 빠져나와 경하 일행과 상당히 가까워졌을 때였다.

'뭐야, 저 남자는?'

어딘가 시선을 빼앗겨 정신이 홀라당 나가 버린 듯한 그 남자는 뭔가 상당히 황홀한 표정을 짓고 있었다.

"정말로 아름다워."

"에?"

경하는 고개를 갸웃거렸다.

그러다가 말고 경하는 짧게 감탄사를 내뱉었다.

"아! 그렇지!"

휘익―

경하의 고개가 시유에게 향했다.

경하의 바로 옆에 있던 시유는 왜 자신을 보느냐며 새초롬한 표정으로 고개를 돌려 버렸다.

턱 선을 지나 목덜미를 덮고 있던 새하얀 머리카락이 시유의 얼굴에 찰랑거리며 달라붙는다.

'하기사 시유… 가 좀 예쁘긴 하지만.'

이러 저러한 사정으로 그다지 좋은 사이로 지내지는 못하지만 경하는 있는 그대로의 사실은 인정하고 있다.

경하의 입장에서 아슈레이 인들, 그중에서도 미메이라 인들은 동서양의 중간 정도의 골격을 가진 인종으로 보인다. 기본적으로 동서양의 미의 기준은 같을 수도 다를 수도 있지만 여하튼 간에 시유는 경하의 눈으로 봐도 상당한 미인인 것이다.

이런 특이한 사정만 없었다면 정말이지 슬슬 기회를 봐서 대시라도 해보고 싶은 그런 외모를 가지고 있는 것이다.

'맞아. 좀 예쁜 게 아니라 확실히 예쁘기는 해.'

뚜렷한 이목구비에 깔끔하게 정리된 은백의 머리카락, 어딜 봐도 군살 하나 없어 보이는 몸매. 가느다란 목과 날씬한 팔, 예쁜 손가락.

한참을 봐도 싫증나지 않을 미소녀인 것이다.

'거기다가 성격이 좋으면 금상첨화겠지만.'

경하는 고개를 설레설레 흔들었다.

며칠밖에 함께 있지 않았지만 외모에 비해 시유의 성격은 생각보다 상당히 거친(?) 편이다. 물론 경하에 한해서.

그 외의 경우라면 확실히 구미가 당기는 미인인 시유.

'쳇, 차라리 저 남자의 입장이었으면 좋겠네.'

그렇게 생각하며 경하는 시유에게서 시선을 거두어들였다.

그리고 고개를 돌리는 순간 눈앞에 불쑥 손 하나가 달려들었다.

"우, 우앗!!"

그 손은 아주 가볍게 길게 늘어져 있는 경하의 머리카락을 몇 가닥 집어 올렸다.

"아름다운 레이디."

"……"

"당신의 이름을 물어도 실례가 되지 않겠습니까?"

"……"

그는 손가락에 경하의 머리카락을 휘감아 입술에 대며 다시 한 번 말했다.

"정말로… 당신과 같은 여성을 만나게 되어 영광입니다."

싸악—

핏기가 내려가는 소리가 경하의 귀에 들려온다.

"……."

주위가 급속도로 냉각되기 시작했다.

울고 있던 남자들은 울음을 멈추고 눈앞에서 벌어지고 있는 광경에 넋을 잃어버렸다.

멋들어진 목소리와 연갈색 머리카락의 기사.

은백색의 머리를 허리보다 더 길게 길러 늘어뜨리고, 아름다운 암말(?)에 아름다운 자태(?)로 앉아 있는 아름다운 요정 같은 소녀.

음유 시인이라도 있었다면 너무나 로맨틱한 광경이라며 시를 읊어 노래를 부를 것 같은 아름다운 광경이었다.

하지만…….

"이 자식이 누굴 보고 레이디라는 거야! 넌 눈이 엉덩이에 달렸냐!"

퍼억—

아름다운 레이디가 우아한 발로 우악스럽게, 나름대로는 최선을 다해 멋진 미사여구를 준비하고 있던 기사의 턱을 차내 버렸다.

꼬르르륵— 소리를 내며 기사의 몸이 뒤로 넘어갔다.

남자들이 그의 뒤로 달려들었다.

"우앗!! 룬님!!"

"룬님!!"

그와 동시에 아름다운 레이디(?)의 옆에 있던 사람들이 일제히 해동되어 각자 반응을 나타내기 시작했다.

"경하님!"

"푸하하하하하! 죽인다!! 내가 본 것 중에서 제일로 웃겨!! 나보다 더 느끼해. 백만 배는 더 느끼해!"

"큭, 큭큭큭."

"푸홋."

"아악— 웃지 마!! 이리야!! 로운!! 시유!!"

아름다운 레이디는 한순간 얼음보다 더 차가운 얼음의 여신이 되어 차가운 냉기를 흩뿌리기 시작했다.

"이리야!! 한마디라도 더하면 죽여 버릴 거야!!"

"푸하하하하, 진짜로 느끼해. 만나게 되어 영광이라니, 영광이라니!!"

"이리야!!"

"큭…!"

로운마저도 웃음을 참지 못했다.

물론 그 레이디의 주인공은 경하가 예상하던 시유가 아닌 바로 자신이었다.

*　　　　　*　　　　　*

"하이고오! 리첼 백작님이 아시면 땅을 치고 통곡하실 겁니다. 영광스러운, 영광에 가득 차야 할 로열 가드인 룬님께서 여자 문제로 이런 곳에까지 좌천되시고, 이제는 여자도 모자라서 남자 분께 손을 뻗으시다니!"

"……"

"하이고오오오오! 돌아가신 리첼 가문의 선조님들이 이 일을 아시게 되면 무덤 속에서 벌떡벌떡 일어나실 겁니다!"

키득, 키득, 키득.

여기저기서 웃음소리가 들려온다.

눈을 꾹 감고 기절한 척하고 있던 룬은 귓가에 대고 카일이 곡을 하는 소리를 들으며 눈을 떠야 하나 말아야 하나 머리털이 빠지도록 고민하고 있었다.

"그래도 알리아에서는 자태도 고우신 우르카신의 영예께서 상대이셨건만, 어찌하여 남자에게 눈을 돌리신 겁니까. 이 카일, 절대로 그것만은 용납해 드릴 수 없습니다."

어지간하면 눈을 뜨고 싶지만 카일이 떠들어대는 내용을 계속 정신을 차린 직후부터 듣고 있던 룬은 너무나 무서워서 눈을 뜰 수가 없었다.

'정말이지, 돌겠군. 돌겠어!'

누워 있는 바닥이 차지 않고 보송보송 푹신푹신한 것으로 보아 아까의 그 장소는 아닌 것임에 틀림이 없다.

하지만 카일의 목소리가 나름대로 쩌렁쩌렁 울리는 것으로 봤을 때 그리 넓지는 않은 장소다. 하지만 자신이 지내던 관사의 침실 정도로 작은 공간도 아님에 틀림이 없다.

작은 장소라고 보기에는 카일의 목소리가 너무 울리고 있는 것이다.

"오오, 신이시여. 룬님을 용서하여 주시옵소서. 룬님은 본인이 무슨 착각을 일으켜 얼마나 큰 죄를 짓고 있는지 알지 못하나이다."

"……"

쩌렁쩌렁한 카일의 목소리 뒤로 숨죽여 웃어대고 있는 소리들이 들린다.

결국 카일은 더 이상 참지 못하고 눈을 번쩍 떴다.

"크흡! 리첼 백작님, 룬님을 제가 제대로 보필하지 못한 탓입니…
우앗!!"

건장한 체격의 룬이 눈을 뜨고 벌떡 일어나자 카일이 곡을 하다
말고 비명성(?)을 질렀다.

"아앗! 룬님, 정신 차리셨습니까?"

"네놈이 내 귀에 대고 곡을 그렇게 해대는데 정신 못 차릴 위인
이 세상에 어디 있겠어!"

"크흑, 룬님. 우, 우웁!!"

룬은 손으로 뭔가를 또 떠들어대려고 하는 카일의 입을 막았다.

"말해 두겠는데, 거기서 한마디만 더 떠들면 다시는 내 뒤를 못
따라다니게 여기서 다리 몽둥이를 분질러서 목에다 사슬 채워 묶어
놓고 떠날 테다."

"읍, 읍, 읍."

"알았어?"

살벌함이 뚝뚝 떨어지는 룬의 표정과 말에 카일이 기가 죽어 고
개를 끄덕였다.

"또 한 번 떠들거나 그러기만 해봐. 절대 용서하지 않을 테니."

"으읍, 읍, 읍."

부들부들.

카일의 몸이 룬이 뿜어내는 살기에 반응해 떨리기 시작했다.

몇 번이나 카일의 끄덕임을 보며 다짐을 받은 룬은 그제서야 간
신히 손을 내려놓았다.

"도대체 여긴 어디야?"

두리번거리지만 왠지 대답을 해주는 사람은 하나도 없다.

척 봐서는 어딘가의 조그만 여관 같은 분위기이긴 하다.

작은 몇 개의 탁자와 그저 보통의 집으로 보긴 어려운 크기 때문이다.

"카일."

"……!"

"여긴 어디지?"

카일은 룬의 질문을 듣자 당황해서는 손가락으로 뭔가를 마구 바닥에 그린다.

"……"

"카일! 말로 해, 말!"

룬의 말에 카일이 울상을 지어 보이며 손으로 목을 긋는 시늉을 하며 고개를 도리도리 저었다.

'어휴, 저거 혹시 바보 아니야?'

룬이 골치가 아파 다시 드러눕고 싶은 심정이 되려는 찰나 사람 하나가 안쪽에서 나왔다.

"일어나셨군요, 손님. 어떻게, 오늘 묵고 가시겠어요?"

"여기 어딥니까?"

"호호호, 어디긴요. 로리타의 민박집이랍니다."

"……"

30이 조금 넘어 보이는 꽤나 미인형의 그녀는 예쁘게 웃어 보였지만 왠지 표정이 수상하다.

눈치 빠른 룬은 곧 그녀가 왜 그런 표정을 짓고 있는지 알아차렸다.

'젠장! 카일, 그냥 두지 않겠어!'

그렇게 생각하는 순간 턱이 얼얼해져 왔다.

사실 지금까지도 아팠던 것이겠지만 그제서야 자각을 한 것이다.

"어휴, 아파라."

"찬 수건이라도 해드릴까요? 찜질을 하셔야 할 텐데요."

"부탁드립니다."

얼얼한 턱을 매만지며 룬은 반쯤 빼곰하게 열린 문을 열고 나갔다.

분명 보지 않아도 턱은 시퍼렇게 멍이 들어 있음에 틀림이 없다.

문을 열고 나가자마자 여기저기서 휘파람 소리와 함께 환호성 비슷한 것이 들려왔다.

"대장님, 정말 멋들어지게 넘어지셨습니다."

"휘익— 멋집니다, 대장님. 저 그런 거 처음 봤습니다."

"대장님, 사실은 알리아에서도 비슷한 일 있으셨다면서요."

"시끄러워!!"

바람이나 좀 맞아가며 정말로 무슨 일이 있었나 좀 곱씹어보려고 하던 룬은 밖으로 나가는 것을 포기해 버렸다.

"단 한 놈도 데려갈 수 없으니 모조리 돌아가!! 나중에 알리아에서 필요하면 부를 테니까!! 지금 안 돌아가는 놈들은 기억해 두었다가 절대로 알리아로 부를 때 빼버리겠다!!"

순간 웅성거리며 모여 있던 남자들의 얼굴이 울상이 되어버린다.

그것을 본 척 만 척하며 룬은 다시 안으로 들어왔다.

"젠장!! 도대체 이게 어떻게 된 일이야?!!"

정말이지, 턱이 떨어져 버릴 것처럼 욱신욱신거렸다.

"뭐야, 로운! 어째서 우리가 아까의 그 변태 같은 인간하고 여기에 같이 묵어야 해?"

아직도 흥분이 가시지 않은 듯 경하는 열 대신 바람을 푹푹 내뿜고 있다.

연유는 어찌 되었든 간에 그 문제의 기사 양반으로부터 시유라는 멀쩡한(?) 여자 대신 열렬한 애정 고백 비슷한 것을 받아버린 경하는 온몸에 두드러기가 돋아도 이상하지 않을 정도로 혐오감에 치를 떨고 있었다.

과거 이리야가 자신에게 했던 짓 정도야 실제 여장을 하고 있었기 때문이라고 생각해 넘어가 줄 수 있다.

하지만 지금은 어디까지나 기본이 다르다. 기본이.

"말도 안 돼!! 당장 떠나!!"

"쉬자고 했었던 것은 너였다. 괜시리 토 달지 마."

"그래도 저렇게 기분 나쁜 녀석하고는 한 지붕 밑에 있기 싫어!!"

부들부들부들.

경하의 손가락이 떨린다.

경하는 룬이 입을 맞추었던 부분의 머리카락을 들고서는 기분 나쁘다는 듯 얼굴을 찡그렸다.

"젠장. 길게 하는 것은 자동으로 되는데 짧게 하는 건 왜 자동으로 안 되는 거야! 기엘, 가위 좀 찾아줘!"

"후우~"

마치 처음 경하가 미메이라로 소환되었을 때 보이던 반응과 비슷하다.

로운은 그것을 떠올리고는 남몰래 쓴웃음을 지었다.

생각해 보면 정말 웃기지도 않은 일들뿐이었다.

"소란은 적당히 떨어. 잘못은 그쪽에 있는 게 아니라 너에게 있는 것이나 다름없으니까."

"어째서!"

기엘이 여관 주인에게 가위를 빌리러 가자마자 로운이 경하를 질책한다.

"비록 그게 네가 의도한 것이 아니었다고 해도 어떻게 보면 헷갈릴 수도 있으니까."

"시유가 있잖아, 시유가!! 왜 나냐구!!"

사실이 그렇다. 비록 경하가 머리카락 정리하는 것이 귀찮다는 이유로 장발을 하고 있기는 하지만 그렇다고 해서 여자로 오인받을 정도의 얼굴은 아니다.

"아으, 열받아! 내 탓이 아니야!! 그놈 탓이지!!"

그렇게 말하면서 경하는 화르륵— 분노의 바람을 피워 올린다.

"그러니까 저런 놈하고 한 지붕 밑에 있기 싫어!!"

"그 저런 놈은 생각보다는 쓸모가 있을 듯한데? 그러니까 네 의견은 각하한다."

"뭐야?"

로운은 이제 실실 웃음을 흘리고 있는 중이다.

경하의 반응을 즐기기 시작한 것이다.

이리야도 사실은 로운과 거의 같은, 아니, 로운보다 훨씬 이번 일을 즐기고 있는 중이라 찍소리도 하지 않고 경하가 펄펄 뛰는 것을 지켜만 보고 있었다.

"어이, 그렇게 화를 내진 말라구. 그 친구도 지금쯤은 정신 차리고 자신의 실수를 눈치 챘을걸?"

"거기다가 그의 시종의 말을 들어보자면 그는 하나스의 수도 알리아로 갈 예정이라더군. 금상첨화로 알리아의 전직 로열 가드 출신에 꽤나 유명한 기사 가문의 자식인 듯해."

"그게 무슨 상관인데?"

아직도 룬이 입을 맞추었던 머리카락을 더럽다는 듯이 들고 있는 경하.

그는 아주 불만스러운 얼굴로 로운에게 설명을 요구했다.

"알리아까지는 꽤 먼 길이다. 물론 일이 일이니만큼 서둘러야 하겠지만 그보다는 너나 시유의 안전이 내가 볼 때는 훨씬 중요해."

"그 안전 어쩌구 하는 소리는 이해하겠지만 그렇다고 해서 저 이상한 놈하고 같은 지붕 아래서 잠드는 것과는 상관없는 거 아니야?"

"어이, 어이, 그렇지가 않지. 로운이 하는 말이 무슨 소리인지 모르겠단 말이야? 그 정도는 나도 알 수 있어."

이리야가 웬 바보 같은 소리를 하냐는 듯 끼어들었다.

"적어도 하나스의 로열 가드 출신이라구. 좀 기분은 나빠도 말이야, 하나스의 수도 알리아로 들어갈 때 유력한 기사 가문의 아들이 신변 보호인이 되어준다면 정말로 걱정할 것 하나 없지 않겠어?"

"케엑— 저런 놈이?"

경하가 우엑— 하고 속이 뒤집힌다는 표정을 해 보인다.

"정확한 것은 그가 정신을 차린 후 천천히 이야기를 해보아야겠지만, 그의 신분이 확실한 경우 굳이 우리의 사정을 다 이야기하지 않더라도 알리아에 도착해 하나스의 국왕을 만날 때도 분명 어떤 식으로든 도움을 받을 수 있을지 모른다. 그러니까 좀 기분이 나쁘더라도 참아주어야겠어."

로운이 곰곰이 생각해 정리한 것을 경하에게 설명했다.

실제 그는 정말로 저 기사가 되도록이면 유서 깊은 가문의 기사이기를 바라고 있었다.

하나하나 쌓이는 일의 부담감이 만만치 않은 이 시점에서 저런 줄 하나를 잡는 것은 아주 중요한 일이다.

언제 어떻게 튀는 반응을 보일지 모르는 경하가 있기에 더 더욱.

하지만 그런 로운의 깊은 속을 아는지 모르는지 경하는 입술을 쭈욱 빼고 야박한 소리를 해댄다.

"…기회주의자."

"뭐, 그렇게 불러도 좋다."

"얍삽해."

"…어쩔 수 없잖아?"

"남의 사정은 조금도 생각해 주지 않는 파렴치한 녀석!"

"그건 용납 못해."

"해삼, 말미잘, 멍게! 3일쯤은 바닥에 팽개쳐 둔 썩은 우유! 일주일 묵은 미끈덩거리는 줄 미역! 곰팡이 잔뜩 핀 식빵에 달아서 입이 썩을 것 같은 루유를 삼 박 사 일 썩혀서 꿀을 있는 대로 부은 거!"

"……."

이건 도대체 무슨 비유일까?

"씹다가 퉤 뱉어놓은 바나나!! 말발굽으로 석달 열흘 동안 짓뭉갠 호박, 삼백 년쯤 골아빠진 사과, 오백 년쯤 접시에 코 박아서 한강에 수장시켜도 속 시원하지 않을 바보 멍청이!!"

"너……."

뭔 소린지 모를 소리들이라 그냥 들어주고 있었지만 말하는 꼴을 보아하니 역시 욕인 듯싶다.

듣다듣다 인내심이 한계치에 다다른 로운이 손을 따닥따닥 소리를 내며 불끈 쥐었다.

그 순간 문이 벌컥 열렸다.

"경하님, 이분께서 직접 머리를 잘라주신다고 합니다. 아무래도 직접 하시는 것보다는… 어? 무슨 일이야?"

왠지 분위기가 썰렁해진 방 안 풍경을 보며 기엘이 어리둥절해한다.

"기엘."

"응?"

"너는 도대체 저 녀석의 어디를 보고 기사의 맹세 따위를 해버린 거야!!"

"…에?"

"얼결에 넘어간 내가 바보지! 흐으!"

"저어… 경하님, 무슨 일이십니까?"

"몰라! 머리나 잘라줘!"

머리를 자를 가위를 빌려달라는 말에 직접 잘라주겠다며 가위를 들고 함께 올라온 여관 주인은 영문을 모르겠다는 얼굴이다.

하지만 손님의 사정은 어디까지나 손님의 사정.

그녀는 아랑곳하지 않고 열을 팍팍 내고 있는 경하에게 다가와서 경하가 들고 있는 머리카락에 손을 댔다.

"어느 정도까지 잘라드릴까요?"

*　　　　　*　　　　　*

"그렇다면 이대로 알리아까지 여행을 하신다는 겁니까?"

"알리아까지라기보다는 알리아로라는 표현이 더 맞겠지요."

기엘이 룬이 말한 단어 하나를 정정했다.

"알리아까지가 아니라 알리아로라… 묘하게 차이가 나는군요."

씨익— 하고 룬이 기엘과 로운을 향해 미소를 지어 보인다.

겉으로 보기에는 상당히 단단하고 커다란 체구에 그다지 머리를 쓸 것처럼 보이지 않는 남자지만 생각보다 훨씬 속이 깊은 사람이 아닐까 로운은 짐작했다.

적어도 로열 가드였다는 소리는 거짓이 아닌 것 같았다.

'일단은 될 수 있는 한 신원 확인을 해놓아야겠지.'

로운은 밖에 있는 남자들에게 일종의 정보 수집을 해오라고 파견을 보낸 이리야가 좋은 소식을 가지고 돌아오길 바랬다.

"자아, 음식입니다."

여관 주인이 음식을 날라오기 시작했다.

별이 어두운 밤하늘에 내려앉기 시작한 시간.

경하와 이리야를 제외한 나머지 일행은 로리타라고 자신의 이름을 밝힌 여관 주인의 환대를 받으며 저녁 식사를 하고 있었다.

거기에 자연스럽게 끼어든 것이 바로 룬이었다.

물론 룬의 꼬랑지 카일도 빠지지 않았다.

그리 화려한 식탁은 아니나 나름대로는 정성스럽게 만들어진 음식을 둘러앉아 먹으며 그들은 이런저런 이야기를 나누고 있었다.

룬의 입장에서 보면 로운 일행은 상당히 특이한 여행객이었다.

일단 생김생김부터가 그가 일찍이 알고 있는 사람들과는 전혀 동떨어져 있다.

그럭저럭 호로스와의 국경 지대에 있던 탓에 붉은 머리카락과 암

적색의 눈동자를 가진 사람들은 꽤 많이 접해왔었다.

많지는 않아도 어느 정도는 여행객이라든가 상인들이라든가 하는 사람들이 심심치 않게 그가 부임해 있는 곳을 지나다녔기 때문이다.

처음 그가 부임해 왔을 때는 사실 호로스의 사람들이 너무나 신기해서 몇 날 며칠 멍청하게 그 붉은 머리의 사람들을 넋 놓고 바라만 보고 있었던 때도 있다.

하지만 지금 눈앞에 앉아 식사를 하고 있는 사람들은 그들과는 또 다른 별개의 사람들이었다.

도저히 저것이 사람의 머리카락인가 의심스러운 정도다.

순 은백색, 아니, 그렇게 표현하기도 민망스러운 투명한 은색의 머리카락.

거기에 푸른빛이 은은하게 감돌고 있다.

나이 들어 생기는 백발과는 전혀 다르다.

머리카락 한 올 한 올에 얼굴이 비쳐 보이지 않을까 하는 엉뚱한 생각마저 들어버리는 것이다.

'이러니 머리에 뭘 쓰고 있는 건 아닌가 하는 생각이 들었던 거군.'

열심히 입으로는 음식을 집어 넣으며 눈으로는 눈앞에 있는 사람들의 머리카락 색을 감상한다.

눈의 색도 요주의 점.

연한 은회색의 눈동자와 조금은 짙은 회색의 눈동자가 주류다.

'살다 보니 정말 이렇게 희한하게 생긴 사람들도 보게 되는구만.'

정렬적인 붉은색이 온몸에서 발해지는 호로스 인들과는 전혀 다르다.

색채는 흐리지만 반짝거린다. 가만히만 있어도 반짝반짝거리며 존재감을 형성하고 있다.

"신기하십니까?"

"아! 이, 이런. 죄송합니다."

룬이 자신들의 머리카락을 넋 놓고 바라보는 것을 보며 로운이 장난스럽게 물었다.

그러자 룬은 조금 쑥스러운 듯하면서도 꽤나 대담하게 물어왔다.

"미메이라 인이십니까, 역시?"

한 번도 본 적은 없지만 말은 들은 적은 있다.

바람의 신국 미메이라의 사람들이 이런 머리카락을 가지고 있다는 것을 말이다.

"예. 이런 머리카락을 가진 사람들을 본 적이 있으신가 보군요."

"아아, 아닙니다. 단지 호로스 근처에 있다 보니 생경하지 않은 정도라고 할까요?"

너털웃음을 지으며 룬이 대답했다.

"사실 처음에 호로스 인들의 그 루비를 녹인 것 같은 머리카락을 봤을 때도 상당히 신선했는데 당신들 미메이라 인은 또 다른 의미에서 정말 신선한 머리 색을 가지고 있는 듯싶군요."

어떻게 보면 무례한 느낌이 들기도 하지만 태도는 싹싹하고 기분 나쁘지 않다.

성격이 좋은 남자 같았다.

기엘은 왠지 룬이 주는 느낌이 그의 친우인 로운에게서부터 느끼는 것과 꽤나 닮아 있다는 생각을 하기 시작했다.

둘 다 말투는 꽤나 거칠지만 말 하나는 매끄럽게 한다.

하지만 그럼에도 불구하고 기분 나쁘게 느껴지지는 않는다.

표현하는 법은 달라도 둘 다 사심은 없는 것이다.

"그러고 보니 제가 좀 실례를 했던 분은 자리에 안 계시는 것 같군요."

"아, 예에. 몸이 좀 안 좋으신지 쉬고 계십니다."

라고 기엘이 둘러댄다.

사실을 말하자면 절대로 미친(?) 변태 놈하고는 절대로 한자리에서 밥을 먹고 싶지 않다는 경하의 고집에 기엘이 두 손 들어버린 것이다.

그때 어디선가 푸홋— 하고 바람 빠지는 소리가 났다. 이리야의 웃음소리였다.

"이리야 씨."

어느새 이리야가 문을 열고 들어와 있었다.

그는 들어오자마자 기엘이 룬에게 둘러대는 말에 그만 웃어버린 것이다.

이리야의 바람 빠지는 웃음소리가 스위치라도 되었는지 나름대로는 멀쩡한 척하며 식사를 하고 있던 룬의 얼굴이 순식간에 벌겋게 달아올랐다.

정말 눈 깜짝할 사이였다.

"푸홋, 푸하하하하하하하하."

결국 이리야는 웃음을 참지 못하고 파안대소를 해버렸다.

"푸하하하하, 좀 실례… 라구. 크하하하하!"

"이리야 씨, 실례입니다. 그렇게 웃으… 시는 건."

"크하하하하하하! 크크크크극."

나름대로는 웃음을 참기 위해서 노력하고 있지만 그것이 더 더욱 우스운지 이리야는 웃음을 그칠 줄 모른다.

"죄송합니다. 그…."

기엘이 뭐라고 말을 해야 할지 몰라 변명거리를 찾고 있는데 이마까지 빨개진 얼굴로 룬이 헛기침을 대하며 대답했다.

"아니요. 실수는 실수니까 괜찮습니다. 웃으셔도 할 말은 없는 거지요. 그, 사과라도 드리고 싶은데 어떻게 뵐 수 없을까요?"

"그것이 아무래도…."

어려울 것 같다는 말을 하고 싶지만 그것이 왠지 더 실례가 되는 것 같아 차마 말할 수 없는 기엘.

이마에서 식은땀이 배어 나온다.

바로 그때. 마치 식탁을 둘러싸고 벌어지는 대화를 듣고 있었던 것처럼 위층에서 커다란 목소리가 들려왔다.

"기엘! 나 배고파!"

"……"

"……"

순간 식탁 위가 썰렁해진다.

"배고프다니까—!"

아마도 식탁에서부터, 또는 주방에서부터 음식 냄새가 풍겨갔을 것이다.

나름대로는 일행 중 최고의 대식가인 경하가 그것을 참아낼 수는 없었을 것이라고 생각하며 로운은 고개를 저었다.

로운이 자리에서 일어섰다.

"내가 가서 데리고 나오지."

"…괜찮을까, 로운?"

"안 괜찮으면? 걱정 마. 배가 고파서 냅두면 저절로 내려올 거야."

로운의 말에 이리야가 너무 웃어서 눈꼬리에 흘러나온 눈물을 손으로 훔치며 물었다.

"그냥 내려올 때까지 기다리지 뭘 데리러 올라가?"

"아니, 저 괴성을 들어가면서는 도저히 음식이 목으로 안 넘어갈 것 같으니까."

"그것도 그렇군."

이리야가 로운의 말에 동감을 표하는 순간 위에서 정말로 괴성 같은 소리가 들려왔다.

"나 배고프다니까, 기—엘—!"

*   *   *

"그만 투덜거리고 먹어."

"……"

우걱우걱우걱.

그리고 투덜투덜투덜.

한 입 먹고 투덜. 두 입 먹고 투덜투덜. 세 입 먹고 투덜투덜투덜.

로운의 조금은 짜증스럽다는 목소리가 간간이 들려오는 식탁 위.

분위기는 요상하고, 둘러앉은 사람들은 웃어야 할지 말아야 할지 고민하면서 열심히 음식에만 신경을 집중하고 있었다.

그러지 않으면 당장에라도 푸하하핫— 하고 웃어버리고 싶은 심정이었기 때문이다.

죽어도 내려가지 않겠다고 난리를 치는 경하를 거의 소라도 끌어내는 것처럼 질질 끌고 내려온 장본인인 로운은 나름대로 책임을 지기 위해서 계속 작은 소리로 투덜거리고 있는 경하에게 이런저런 잔소리를 했지만 경하의 투덜거림은 끝이 나지 않았다.

"쳇! 정말이지, 내 의견은 손톱만큼도 반영을 안 해."

"그게 무슨 소리야. 네 의견을 반영해서 오늘은 느긋하게 쉬.어. 주고 있잖아."

"웃기지 마."

말은 그렇게 해도 먹을 것을 입으로 찾아 넣는 손은 절대로 멈추지 않는다.

배가 그렇게 고프지만 않았어도 로운이 끌어낸다고 해서 이렇게 질질 끌려 나오지는 않았을 것이다.

하필이면 자리도 룬이 앉아 있는 정면.

고개를 들면 바로 그 남자가 보인다.

'젠장! 재수도 더럽게 없지.'

경하는 한껏 불만을 담아 홍! 하고 콧방귀를 뀌었다.

한편 경하의 정면에 앉아 있는 룬은 룬대로 왠지 바늘방석에 앉아 있는 기분이었다.

좀 전, 정확하게는 혼신의 발차기에 맞아 기절하기 직전 자신의 눈에 그리도 아름다운 소녀로 비추어졌던 인물이 지금 바로 앞에 앉아 있는 것이다.

허리를 넘게 늘어져 있던 머리카락은 어느새 동강— 하고 등에 찰랑찰랑할 정도로 잘려 있었다.

'아깝군.'

잠시 힐끔힐끔 경하를 바라보고 있던 룬은 그렇게 결론을 지었다.

그때는 햇살과 저 투명한 은백색의 머리카락이 가져온 환상에 좀 젖었던 것이겠지만 지금 그의 눈앞에 있는 상대방은 확실히 남자의 얼굴이다.

물론 언뜻 봤을 때 남자가 아닌 여자로 착각할 정도의 요소는 가지고 있지만 말이다.

찬찬히 보면 분명히 여자보다는 남자로 보이는 얼굴이지만 아무래도 저 머리카락이 판단을 흐리게 한다.

좀 더 자라서 골격이 지금 옆에 앉아 있는 세 남자 정도의 나이가 되면 확실하게 남자로 보이겠지만 아직은 덜 자란, 소년과 청년의 중간 사이에 걸려 있는 경하는 조금쯤은 보는 이들을 착각에 빠지게 하는 그런 외모인 것이다.

'하아~ 아깝다. 아까워.'

신나게 카일의 비아냥거림을 듣기는 했지만 역시 룬은 여자를 좋아한다.

기왕이면 아름답고, 기왕이면 우아한 그런 여자 말이다.

그런 면에 있어서 어째서 자신이 그렇게까지 혼동을 해버렸는지 스스로에게 자문을 하게 되어버린다.

'역시 너무 오랫동안 시골구석에 박혀 있었기 때문일 거다. 역시 알리아로 돌아가서….'

룬이 혼자 이런저런 생각을 하고 있는 동안에도 경하의 투덜거림은 계속 이어지고 있었다. 그 덕택에 역시나 저녁 식사는 썰렁썰렁 절대 기온 영하로 곤두박질 중.

룬은 결국 굳게 결심을 하고 입을 열었다.

"아, 그러니까… 아까는 죄송했습니다. 워낙 머리가 기셔서 제가 좀 착각을 한 모양입니다."

나름대로는 최대한 정중하게 사과를 한다.

"워낙 거친 녀석들 사이에 둘러싸여 있다 보니 가끔은 판단력이 흐려질 때가 있더군요. 죄송했습니다."

"……."

달칵— 하고 식기가 떨어지는 소리가 난다.

하지만 금방 그 소리는 다시 참참참 하는 소리로 바뀌었다.

"때로 이런 변방에 있다 보면 신기한 것들을 보게 되는데 그저 그런 탓이라고 생각해 주시면 감사드리겠습니다."

라며 룬은 다시 한 번 이런저런 변명을 덧붙여 본다.

입이 삐뚤어져도 '당신 그때는 정말로 여자로 보였어!'라고는 말 하지 못한다.

물론 '절대 여자가 좋아 파'인 자신이 남자를 보고 여자로 착각 해서 이런저런 말들을 장황하게 늘어놓았었다는 것 역시 어서어서 기억에서 지워 버리고 싶다.

"저어… 경하님, 사과를 해오시는데 그만 화를 푸시는 게 어떠신 지요."

기엘이 조심스럽게 경하를 건드려 본다.

하지만 대답이 돌아오기는커녕 먹는 속도에 박차를 가했을 뿐.

"맞아. 애초에 헷갈리게 머리 같은 거 기르고 다닌 게 잘못이라 구. 그렇게 싫으면 자르면 그만인 것을."

"그도 그렇군요."

기엘이 나름대로는 신경 쓴답시고 한마디 했지만 그것은 그대로 경하의 귀로 쏘옥 파고들어 버렸다.

"그도… 그렇군요?"

쓰윽—

숙여졌던 고개가 슬로모션으로 일으켜진다.

눈빛은 흉흉. 목소리에서는 찬기운이 팽팽 돈다.

"그도 그렇다? 그래서 지금 기엘도 내가 잘못이라고 말하는 거야?"

"서, 설마요, 경하님."

"하아, 그렇다 이거지. 말은 그렇게 해도 다들 내가 잘못이라고 생각하고 있는 거잖아!"

"어린애처럼 굴지 마라. 웬 땡깡이야?"

더 이상은 피곤해서 상대하기도 싫은지 로운의 말이 조금 격해졌다.

"어린애는 무슨! 로운이 당해봐! 기분 좋은가! 착각이고 자시고 간에 그 이전의 문제라구. 로운이 당했어봐라. 그 자리에서 라이트를 휘둘러서 저 사람 목은 지금쯤 땅에 떨어져서 굴러당기고 있을 걸!!"

"......"

"그러니까! 내가 투덜거리는 거 가지고 뭐라고 하지 마! 애초에 머리 기르고 있었던 것도 내 탓이 아니었어. 귀찮으니까 그대로 둔 것뿐이야. 알겠어? 땡깡이 아니야. 아니라구!"

콰앙— 하고 경하가 결국 들고 있던 수저를 내려놓았다.

"기분이 나쁘단 말이야, 진심으로. 기분이 나쁜 거 표현하면 다 어린애야? 이렇게 해서라도 안 풀면 더 쌓여서 더 기분이 나빠진다구. 성질이 나니까 성질을 부리는 거야! 알겠어?!"

소리를 질러도 눈 하나 깜짝하지 않는 로운의 얼굴을 보던 경하는 결국 있는 대로 성질을 부리고 자리에서 일어나 쿵쾅거리며 위층으로 올라가 버렸다.

뒤에 남은 사람들은 지잉— 하고 귀에서 울리는 경하의 고함 소리가 주는 여운 속에서 허우적대고 있었다.

"역시 어린애잖아."

툭하고 로운이 한마디 한다.

"그럼, 그럼. 어린애지, 아직."

"그래도 저렇게 행동하신다고 해도, 뒤끝은 없습니다. 정말로요. 오해는 없으셨으면 좋겠습니다, 룬 씨."기엘이 일말의 책임감을 느끼고 변명을 한다.

그러나 그 변명은 룬의 한마디에 땅바닥으로 뚝— 하고 떨어져 버렸다.

"저 친구 도대체 몇 살입니까?"

그리고 이리야의 못 견디겠다는 웃음소리가 뒤를 이었다.

제4장
기사와 기사

The Wind of Ashurei

펄럭펄럭이는 소리가 들려온다.

그것은 저녁 무렵이 되어 방향이 바뀐 강바람이 거대한 폴리카르 강 위를 떠내려가고 있는 배의 돛을 울리게 해 나는 소리다.

꽤나 넓은 갑판 한가운데 하루 내내 앉아 명상 아닌 명상을 하고 있던 한 남자는 바람의 방향이 바뀌는 것을 느끼고 자리에서 일어났다.

시끄러운 것도 좋아하지만 때로는 이렇게 조용히 자연의 소리를 들으며 명상하는 것을 그는 즐긴다.

그렇게 있다 보면 머리가 맑아지고, 생각이 정리되고, 그리고 긴장했던 몸이 조금씩 풀어져 편안한 기분이 된다.

땀내나는 병사들의 고함 소리 대신 유유히 흐르는 강물 소리를 듣는 기분.

"후우… 역시 가끔은 이런 시간도 필요했었어."

그는 간만에 가지는 혼자만의 시간에 만족을 느끼면서 여기저기 옷에 묻은 먼지들을 털어냈다.

하루 내내 앉아 있었기 때문인지 옷깃에서 물 냄새가 물씬 풍겨 나왔다.

"하아~ 시원하구만. 역시 아래로 내려가면 내려갈수록 시원해지는 건 사실이야."

아무도 듣고 있지 않겠지만 그는 혼자서도 중얼중얼 잘도 지껄였다.

혼자서도 잘 지껄이고 있는 그는 다름 아닌 하나스 왕국의 기사인 룬 데 리첼.

일 년의 변방 요새 겸 작은 성에서의 근무를 마치고 수도로 귀환 중인 전직 로열 가드다.

"물소리도 좋오~고."

하나스는 아셀이나 가이칸처럼 바다에 접한 나라가 아니기 때문에 그들에게 있어서는 하나스를 종단하고 있는 이 폴리카르 강이 유일한 수산 자원이 된다.

무엇보다 호로스와 국경을 맞대고 있어 북쪽으로 갈수록 기온이 비약적으로 올라가는 탓에 이 폴리카르 강 주변에는 많은 인구가 모여 산다.

가만히 이렇게 갑판 위에 있다 보면 물소리에 섞여 사람들의 소리도 희미하게 섞여 들려온다.

그것마저도 왠지 자연의 소리 같아서 룬은 만족스러운 미소를 짓고 있었다.

"어? 그런데 이 소리는 어디서 들려오는 거지?"

귀를 기울이며 희미하게 들려오는 사람들의 소리를 즐기던 룬은 그 속에서 꽤나 강하게 느껴지는 인기척을 발견했다.

가까운 곳에 누군가가 있다는 의미가 된다.

그는 주위를 둘러보았다.

"어라?"

이상하게도 눈에 보이는 곳에는 아무도 없다.

조금은 날라리이긴 하지만 기사로서의 감각은 일품.

분명히 생생한 게 아주 가까운 곳인데도 눈에 보이지 않는다는 것이 신기하기만 하다.

"흐음, 분명히 이쯤인데……."

라며 눈을 돌린 곳은 배의 거대한 마스트.

그것을 따라서 천천히 시선을 올리던 그는 그리 높지 않은 곳에 서 있는 사람을 발견할 수 있었다.

그리고…….

룬은 그 자세 그대로 멈추어 버렸다.

바람이 불어오고 있었다.

바람이 불지 않는 내실이었지만 경하는 바람의 변화를 확연하게 느낄 수 있었다.

'이렇게 불다가 좀 더 어두워지면 멈추어 버리는 건가?'

이유는 알 수 없지만 불어오는 바람에서 느껴지는 감각이 경하에게 변화의 향방을 알려주고 있었다.

경하는 열심히 반대했지만 결국 일행은 하나스의 기사인 룬과 합류하여 동행을 하고 있었다.

그의 권유대로 조금 더 빠르게, 그리고 조금 더 편하게 알리아로

가기 위해서 그들은 꽤나 비싼 돈을 주고 폴리카르 강 위를 오가는 거대한 정기선에 몸을 실었다.

하나스의 수도 알리아가 폴리카르 강에서 하루 정도 거리에 위치하고 있기 때문에 이 정기 연락선에는 꽤나 많은 사람들이 승선하고 있었다.

그 많은 사람들이 지금은 대부분 안으로 들어와 있었다.

저녁 무렵이 되면 생각보다 쌀쌀해지기 때문이다.

"저기 로운, 나 잠깐 밖에 나갔다 오면 안 될까?"

보기보다 상당히 과보호 성향을 가진 남자에게 경하가 조심스럽게 물었다.

"왜?"

"그냥 바람 좀 쐬려고. 답답하잖아."

"……"

로운이 가만히 실눈을 뜨고 경하를 바라본다.

"이리야와 기엘이 돌아오면 같이 나가. 둘 다 금방 돌아올 테니까."

둘은 지금 혼자 작은 선실을 쓰고 있는 시유에게 가 있는 중이다.

아무래도 일행 중에 혼자 여자이다 보니 홀로 외롭게 있게 되는 경우가 많기 때문에 나름대로 배려를 하고 있는 것이다.

"내가 뭐 어린애야? 별일도 없을 텐데 뭘 달고 다녀, 귀찮게. 금방 돌아올게."

그리고 경하는 로운이 말릴 새도 없이 밖으로 뛰쳐나갔다.

따라 나가려 하던 로운은 설마 하는 생각에 그대로 자리에 앉았다.

'뭐, 굳이 같이 가지 않더라도 문제는 없을 테니까.'

스스로도 경하를 과보호하고 있다는 것을 모르는 것은 아니다.

사실 특별히 자신이나 기엘 등이 보호하지 않아도 위험한 상황이 되면 오히려 그들보다 훨씬 뛰어난 능력을 발휘할 수 있다는 것도 안다.

하지만 사람의 마음이라는 것이 현실적으로 괜찮다는 것을 알고 있어도 왠지 경하가 눈에 안 보이면 걱정이 되는 것이다.

그는 그대로 딱딱한 침대에 드러누워 경하가 내뿜는 엘의 파장을 따라가기 시작했다.

굳이 같이 나가지 않더라도 이 방법이라면 얼마든지 경하를 지켜볼 수 있다.

'역시 과보호… 일지도…….'

그는 그렇게 생각하며 쓴웃음을 지었다.

'어디 보자… 사람들이 별로 없는 데가…….'

두리번거리며 인기척이 없는 곳을 찾는다.

결국 경하는 이리저리 기웃거리다가 알맞은 자리를 발견하고 기어 올라가기 시작했다.

한참을 낑낑거리며 기어 올라간 곳은 바닥에서 그리 높지 않은 마스트의 중간 부분.

그곳에 서서 경하는 주위를 둘러보았다.

이전에 가이칸에서 보았던 그 커다란 대하 나하르만큼이나 넓은 강이다.

'조금만 더 넓었으면 수평선이 생겼을지도 모르겠네. 강이라고 하기엔 정말이지…….'

사실 경하의 경험상 한강 빼고는 이렇게 넓은 강은 본 적이 없었다.

때로는 너무나 넓어서 호수처럼 보이는 강도 있다고 들었지만 그것을 실제로 보고, 또 그 위를 배를 타고 지나는 것은 상당히 다른 감각으로 다가온다.

'후우… 역시 밖으로 나오니까 좋다.'

답답한 곳은 딱 질색인 경하는 그대로 눈을 감고 서서 강바람을 즐겼다.

풀어헤쳐 둔 머리카락이 바람의 방향으로 흩날린다.

사실 처음에는 이 길다란 머리가 아주아주 싫었다.

일단은 여자처럼 보이는 데다가 색깔마저도 흰색에 가까워서 왠지 할아버지라도 된 기분이었기 때문이다.

하지만 상황에 따라서 길었다가 짧았다가 하면서 스스로 그것을 컨트롤할 수 있게 되자 그 길고 긴 머리카락에 대한 생각이 많이 바뀌었다.

한때 생각했던 것처럼 어차피 돌아가면 원래대로 검은색의 스포츠 머리로 돌아가야 할 테고 평생 이렇게 긴 머리카락을 마음대로 휘날리며 살 일은 없을 테니 그냥 잠시 동안 즐기자고 말이다.

누나들이 언제나 머리카락 끝이 갈라진다며 계란 팩을 해달라, 마요네즈 팩을 해달라고 하면서 내밀던 머리카락보다도 훨씬 길고, 그리고 경하의 눈으로 보아도 아름다운 머리카락인 것이다.

'이런 걸 좀 즐긴다고 해서 변태라고 할 인간은 없겠지?'

투명하도록 반짝이는 머리카락이 앞으로 쏟아져 내리면 눈앞에 보이는 풍경을 바꾸어놓는다.

'으음, 역시 조금은 변태스러운가……'

역풍을 받으며 경하는 어두워져 가는 수면 위를 머리카락을 통해 바라보았다.

하나의 강줄기가 수천 수만 가닥이 되어 흘러간다.

'뭐, 무슨 상관이야. 어차피 한동안인걸.'

그리고 경하는 머리카락을 뒤로 넘기며 앞으로 돌아섰다.

얼굴로 바람의 가닥이 희미하게 스쳐 지나간다.

천천히 오른손을 들었다.

손가락 사이에서부터 바람의 엘이 가시화되어 나타난다.

그것은 오로지 경하의 눈에만 보이는 바람의 엘.

'조금쯤은 장난… 을 쳐도 되겠지?'

손 전체가 윙윙거리는 바람의 엘로 가득 차 흔들린다.

바람의 주인이라는 것이 된 뒤로 경하는 마음만 먹으면 어떤 바람의 술도 다 쓸 수 있는 상태가 되어 있었다.

단지 그것을 잘 쓰지 않는 것은 그 강대한 힘을 스스로 주체할 수 없기 때문이다.

하지만 가끔은 왠지 이렇게 할 수 있을 것 같다는 기분이 들곤 한다.

"로. 조하 아슈레이. 미메이라 바람의 시작과 끝…"

이미 주문은 필요하지 않지만 언제나처럼 바람술을 쓸 때면 자연스럽게 입에서 주문이 흘러나온다.

하지만 그 뒤에 이어지는 주문은 통상적인 것과는 다른, 경하의 머리 속에서 주문보다 더욱더 자연스럽게 흘러나왔다.

"미메이라의 의지를 이어가는 자……"

흘러가던 바람들이 경하의 엘에 반응한다.

투명한 실오라기들이 하나둘씩 경하의 곁으로 몰려들었다.

작은 회오리바람 같은 것이 경하의 팔에서 웅웅거리며 소용돌이

치기 시작한다.

오른팔을 들어 자연스럽게 뒤로 돌려 바람을 불러 모은다.

"그대에게 의지를 부여하는 자가 명한다. 바람의 세나케인—!!"

온몸의 힘을 팔로 모아 앞으로 내려쳤다.

경하가 서 있던 그 자리에서부터 바람이 시작되었다.

거세고 힘찬, 그러나 의지를 부여받아 살아 숨 쉬는 바람이.

쏴아아아아아—

멍하게 경하의 행동을 지켜보고 있던 룬은 뒤로 밀려 나갈 정도로 강하게 불어오는 바람 소리를 들을 수 있었다.

눈을 뜰 수 없을 정도로 강하게 세찬 바람이 불기 시작했다.

경악에 가득 찬 표정으로 그는 경하를 바라보고 있었다.

아름답게 반짝이며 바람에 흩날리던 머리카락을 멍하게 감상했을 뿐이다.

그런데 갑자기 경하의 손이 한 번, 단 한 번 뒤에서 앞으로 휘저어지는 순간 너무나 강대한 강풍이 불기 시작했던 것이다.

'이, 이건 뭐지?'

갑작스럽게 불기 시작한 강풍보다도 그를 놀라게 하는 것은 다름 아닌 경하였다.

그가 목격한 그대로 이 바람은 경하가 불게 했다고 믿을 수밖에 없다.

그의 손놀림과 함께 시작되어 버린 강풍.

룬의 힘으로도 감당할 수 없는 그 바람의 중심에 서 있으면서도 경하는 어깻죽지 하나 움츠리지 않는다.

아니, 오히려 그의 어깨에서부터, 몸에서부터 바람이 불어 나오는 것처럼 보인다.

'마법사… 인가.'

떠오르던 생각을 황급히 지워 버린다.

'아니, 아니야. 그래! 저 녀석 미메이라 인이었다. 바람의 신국 미메이라 인.'

순간 모든 것이 이해가 되어버리는 기분이었다.

'바람술을 쓰는 엘러라는 것인가, 이것이?'

호로스와의 국경 근처에 있었기 때문에 아주 가끔 호로스 인들이 불을 피우기 위해 그들의 능력을 쓰는 것을 본 적이 있었다.

하지만 그건 정말 모닥불에 불씨를 당기는 정도였을 뿐.

'이런 능력을 가진 엘러가 있다는 소리는 단 한 번도 듣지 못했어.'

신기에 가까울 정도로 강대한 힘.

공포라는 감정이 그의 가슴속에서 피어 오른다.

순간 그의 눈이 커다랗게 떠졌다.

바람 속에서 무엇인가가 그의 눈에 비쳐 들어오기 시작했기 때문이다.

그것은 투명하지만 은빛으로 빛나는 비늘 같은 것을 가지고 있었다.

'뭐, 뭐야, 저건!'

공포로 다리가 오그라들고, 솜털이 곤두서고, 호흡이 거칠어진다.

살아 있는 것처럼 그 투명한 은빛이 형체가 꿈틀대자 더욱더 거센 바람이 그의 몸을 위협하듯 불어왔다.

공포로 몸을 움직일 수 없었지만 모든 것이 눈을 통해 생생하게 그에게 전해졌다.

투명한 형체가 강풍 속에서 천천히 움직이더니 꼼짝하지 않고 서 있던 경하의 뒤쪽에서 글자 그대로 달려들었다.

'위, 위험해!!'

소리치고 싶었지만 입을 벌릴 수조차 없었다.

하지만 다음 순간 그는 너무나 놀라 그 자리에 주저앉아 버렸다.

뒤에서부터 덮치듯 경하에게 달려들던 그 은빛의 형상이 마치 경하의 몸속으로 빨려 들어간 것처럼 순식간에 사라져 버렸기 때문이다.

"……."

허억, 허억, 하고 그는 가쁜 숨을 몰아 내쉬었다.

그는 도대체 무엇을 본 것일까?

"헤헤헤헤."

경하는 자신이 한 행동이 만족스러운지 어딘가 모자라 보이는 웃음소리를 만들어냈다.

어느새 바람의 방향이 다시 바뀌어 있었다.

"으음, 좋아, 좋아."

손바닥에 주먹을 타악— 치고 경하는 기분 좋게 말했다.

"잘했어, 케인."

"뭐가 잘했다는 거냐?"

"그냥. 흐흐흐."

자랑스럽게 양손을 허리에 대고 경하는 앞을 바라보았다.

어느새 강 위에는 어둠이 내려앉아 있었다.

"뭐, 어떻게 될지는 모르지만 잘되겠지."

"그건 자만심 같은 것인가?"

"그런 단어는 또 어디서 배웠어? 그냥 하는 소리야. 기왕이면 잘 되라. 잘되는 게 장땡. 안 그래? 케세라세라는 딱 질색이라구."

"언제나 될 대로 되라라고 생각했던 것 같은데?"

세나케인이 심술궂은 투로 경하에게 말한다.

"심술 부리지 마. 그런 적 없어. 쿨럭, 쿨럭."

멋쩍은 듯 그에게 대답하는 말에는 헛기침이 따라붙는다.

"헤헤, 바람의 방향도 바꾸어놓았으니 가서 저녁이나 먹어야지. 아마 기엘이랑 이리야가 시유를 데리고 왔을 테니까."

혼잣말처럼 들리는 말을 줄줄줄 쉬지도 않고 늘어놓으며 경하는 아래로 내려가기 시작했다.

간만에 아주 상쾌한 기분으로.

*   *   *

"바람이 잘 불어서 생각보다 더 빨리 메이아스에 도착할 듯싶군요."

룬은 그렇게 말하며 한쪽에 주저앉아서 훈제 고기 조각을 열심히 뜯어(?) 먹고 있는 경하를 바라보았다.

"얼마나 남은 것으로 생각하면 되겠습니까?"

"앞으로 하루에서 하루 반 정도가 될 겁니다. 바람이 잘만 불어준다면 말이죠."

약간은 의미심장한 어조로 말하지만 왠지 그 당사자인 경하는 전혀 눈치를 안 채준다.

"그렇습니까?"

"예, 로운 씨."

오히려 경하의 보호자로 보이는 3명의 남자들의 오묘한 경계선만 더욱더 강해진 것 같았다.

어쩌다가 룬이 경하에게 가까이 가서 뭐라고 말을 할라치면 은근 슬쩍 눈치 채지 못하게 경하를 데려간 것이 벌써 한두 번이 아닌 것이다.

말로는 '룬 씨와 사이좋게 지내도록 하십시오'라고 하는 기엘이라고 하는 남자도 마찬가지.

룬과 대화를 나누는 와중에도 기엘은 절대로 경하의 옆에서 일정 거리 이상을 떨어지지 않는다.

항상 언제나 살갗이 따끔거릴 정도로 꽤나 살벌한 기를 룬에게 내뿜고 있는 것이다.

물론 처음에는 열받은 경하가 룬에게 뭔가 실수라도 할까 봐 기엘이 경하를 경계하느라 그러는 것으로 착각했었지만 그런 착각 같은 것은 같이 일행이 되어 여행을 시작한 지 반나절도 안 되어 깨져 버렸다.

경하를 경계하기는커녕 룬을 경계하느라 정신이 없는 것이다.

'흐음, 분명 꽤나 괜찮은 실력을 가진 기사임에 틀림이 없는데 말이야.'

기사들이 어느 누구나 그렇듯 그 역시 기엘이나 로운이 자신과 동류라는 것을 쉽게 눈치 챌 수 있었다.

하지만 대놓고 묻지는 않았다.

상대방이 뭔가 자세한 것을 밝히는 데 상당히 인색하다는 것을 깨닫고 있었기 때문이다.

'뭔가 아주아주 수상해.'

결국 그는 그렇게 총체적으로 결론을 내렸다.

"그러고 보니 여행을 한다고 하셨는데 알리아가 마지막 목적지는 아닌 듯하군요. 그 외 특별한 목적지가 따로 있는 겁니까? 사실 여행객으로 보기에는……."

슬금 떠보기 위해서 말을 걸어본다.

"특별한 목적지는 없습니다. 뭐, 세상 구경 정도로 해두지요."

하지만 역시 수확은 없다.

"룬 씨께서 보시기엔 확실히 특이하다고 생각되시겠지만 뭐 그냥 있는 그대로의 저희들을 봐주시면 좋겠습니다."

수확보다는 오히려 뭔가 때가 되면 말해 줄 테니 얌전히 기다리고 있어라는 느낌의 말.

룬은 혀를 찼다.

사실은 궁금한 게 산더미처럼 많은데 물어볼 수 없다는 것도, 그것도 완곡하게 거절당하고 있다는 것도 상당히 짜증이 나는 일이다.

무엇보다 궁금한 것 다섯 사람의 관계였다.

아무리 봐도 짐작을 할 수 없는 다섯 사람의 관계에는 독특한 위계 질서 같은 것이 성립되어 있었다.

일단 로운과 기엘이라는 남자는 틀림없는 기사 출신으로 짐작이 맞는다면 동갑내기의 친구이다. 그리고 서로 흡사한 외모를 지니고 있는 경하와 시유는 친남매이거나 친척 등으로 혈연관계가 있을 것이라는 것이 룬의 추측이었다.

그리고 남는 것이 이리야라는 남자.

그 남자가 일단 첫 번째 의문점이다.

기본적으로 그는 외모부터 네 사람과 전혀 다르다.

은백색의 머리카락을 가지고 있는 것이 아니라 저 강물처럼 짙푸른 머리카락을 가지고 있다.

거기다가 나머지 네 사람에게 모두 편하게 말을 한다.

두 번째 의문점은 로운과 기엘 두 사람이 친구인데 한 사람은 경하에게 절대적으로 존대를 하고, 한 사람은 그렇지 않다는 것.

물론 기엘은 일행 모두에게 존대를 하는, 그중 제일 예의 발라 보이는 남자이긴 하지만 말이다.

그리고 마지막이 바로 저 경하라는 소년이다.

분명 혈연관계 같은데도 이름도 전혀 다르고, 무엇보다 시유라는 소녀와 전혀, 단 한 번도 웃으며 대화를 하지 않는다. 물론 시유라는 소녀가 전적으로 무시를 하고 있는 듯하긴 하지만 말이다.

게다가 경하는 일행 중 나이가 어린 축에 속했음에도 불구하고 누구에게나 반말조다.

그리고 어느 누구도 그것에 대해 불만을 표시하지 않는 것이다.

'역시 뭔가 상당히 이상해.'

이대로 이들을 알리아까지 인도해 주는 것이 과연 옳은가 그는 고심하고 있었다.

"흐음, 역시 이건 평범한 칼처럼 휘두르기에는 문제가 있군."

경하는 예의 축소형 검 카나린을 들고 이리저리 휘둘러 보고 찔러보고 하면서 여가 시간을 보내고 있었다.

말이 여가 시간이지 사실은 시간 죽이기다.

혼자서 이상한 녹색의 단도 비슷한 것을 만지는 것을 보고 있던 룬은 옆에 서 있는 기엘에게 정중하게 요청을 했다.

"기엘 씨."

"예?"

"저 소년과 좀 이야기를 나눠도 될까요?"

휘익— 하고 기엘의 눈썹이 하늘로 올라가는 것이 그의 눈에 들어온다.

"뭐… 특별히 제게 물어보실 필요는 없습니다만."

대답이 돌아온다.

'역시 무식하게 대시하는 것보다는 이쪽이 이 남자한테는 정공법이 되는 것이군.'

속으로 쾌재를 부르며 룬은 기엘에게 살짝 목례를 하고는 경하에게 다가갔다.

"어이—"

룬의 뒤에서 기엘이 단 한 번도 눈을 떼지 않고 지켜보고 있다는 것 역시 그는 잘 느낄 수 있었다.

"……."

경하라는 소년의 표정이 일그러지는 게 보였다.

'당신 뭐야?'라는 말보다 훨씬 더 일목요연하게 룬에 대한 감정을 엿볼 수 있다.

"단도는 그렇게 휘두르는 게 아니라는 걸 알려주고 싶어서 말이지."

씨익— 되도록 인상 좋은 아저씨처럼 보이려고 룬은 열심히 웃었다.

"경하라고 불러도 될까? 주위에서 그렇게 부르던데."

그렇게 말하며 룬은 경하 앞에 털썩 주저앉았다.

"룬이라고 불러줘."

"……."

하지만 좀처럼 소년은 입을 열지 않는다.

"아직도 내가 여자로 착각해서 화가 나 있는 거야?"

"······"

당연하잖아!! 라는 얼굴.

룬은 너털웃음을 지었다.

"적당히 해줘. 사실 엄청나게 내 부관한테 혼이 났거든. 하도 떠들어대는 탓에 함구령에다가 금구령 비슷하게 내려놓기까지 했지. 그 녀석이 워낙 잘 떠들어대서 일단 입을 열면 장난이 아니게 시끄러워."

경계심을 풀어주기 위해 그는 열심히 노력한다.

"아, 일단 내 소개를 좀 더 해주지."

"…기사라는 것은 알고 있어."

그제서야 소년의 입이 트인다.

"그럼 전직 로열 가드라는 것도 알아?"

"…로열 가드?"

"그래. 내가 원래 하나스의 국왕 직속 기사였다 이거야."

"로열 나이트랑 같은 말인가?"

"오오, 뭔가 좀 아는걸!"

홍— 하고 경하가 고개를 돌려 버린다.

"그러니까 말이지, 검술에 있어서는 누구한테도 안 진다 이거야."

"그래서?"

경하는 귀찮다는 듯이 적당히 대꾸를 했다.

아무래도 생리적인 혐오감이 스멀스멀 피어 올라 상대를 하고 싶지 않았기 때문이다.

실수였다고는 해도 말이다.

"원한다면, 단검술 가르쳐 줄까?"

그렇게 말한 룬은 허리에 차고 있던 장검 대신 다리춤을 죽죽 걷어 올리더니 경하에게 이것을 보라는 듯 다리를 쳐 보였다.

힐금하고 경하의 시선이 룬의 다리 쪽으로 향했다.

혐오감은 혐오감, 호기심은 호기심이다.

아무래도 호기심 쪽이 혐오감을 누른 모양인지 경하는 어느새 귀를 쫑긋 세우고 있었다.

"네가 가지고 있는 그건 아무래도 단검이라고 하긴 조금 크던데 말이야."

"휘두를 만한 건 아니야. 장식품 같은 거랑 비슷하니까."

돌아오는 경하의 대답을 듣고 룬은 그제서야 허리를 폈다.

성공했다 싶었기 때문이다.

무엇보다 중요한 것은 이 소년이 자신에게 조금이라도 마음을 놓게 하는 것이다.

그것부터 시작하자고 그는 그렇게 생각했다.

왠지 이 소년은 사람의 눈길을 끌어들인다.

그것은 단순한 외모의 탓 때문만은 아니었다.

오히려 외모라면 같이 있는 일행 전부가 특이하다.

경하가 룬의 시선을 끌어당기는 것은 무엇보다 그가 풍기는 묘한 분위기와 긴장감 같은 것이었다.

그리고 거기에 더해서 룬이 목격했던 그 이상한 현상까지.

"그럼 내 것을 하나 줄까? 이래 봬도 손질은 잘해두거든."

"……."

경하는 갈등하기 시작했다.

왜 이 남자가 이렇게 자신에게 친절하게 구는지 궁금했던 것이다.

"자, 여기."

경하의 대답을 듣기도 전에 그는 다리에 고정시켜 두었던 단검

중 하나를 풀어내기 시작했다.

'비싼 값이 드는군. 맘에 드는 건데.'

그의 단검은 어디서나 볼 수 있는 평범한 단검으로 보이지만 그래도 하나스 최고의 대장장이라고 하는 자가 만든 명품 중의 명품이다.

"자아, 받아. 선물이야."

"……."

"그러지 말고 받아줘. 미안했다는 사과의 선물 같은 것이니까 부담스러워하지 말고."

스윽 하고 룬이 단검을 내민다.

경하는 몇 번이나 갈등을 하다가 결국 그 단검을 받아 들었다.

단검에 대한 욕심도 욕심이지만 일단 호기심도 있었고, 무엇보다 쫌스러운 남자로 보이기가 싫었던 탓도 있었다.

"좋아. 사과 받아들인 거지?"

"그, 그래."

소년이 퉁명스럽게 대답한다.

"하하하하, 원한다면 우리 집안에 전해져 내려오는 명단검술도 가르쳐 주지. 화해 기념이라고 생각하고 말이야."

그의 아버지인 리첼 백작이 들었다면 기절초풍해할 말을 그는 아무런 사심 없이 내뱉고 있었다.

별것이 아닌 것처럼 말을 했지만 사실 리첼 가문의 고유 검술은 상당히 유명한 것으로 그것을 배우고 싶어하는 자들은 수없이 많다.

하지만 그것을 전수받는 것은 결국 리첼 가문의 장자와 몇몇 수제자들뿐이다.

장검술이 아닌 단검술이라고 해도 아무런 뒷배경도 알 수 없는 소년에게 룬이 그런 말을 했다는 것 자체가 나름대로는 문제였던 것이다.

하지만 그런 것과 상관없이 룬은 진심으로 경하에게 말을 하고 있었다.

처음에는 그저 탐색을 위해서였지만 몇 마디 말을 나누는 동안 그만 진심이 되어버렸다.

"가르쳐 줄게. 원한다면. 어때?"

"……."

"물론 저기 네 보호자들이 허락해 준다면 말이야."

"괘, 괜찮아. 내가 하겠다고 하면 말리지는 않으니까."

경하의 반응에 왠지 룬은 뿌듯해졌다.

"좋아. 그럼 오늘부터는 친구로 지내자구. 좋지?"

"……."

"남자가 말이야, 째째하게 굴지 말고 대답 좀 해봐. 시원시원하게."

"좋아."

룬은 경하의 대답에 아주 기쁘게 웃었다.

룬 스스로도 그것을 눈치 채고 있지는 못했지만 말이다.

"뭐야? 어느새 저렇게 친해진 거지?"

"조금 전부터."

잠시 자리를 비웠던 이리야는 경하가 룬과 사이좋게(?) 무엇인가를 하고 있는 것을 보고 놀라 버렸다.

"에헤… 저 친구 수완 좋구만. 그렇게 퉁퉁 불어 있던 녀석을 저 정도로 움직이게 하다니 말이야."

"단순한 사람들이니까 단순한 데서 뭔가 친해질 만한 것이 있었는지도 몰라."

"하하하하."

이리야는 어딘가 모르게 상당히 퉁명스러워져 있는 로운을 보며 웃어버리고 말았다.

"어이, 어이, 기사 양반. 무슨 표정이 그래? 꼭 애인이라도 뺏긴 남자 같다구."

"예? 아, 아닙니다, 이리야 씨."

로운 못지않게 멍하게 두 사람이 하는 양을 바라보고 있던 기엘이 열심히 표정을 감춘다.

"흐흐흐흐, 질투구만 질투. 크하하하, 재미있어."

"이리야 씨!"

"역시나 재미있다니까, 너희들."

그렇게 말하고 있는 이리야 역시 왠지 질투심 같은 것이 가슴속에서 이는 것은 어찌할 수 없었다.

따지고 보면 세 사람 중 어느 누구도 저렇게 단시간 내에 경하와 친해진 사람은 없었다.

"뭐, 재미있게 시간을 보내주시니 다행일 뿐입니다. 그동안 힘든 일도 많았으니까요."

기엘이 스스로를 위로하는 듯한 말을 하자 이리야는 그런 기엘을 뚫어지게 쳐다보았다.

"힘들겠어, 기사 양반. 기사 양반만큼 저 녀석 생각해 주는 사람도 없는데 말이야. 아참, 거기 돌팔이 신관 양반도 마찬가지."

"……."

세 사람이 자신들을 열심히 감시(?)하고 있다는 것을 아는지 모르는지 경하는 열심히 룬이 하라는 대로 따라하면서 열중해 있었다.

"여하튼 재미있는 녀석이라니까."

이리야가 그렇게 간단하게 결론을 지었다.

*   *   *

하나스의 수도 알리아.

셰비 통산 연합국 중 두 번째로 작은 나라인 하나스는 그 국토의 면적과는 상관없이 연합국 내에서 1, 2위를 다투는 군사력을 가지고 있는 나라다.

그것은 가이칸 제국과의 오랜 영토 분쟁에서 비롯된 것으로, 그 때문에 왕국 전체가 완벽에 가까운 전제 정치로 다스려지고 있다.

실제 하나스 국왕 단 한 사람에게 있는 실권은 제국의 황제에 필적한다고 평하는 사가도 있을 정도다.

제국은 황제라 해도 지방 제후들의 세력을 무시할 수 없다는 단점이 작용하기 때문이다.

그런 의미에서 하나스는 셰비 통산 연합국 내에서도 강력한 발언권을 가지고 있기도 하다.

하나스는 군사력이 강한 나라인만큼 다른 나라와는 조금 다른 관료 제도와 군사 제도로도 유명하다.

특히 그중에서도 국왕의 친위대로 알려져 있는 로열 가드라는 것이 있는데, 그들은 최고 귀족의 자제들이나 특급 기사로만 이루어져 있으며 국왕 직속으로서 군부와는 전혀 다른 세력권을 하나스 내에 가지고 있다.

그들은 국왕 직속의 기사로서 각자의 부대를 가질 수 있을 정도로 특별한 위치에 있는 자들이었다.

물론 그들이 국왕 직속이기에 각자의 부대라고 해도 결국 왕권을 강화하는 도구로 쓰이는 것은 어쩔 수 없는 현실이었다.

로열 가드의 경우 대부분이 국왕과 혈연이 있는 집안의 아들들이 주류를 이루는데 그중에는 몇 대를 내려오면서 쭈욱 로열 가드로서만 봉사해 왔던 집안도 상당수 있었다.

"헤에, 여기 신기하네."

"뭐가 그렇게 신기해?"

"아니, 그 뭐라고 할까. 그……."

경하는 처음으로 보는 하나스의 수도 알리아의 거대한 성문을 바라보며 입을 다물지 못하고 있었다.

물론 아슈레이에서는 이방인에 불과한 경하는 어딜 가든 무엇을 보든 모조리 신기한 것뿐이긴 하다.

"뭐랄까, 성 전체가 무슨 요새 같아."

"원래 군사적 요충지에 지어진 요새였었지. 65년 전에 이곳으로 천도를 해오기 전까지는 말이야."

"헤에."

"하나스는 아슈레이의 국가들 중에서도 특이한 나라입니다, 경하님. 어떻게 말하면 나라 전체가 하나의 부대라고 해도 과언이 아닐 정도라고 하죠."

"맞는 말이야. 하나스에서는 3살만 되면 검을 휘두르며 놀거든."

룬이 왠지 자랑스러운 듯이 어깨를 으쓱였다.

"자아, 그럼 어떻게 할 건가 모두들? 여기서 헤어질까? 아니면 내가 말한 대로 즐거운 우리 집에 가서 묵을 건가?"

수도 알리아로 들어가는 대로에서 룬이 팔짱을 끼고는 모두의 앞에 우뚝 섰다.

며칠밖에 안 되는, 나름대로는 길다면 길고 짧다면 짧은 여행을 해오는 동안 룬은 나름대로 경하 일행의 성격을 파악하고 있었다.

이 일행에게 있어서는 정공법이 최고.

무엇이든 단도직입적으로 묻는 쪽이 가장 대답을 받기 용이하다.

룬의 말에 기엘이 로운과 시선을 교환했다.

룬은 눈치 채지 못했지만 그들은 바람술로 어젯밤 밤새도록 두 사람이 의논하던 모종의 방법에 대해 마지막으로 의견을 교환하고 있었다.

"역시 이 사람을 이용하는 쪽이 가장 좋은 방법일 거야."

"그래, 로운. 아무래도 이 난공불락의 요새 같은 성에서는 저 사람의 도움이 필요 불가결할 테니 말이야."

끄덕하고 로운의 고개가 움직였다.

"실례가 안 된다면 이곳에 머무르는 동안 자네의 집에 머물러도 될까?"

로운의 말이 끝나자마자 기다렸다는 듯이 룬이 대답했다.

"그렇지, 그렇게 나와야지. 자, 카일. 금구령은 풀어줄 테니 어서 뛰어가. 어머니께 불초 아들이 돌아왔다고 알려줘."

룬이 묵묵히 입을 꾸욱 다물고 있던 남자의 어깨를 퍼엉— 소리가 나도록 쳤다.

순간 마치 얼어붙었던 입이 순식간에 해동된 사람처럼 쩽쩽 울리는 목소리가 모두의 귀에 강렬하게 울려 퍼졌다.

"푸아—! 가, 감사합니다!! 신 카일! 전광석화와 같은 빠르기로 저택으로 날아가 백작님과 마님께 이 소식을 알리겠습니다. 아참,

룬님. 절대로 중간에 다른 곳으로 눈길을 주시면 안 됩니다. 바로!
바로 저택으로 곧장 와주십시오! 그리고 여러분들, 꼭 부탁드립니
다. 절대로 룬님을 놓치지 마시고 곧장 저택으로 가도록 종용해 주
십시오. 까닥 잘못하면 분명히 어디론가 도망치시고 남을 분입니다.
그럼 저는 최대한 빨리 저택으로 돌아가 여러분들을 맞을 준비를
하고 있겠습니다. 아! 이 말 제가 그대로 타고 가도 되겠죠? 아참,
룬님. 통행증을 주셔야죠. 예. 그리고 이쪽이 룬님의 것이니까 그럼
요것만 가지고 가면 되겠군요. 자아, 이만 먼저 가겠습니다—아!!"

　숨도 쉬지 않고 속사포처럼 며칠 동안 하지 못한 말을 미친 듯이
떠들어댄 카일은 말을 마치자마자 정말로 쏜살같이 알리아의 거대한
성문을 향해 말을 달리기 시작했다.

　"……."

　"……."

　뒤에 남은 사람들은 카일이 던지고 간 말의 홍수에 휩쓸려 이리
저리 방황하느라 한마디도 하지 못했다.

　"저분, 당신의 부관이 아니었나?"

　"아아, 말이 부관이지 사실은 저택의 집사야. 따라오겠다고 해서
부관 겸해서 데려갔을 뿐이지. 으으, 여하튼 며칠 만에 들으니 더
더욱 시끄럽군. 골이 다 띵해."

　"헤에… 저렇게 숨도 안 쉬고 말하는 사람 간만이네. 진짜로 숨이
나 쉬고 말하는 건가 모르겠어."

　"뭐, 특이한 분이시라는 것은 인정합니다."

　기엘도 질렸는지 멀리 열심히 달려가고 있는 카일의 뒷모습을 바
라보며 한마디 했다.

　"저어, 저분 기왕이면 앞으로 며칠 간 금구령을 더 길게 연장해

주시는 것, 고려해 주지 않으시겠습니까?"

"하하하하하하, 뭘 저 정도 가지고 그러는 거야, 기사 양반? 내가 아는 사람 중에는 쉬지도 않고 아침부터 저녁까지 떠드는 데 온 힘을 다 쓰는 인간도 있었다구. 자아, 여하튼 오늘은 좀 편히 쉬겠어. 아무리 여유가 있어도 배 위라는 것은 힘든 공간이거든."

"이리야는 물의 술사인데도 배 위가 불편한가?"

"물속이 아니거든, 배 위는."

이리야가 눈을 찡긋하며 경하에게 대답했다.

룬은 그런 경하를 잠시 바라보다가 기엘과 로운에게 말했다.

"자아, 그럼 그 허리춤에 있는 소드들을 풀어서 내 짐 쪽으로 넣어둬."

"예? 그게 무슨 말씀이십니까?"

기엘이 전직 현직 기사답게 제일 먼저 반응한다. 전전직 기사에 전직 신관, 현직 파계 신관이며 기사인 로운은 그 다음으로 밀려 버렸다.

"성문 통과 때문인가?"

"맞아. 알리아는 수도지만 아직도 현직 요새거든. 다른 사람들도 아니고 자네들은 너무 눈에 띄어. 게다가 기사입네 하고 증명하다시피 하는 그 번쩍거리는 검들은 우리를 일단 구류해서 조사해 주십시오라고 하는 소리밖에 안 돼. 그런 면에서 내가 당신들 무기를 아예 몰아서 들고 가는 쪽이 훨씬 통과하는 데 수월하지."

"흐음."

왠지 기엘이 내키지 않는다는 반응을 보인다.

하지만 로운은 묵묵히 허리에 차고 있던 라이트를 풀어내 룬에게 내밀었다.

"자네가 융통성이 더 있었지."

"필요하고 쓸 만한 것은 이용을 하는 쪽이 이쪽이 수고를 더니까."

비슷하면서 서로 다른 성격을 지닌 두 사람은 말 하나 하는 데도 지지 않고 대꾸를 해가며 설전을 벌인다.

"흐응, 이용이란 말인가? 만일 내가 이 검을 들고 그대로 튀어버리면 어떻게 하려고 그러지?"

"그때는 정식으로 절도 혐의자로 몰고 도둑 잡기를 해야겠지."

"흐으응. 아! 거기 이리야 씨도 마찬가지. 레이피어를 풀어줘야겠어."

"그, 내 단검은?"

"그 정도는 괜찮아. 아참. 아름다운 아가씨, 당신 것도 풀어줘야겠어."

순간 경하가 몸을 움칠한다.

물론 그 말이 자신이 아니라 이번에는 정말로 시유를 향한 것을 알고 있기는 하지만 말이다.

"제 검도 말입니까?"

"물론."

평소에는 입 하나 뻥긋하지 않던 시유지만 이번에는 희한하게도 대답을 했다.

"그럼 성문을 통과한 후 바로 돌려주신다고 약속해 주세요."

"물론이지. 성문을 통과하고 나서 문제가 없어지면 바로 돌려줄 테니 걱정하지 말라구."

씨익— 하고 정말로 바람둥이 같은 미소를 지어 보이는 룬에게 시유는 떨리는 손으로 검을 건넸다.

그리 크지 않은 쇼트 스워드지만 나름대로 마음의 의지로 삼았던 물건이다.

"꼭 돌려주세요."

"물론이라니까."

기엘이 그런 시유의 뒤에 서 있다가 마지막으로 라이트를 풀어 룬에게 건넸다.

나머지 사람들이 짐을 정리하기 시작했다.

"자아, 그럼 오늘 저녁은 오랜만에 주방장의 멋들어진 요리로 성대하게 먹겠어. 어이, 경하. 뭔가 좋아하는 음식이라도 있어?"

"달지만 않으면 뭐든지 좋아."

"알았어, 그렇게 전해두지. 그럼 이제 들어가 볼까?"

모두에게서 받은 검을 말의 한쪽에 열심히 묶어 고정시킨 룬이 앞장을 섰다.

경하는 그런 룬의 뒤를 따라가며 품속에 넣어둔 단검을 살짝 어루만졌다.

천하태평인 표정을 하고는 있지만 사실 불안감 때문에 손이 떨리고 있었던 것이다.

아무도 생각하지 않고 있던 불안 요소가 경하에게는 있었다.

'그도… 그 사람도 기사였었어.'

경하를 불안하게 만드는 것은 다름 아닌 룬의 존재였다.

'요하엘의 기사 기윤 제나이드 슈히튼.'

경하는 이곳에 와서 자신을 위해 죽었던 첫 번째 기사를 머리에 떠올리고 있었다.

경하에게 있어 룬은 마치 기윤이 다른 모습과 다른 성격으로 다시 태어나 눈앞에 있는 느낌이었다.

그때와 지금 상황은 조금 다르면서, 또한 너무나 똑같다.

'저 사람은 괜찮을까?'

아무 상관도 없을 것이라고 생각했던 사람들이 경하와 관계를 맺으면서 위험에 빠져 버린다.

기엘이 그랬고, 로운이 그랬고, 이리야가 그랬다.

그리고 기윤은 그 때문에 목숨을 잃어야 했다.

'그때와 똑같은 일이 벌어지지 않을 것이라고 어떻게 믿지?'

경하는 문득 정신을 차렸다.

앞에 룬의 모습이 보이지 않는다.

경하는 놀라서 두리번거리며 룬의 모습을 찾았다.

"경하님, 무슨 일이라도 있으십니까?"

말 하나 건너편, 시유의 뒤에서 기엘이 걱정스러운 목소리로 묻는다.

"아, 아니, 아무것도 아니야."

그 바로 옆에 룬의 모습이 보이자 경하는 안도의 한숨을 내쉬었다.

다르다.

분명히 다르다.

경하는 그렇게 생각하려고 노력했다.

'괜찮을 거야. 저 사람은 기윤이 아니니까.'

경하는 스스로를 위로하듯 다짐했다.

적어도 위트와 장난기가 가득한 룬은 그렇게까지 맹목적이 되어 버리지는 않을 것이다.

'모든 것이 잘될 거야.'

어느덧 경하의 말이 모두의 말을 앞질러 가기 시작했다.

'이번에는 아무 일도 없을 거야. 그래, 그럴 거라고 믿자.'

이곳은 가이칸이 아니고, 그리고 요하엘도 아니고, 룬은 기윤이 아니다.

경하는 몇 번이나 그것을 외우고 또 외웠다.

*   *   *

"그래. 1년 간 고생이 많았구나, 룬."

"아니, 별말씀을 다하십니다, 아버님. 그러고 보니 그동안 많이 늙으셨네요."

"예끼, 이놈!"

시끌시끌한 환영의 저녁 만찬을 마치고 난 룬은 아주 편안한 기분으로 리첼 백작과 마주 앉아 있었다.

그가 예상한 대로 카일은 믿을 수 없는 빠르기로 저택으로 돌아와 거의 모든 준비를 마치고 그들 일행을 기다리고 있었다.

전직 로열 가드답게 성문 통과도 문제없이 이루어졌고 집으로 돌아오는 동안에도 아무 일도 일어나지 않았다.

카일이 믿을 수 없다고 했을 정도로 말이다.

"그래. 보아하니 특이한 손님들과 함께 왔던데 그 사람들은 어찌된 연유로 같이 오게 된 것이냐?"

"아아, 뭐… 재미있어서 말입니다."

싱긋하고 웃어 보이며 아들이 대답하자 리첼 백작은 하얗게 세기 시작한 눈썹을 활처럼 구부렸다.

이 아들은 실력도 좋고, 배짱도 두둑하고 다 좋지만 성격만큼은 어떻게 해도 감당해 낼 수가 없다.

"그렇게 눈썹 구부리지 않으셔도 됩니다, 아버님. 특별히 위험한 친구들은 아닌 것 같으니까요. 확실히 특이하긴 하지만 말입니다."

그러나 감당은 못해도 파악은 잘 하고 있는 것이 리첼 백작이다.

"네 입에서 특이하다는 소리가 나오다니 정말 이상한 사람들인 모양이구나."

"뭐, 이상하다면 이상하고 특이하다면 특이한 거죠."

"행색을 보아하니 미메이라 인들인 듯싶은데?"

"어? 아버님도 미메이라 인들을 본 적이 있으십니까?"

"본 적은 있지. 그런데 어째서 미메이라 인들이 저렇게 널 따라온 거냐?"

"여행을 한다고 하더군요. 뭐, 아무리 봐도 여행 이외의 목적도 있어 보이지만요."

"여행 이외의 목적?"

"예. 꽤나 비밀주의 친구들이라 말입니다."

"그런!"

리첼 백작은 아들의 저 부주의함이라고 말할 수 있을 정도의 태평함에 질려 버렸다.

당당하게 여행 이외의 목적을 가진 비밀스런 사람들이라 평가하는 사람들을 아무렇지도 않게 저택까지 불러들인 것을 이해할 수가 없었다.

"위험하지는 않아요. 여차하면 제어할 수 있는 약점도 찾아놓았으니까 걱정하지 마십시오, 아버님. 제가 생각하기엔 늦어도 오늘 밤이나 내일 일찍 절 따라서 여기까지 온 이유를 그들이 스스로 말하게 될 거라고 봅니다."

"태평하구나."

"하하하하! 원래부터 그러지 않았습니까?"

"그 대범함을 다른 쪽에다 좀 쏟아 부어주었으면 좋겠구나."

"할 수 없어요. 원래 이렇게 생겨먹었으니 말이에요. 아, 어머님 주무실까요? 아까 보니 건강 상태가 그리 좋으시지는 않은 것 같은데 말입니다."

"네 녀석이 문제만 일으키지 않는다면 훨씬 오래 살 거다. 부디 이번에는 이웃집 유부녀에게 손대는 일만큼은 하지 말아다오."

"하하하하하."

리첼 공작은 지끈지끈 아파오는 이마를 꾹꾹 누르며 아들에게 한 소리 하고 싶은 것을 참았다.

영광에 빛나는 로열 가드의 리첼 백작 가문에 이런 성격의 기사가 나오다니, 나름대로는 참 한심한 일이다.

물론 그 아들을 키운 것이 자신이라는 것이 리첼 백작의 두통의 원인이기에 아들을 원망할 수도 없다.

"괜찮다니까요. 이번에는 재미있는 거리를 아예 만들어서 가져왔잖습니까."

"재미있는 거리? 골칫덩이가 아니고?"

"예. 재미있는 문제거리죠. 아주 많이요."

리첼 백작은 고개를 설레설레 흔들었다.

"가서 쉬거라. 먼 길 오느라 고생했을 텐데. 그리고!"

인사를 하며 일어나려는 아들에게 그는 한마디 더 덧붙였다.

"저들이 무슨 일을 하려는 것인지 네가 알아서 처리하기 전에 꼭 내게 말을 해줬으면 좋겠구나."

적어도 아들이 사고를 치면 수습할 방도라도 생각해 놓아야겠다고 그는 결심하고 있었다.

"물론입니다, 아버님."

룬은 일 년 사이 관자놀이의 백발이 훨씬 늘어버린 그의 아버지에게 최고의 예를 갖추어 인사를 했다.

그것이 그가 자신의 아버지에게 가지는 마음의 표현이었다.

"생각보다는 거물인 듯싶군요."

"그러게. 이 성안에 이 정도의 저택을 가지고 있다면 정말로 저 한량 같은 기사가 로열 가드였다는 게 말이 되는 걸지도 몰라."

사실 기엘이나 로운이 제국어의 방언과도 같은 하나스 어를 모르는 것은 아니지만 그들이 가이칸에 대해 알고 있는 정보에 비해 하나스에 대한 것은 거의 전무에 가까울 정도로 지식을 가지고 있지 않다.

그 이유는 계승로라는 것 자체가 무엇보다 가이칸을 종, 횡단하는 일이었기 때문이다.

따라서 하나스에 대해 알고 있는 것은 이전에 이리야를 만났을 당시 이리야가 알고 있는 하나스에 대한 정보와 그리 별다를 것이 없었다.

룬이 하나스의 기사라는 것까지는 확실하게 알 수 있지만 룬의 가문인 리첼 백작가가 하나스에서 어떤 위치에 있는 것인지는 전혀 파악을 할 수 없었다.

"뭐, 상관없잖아. 일단 정말로 룬이 로열 가드였다면 하나스의 국왕을 만나는 것도 그렇게 힘겹지 않을 수도 있는 노릇이니까."

나름대로 이리야가 간만에 정확하게 그의 의견을 피력했다.

"……."

"왜 그런 눈으로 날 보지, 신관 양반?"

"아니, 간만에 옳은 소리를 한다 싶어서."

"쳇, 싱겁기는."

"그러고 보니, 시유는?"

"하녀들의 안내를 받아서 먼저 쉬겠다고 했으니 지금쯤은 잠이 들었을 거야."

"흐음. 로운, 가서 괜찮은지 봐주지 않겠어?"

"미움받는 것치고는 잘 챙기는군."

로운이 뜻밖이라는 듯이 경하에게 말했다.

"무슨 소리를 하는 거야. 챙기는 게 당연하잖아. 나보다 어린 데다가 여하튼 시유의 신변 보호를 레이죠 장로님께 인계받은 것은 다름 아닌 나라구."

"호오."

"호오가 아니야, 호오가. 그러니까 가서 좀 봐줘. 아무래도 로운을 나름대로는 편하게 생각하고 의지하는 것 같으니까."

"역시 기엘 말대로 호로스에 남겨놓고 오는 쪽이 좋지 않았을까 싶군."

왠지 걸리적거리는 듯한 인상을 떨쳐 버리지 못한 로운이 문득 한마디 한다.

"이미 어쩔 수 없는 거잖아. 흰소리 하지 말고 빨리 갔다 와."

"알았어. 그럼 지금부터는 분부하신 대로 하지요, 수장님."

"자꾸 이상한 소리 할래? 앞뒤가 틀려! 앞 뒤가!"

로운으로부터 너무나 간만에 존대어와 함께 처음으로 수장님이라는 칭호를 듣자 경하는 온몸이 간질간질해졌다.

하지만 로운은 피식거리고 웃기는커녕 완전한 정색을 하고 대답했다.

"아니, 틀리지 않습니다. 적어도 지금부터는 말입니다. 아무래도 오늘이나 내일 내로 우리들의 목적을 룬 리첼에게 밝히고 하나스의 국왕과 밀담을 나눌 수 있는 방법을 찾아야 합니다."

"로운… 닭살 돋아."

"다시 말하면 지금부터 당신은 시안 리에 디 하로이엔 미메이라, 즉 미메이라의 수장으로서 행동하셔야 한다는 말이 됩니다. 주의해 주십시오."

그렇게 말을 마치고 로운은 정식에 정식을 갖추어 경하에게 예를 올리고 나가 버렸다.

남은 기엘과 이리야와 방금 전에 로운으로부터 수장직을 명받은 경하는 벙찐 얼굴을 하고 있을 수밖에 없었다.

"우우, 젠장할!! 로운은 왜 항상 저 모양이야! 날 괴롭히고 싶어서 환장한 거야, 정말로!!"

"설마 그럴 리가 있겠습니까, 시.안.님."

"오오, 맞습니다. 괴롭히기는요. 모든 게 다 시안님을 위한 일인데요. 암, 암. 아! 그렇지. 이 야심한 밤에 저희들이 여수장님 곁에 있으면 안 되겠지요? 그럼 나이트 기엘, 이만 우리는 나가봅시다.

"하하하하하, 그럴까요?"

"모조리 짜고 좀 놀리지 말아! 아으으으윽."

"놀리는 게 아닙니다, 경하님."

경하가 온몸을 벅벅 긁는 시늉을 할 정도로 괴로워하자 마악 문에 손을 댔던 기엘이 멈추어 서서 말했다.

"위험은 이제부터라고 말씀드리는 겁니다."

＊　　　　　＊　　　　　＊

"그러니까 저더러 위험 부담을 최소한도로 하기 위한 연결 고리가 되어달라 이 말씀이십니까?"

"그렇습니다."

흐트러진 갈색 머리와 제대로 여미지도 못한 옷과 부스스한 얼굴.

하지만 반대편에 앉아 있는 두 남자는 머리끝부터 발끝까지 믿을 수 없을 정도로 말쑥한 차림을 하고 있다.

"흐음, 그런 교두보 역할을 해주는 대가는?"

"귀국의 안전. 그리고…."

"말은 쉽군. 후우, 신경이 곤두서는 것 같으니 잠시 격식은 치워 두자구."

조금 전까지 어깨를 꼿꼿하게 굳히고 있던 룬은 피시식 하고 김이 빠져 버린 사람처럼 옆에 있는 커다란 쿠션을 멀리 집어 던졌다.

"죄송합니다, 이런 이른 시간에."

"아니, 뭐 대충 이때쯤이다라고 생각은 해왔으니까."

기분이 나쁘다기보다는 올 것이 왔구나 하는 표정으로 말하고 있는 룬에게 기엘이 미안하다는 말을 덧붙였다.

"뭐, 어느 정도는 짐작을 하고 있었으니까 내 쪽도 뭐 잘한 것은 없다고 생각해. 하지만 이런 시각은 너무하잖아. 아직 잠도 제대로 못 잤다구."

"그것은 진심으로 미안하다고 생각하고 있습니다."

"하아… 내가 생각한 것보다 훨씬 더 복잡한 문제일 줄은 몰랐는데."

이른 새벽 시간.

아직 리첼 백작가의 가솔들이 잠에서 깨어나기도 전에 한참 단잠을 자던 룬은 급습을 받았다.

바로 미메이라의 기사라고 자신들의 신분을 밝힌 남자 두 명에
의해서 말이다.

머리끝부터 발끝까지 깔끔한 백색의 특이한 복장을 하고 있는 남
자들을 보자마자 머리에서 떠날 줄 모르고 있던 졸음 같은 것은 모
조리 사라져 버렸다.

나름대로는 그들의 장단에 맞추어 대꾸를 하고 있었지만 잠이 완
전히 달아나 버리자 연극을 하는 것은 포기를 해버렸다.

어제까지 이 친구니 저 친구니 하면서 그럭저럭 친밀하게 지내던
사람들에게 그런 식으로 말하는 것은 역시 그의 성격에는 맞지 않
았던 것이다.

"하기사 날 귀환시키는 데는 어느 정도 이유가 있을 것이라고 생
각했지만 그런 것이 원인일 줄은 몰랐어. 참나. 제국 황제도 이제는
별별 생각을 다 하는군. 뭐, 이쪽은 가이칸의 병력 이동 때문이었을
테지만."

로운의 설명은 간단했다.

제국 황제가 무엇인가 음모를 꾸미고 있다는 것과 부연 설명까지.

제국으로 볼모가 되어 시집을 가야 할지도 모르는 시유와 그것을
막으려 하는 자신들에 대해서 말이다.

물론 약간의 진실은 은폐한 채로.

"제국의 황제는 엘러들이 그의 야망을 이루기 위한 도구가 되어
줄 것이라 믿어 의심치 않고 있습니다."

"흐음."

"하지만 실제는 그렇지 않습니다. 황제가 원하는 정도의 엘러는
미메이라뿐 아니라 각 신국에서도 기사나 신관 이상급의 신분을 가

진 사람이어야 합니다."

"라는 이야기는 자네들이 바로 그 정도 되는 능력을 가진 엘러라는 소리가 되겠지."

대뜸 룬은 핵심을 파고든다.

"하지만 그렇게 할 수 없는 모종의, 내게 말 못하는 이유도 있을 테고 말이야."

방금 잠에서 깨어난 사람이라고는 믿을 수 없는 이해력이었다.

과연 룬은 며칠 동안 경하 일행과 지내며 무엇을 어디까지 파악해 버린 것인지 궁금해지는 두 사람이었다.

"뭐, 미안하게 되었지만 사실은 목격한 게 있거든."

"예?"

"무엇을?"

"그쪽의 도련님 말이야."

"경하님을 말씀하시는 건가요?"

"그래."

푸욱— 하고 룬이 한숨을 내쉬었다.

"그 녀석이 정확하게는 몰라도 꽤나 중요한 인물인 거지?"

"왜 그렇게 생각하셨습니까?"

맞잡고 있던 기엘의 두 손에 힘이 들어간다.

"목격했다고 했잖아. 사실 아무리 바람이 잘 불고 유속이 좋다고 해도 폴리카르를 오가는 정기선이 그렇게 빠른 속도로 알리아로 내려올 수는 없어. 그 녀석이 뭔가 수를 썼다는 것 정도는 눈치 못 채는 쪽이 바보라구. 게다가 그 녀석의 장난은 도가 좀 지나쳤거든."

"이런!"

"뭐, 상당히 생경한 경험이었지. 놀랍기도 했고."

그렇게 말하며 룬은 처음으로 목격했던 그 기적에 가까웠던 그날 밤의 일을 떠올렸다.

"말로 설명할 수 없을 정도로 대단했었어. 그런 정도의 엘러가 제국 쪽으로 넘어간다면 확실히 하나스는……"

몇 가지의 단서로 룬은 가볍게 핵심에 도달해 버렸다.

"그래, 군이 내 협력에 대한 개인적인 대가를 바랄 것도 없는 일이었어."

"……"

"말이 통하니 편하군."

나름대로는 긴장하고 있었던 로운이 피곤한 머리를 흔들며 대답했다.

"신국에 손을 대는 것은 일종의 불문율에 가깝다. 하지만 제국의 황제는 그런 것은 아랑곳하지 않아. 직접적인 위협이 없었다면 신국은 제국의 수작에 응할 용의 같은 것은 없었다. 하지만 제국의 황제가 미메이라에 그의 능력을 행사할 수 있게 된다면 다른 신국에까지 그 손을 뻗지 않을 것이라고는 생각되지 않아. 그전에 그것을 막아야 한다."

"후우… 뭔가 내 능력 밖의 문제가 많군."

룬은 그렇게 말하며 눈꼽을 떼어낸다.

말과 행동의 묘한 언벨런스함이 왠지 더욱더 긴장감을 가져온다.

"일이 급하군. 일단은…"

"당신은 중간까지의 역할만 해주시면 됩니다. 나머지는 저희들이…"

"아니."

룬은 손을 들어 기엘의 말을 막았다.

"나는 중간 역할을 하기에는 줄이 너무 없어. 비록 내가 로열 가드였다고는 해도 그건 아주 짧은 기간이었지. 나보다는 우리 아버지 쪽이 훨씬 직접적인 연결 고리가 될 거야. 아버지라면 우리 젊은 전하와 직접 만나게 해줄 수 있는 힘이 있으니까. 뭐, 그런 의미에서 사람 하나는 잘 골랐군. 사람 보는 눈이 좋아, 둘 다."

룬은 솔직하게 이야기를 했다.

뭐라고 더 이상 감추거나 꼬아서 말을 할 필요성이 없었기 때문이다.

나름대로는 재미있다는 이유 하나로 경하의 일행을 데리고 왔지만, 문제는 그 안에 감추어져 있던 진실이 재미를 훨씬 뛰어넘는 일이라는 것이다.

"아아, 역시 아버지 말대로 난 뭔가 일을 벌이는 데 선수가 되어 버린 것 같군. 후우, 참나."

룬은 얼굴을 들고 두 남자를 바라보았다.

은백의 머리카락과 짙은 은회색의 눈동자가 그를 내려다보고 있었다.

"뭔가 신의 대리인에게 질책이라도 받는 기분이군. 그런 눈으로 보지는 말아. 아, 하나만 대답해 줄 수 있겠어?"

"무엇을 원하십니까?"

"당신들, 정확하게 정체가 뭐야?"

"……."

"미메이라의 비밀스런 사신이라는 헛소리하면 한 대 때려주겠어. 미메이라의 기사? 단순한 단어로는 난 용납할 수 없어. 그런 것 말고 원래 뭐 하는 인간인지 그거나 말해 봐. 그 녀석에 대해서까지 모조리. 그것이 내가 협력하는 대가라고 생각해 줘."

룬은 우두둑 소리가 나는 허리를 펴면서 자리에서 일어났다.

올려다보던 은회색의 눈동자가 이제 거의 정면으로 바라다보인다.

"나는 룬 디 리첼, 하나스의 기사다. 물론 지금은 그다지 실권은 없지만 말이야. 자아, 당신들은?"

대답을 재촉하는 룬의 말.

그 말에 로운이 천천히 대답했다.

"…로운 디 로크레슈. 미메이라의 로열 나이트. 글자 그대로 기사일 뿐이다."

"기엘 디 하라스다인입니다. 로운과 마찬가지로 로열 나이트입니다."

"그리고 그 녀석은 현 수장 계승자로 우리는 그의 보호자 역할을 수행 중이다."

"……!"

룬의 표정이 순식간에 변해 버렸다.

조금은 단순하게 생각하고 있던 그는 뜻밖의 사실에 당혹해 버렸다.

"그 녀석이 수장 계승자?"

"뭐, 믿든 믿지 못하든 사실이다."

로운의 말에 기엘이 정색을 하며 덧붙였다.

"시안 리에 디 하로이엔 미메이라. 그분은 신의 이름을 잇는 바람의 계승자이며 저희들의 유일한 주인입니다."

*　　　*　　　*

"거창해. 너무 거창해."

투덜투덜.

룬이 투덜거리는 목소리가 길고 긴 식탁을 넘어 경하의 귀에까지 들려왔다.

룬의 투덜거림은 마치 얼마 전 경하의 그것과도 같아서 투덜거림이 그대로 경하에게서 룬으로 옮아간 것처럼 보였다.

"정말로 지나치게 거창하다구."

그 말에는 이상한 울림이 포함되어 있었다.

룬 디 리첼. 그는 기사였다.

분명 기사였다.

하지만 그의 눈앞에 있는 한 사람과 두 사람을 보고 있으니 자신의 확인과도 같은 것이 왠지 무너져 내리는 기분이다.

스스로 왕국의 기사 따위라고 생각해 왔던 것이 뭔가 틀린 점이 있다는 생각이 머리를 떠나지 않았다.

'똑같은 기사와 기사인데 말이야.'

그는 포크를 놀리며 건너편의 경하를 바라보았다.

그들이 가져온 소식은 물론 경악할 만한 것이었다.

룬이 원래 생각하던 것보다 훨씬 말이다.

하지만 그 경악과는 또 다른 낭패감이 룬의 사고를 가득 채워 떨어지지 않고 있었다.

'저게 어딜 봐서 수장이니 뭐니 하는 것으로 보이냐구.'

미메이라의 수장이라는 것은 룬의 감각으로는 하나스의 국왕과 같은 느낌일 수밖에 없다.

하지만 아무리 보아도 경하에게서는 국왕이라는 느낌이 오질 않는다.

그러나……

'주인이라고 했나…'

어느 기사가, 그가 아는 어느 기사가 감히 그들의 국왕을 향해 그런 말을 할 수 있을까?

명예라는 것도, 그 스스로 국왕을 향해 가지고 있던 어렴풋한 경외심도 모조리 의미가 없는 단어로 느껴진다.

'기사와 기사야. 같은……'

그가 경하에게서 느꼈던 이상한, 그리고 지금도 이상하게 느껴지는 그 인력 같은 것의 정체가 무엇일지 그는 궁금해졌다.

'같은 기사인데, 어디가 다른 걸까?'

분명 맛있고 자신이 좋아하는 음식이지만 그것이 지금은 목구멍으로 넘어가는 것인지 코로 넘어가는 것인지 감각이 없다.

'무엇이 어떻게 다른 것이기에 이런 감정을 맛보아야 하는 거지?'

끊임없이 룬의 상념이 흘러내린다.

상념은 꼬리에 꼬리를 물고 그에게 의문점과 함께 당혹감으로 다가오기 시작했다.

그것은 룬에게 있어 하나스에 닥친 가이칸 제국의 위협보다도 더큰 또 다른 위협이었다.

제5장
국왕과 기사

The Wind of Ashurei

높고 견고해 보이는 성이었다.

가이칸의 보여주기 위한 화려한 황제궁과는 다른, 필요에 의해 철저하게 계획되고 구획 지어진 요새와도 같은 성.

어둠에 둘러싸이면 마치 그 어두움의 한 부분이 된 것마냥 그 윤곽선을 알아보기조차 힘들다.

'헤에… 뭔가 참 거시기한 성이네.'

영화의 한 장면 같은 풍경이 경하의 앞에 펼쳐져 있었다.

스펙터클한 액션 무비 같은 것은 아니다.

오히려 완전히 반대의 뭔가 침울하고, 고요하고, 그리고 암울한 느낌이 경하에게 전해져 오고 있었다.

'우울하고 암울해서 절대로 채널 돌려 버리고 싶은 중세 영화 같다구.'

평소 같았으면 머리라도 벅벅 긁어가며 분위기를 깨버리겠지만 그럴 수도 없는 상황이 더 더욱 짜증이 났다.

'하아~ 정말이지, 팔자에 없는 일은 그만 하고 싶다.'

경하는 진심으로 그렇게 바라고 있었다.

어두운 성안으로 조용히 걸어 들어가며 경하는 낮에 있었던 일을 떠올렸다.

"정말, 룬을 믿을 수 있을까?"

"현재로써는 믿을 수밖에 없습니다. 만일 믿을 수 없는 상황이 벌어진다면 모두 저희들 탓입니다. 사람을 제대로 못 본 게 되니까요."

하루 종일 방 안에 갇혀 있다 보면 으레 좀이 쑤시기 마련이다.

차라리 타의에 의한 것이라면 그 사람을 원망이라도 하겠지만 현재의 상황은 반은 타의, 나머지 반은 자의에 의한 것이다.

"하아… 그렇다고 해도 기다리는 거 엄청 지루하네."

"연락을 받은 쪽도 편한 심정은 아닐 겁니다."

지루해서 아까부터 침대 위를 데굴데굴 굴러다니고 있는 경하에게 기엘이 위로 아닌 위로를 해본다.

"그것으로 위로를 하라는 뜻이야?"

"위로가 된다면요, 경하님."

"하기사, 이 사람들은 아닌 밤중에 홍두깨 같은 기분이겠지. 벌써 이틀째 소식이 없는 것을 보면 뭐……."

로운과 기엘이 룬에게 정체를 밝히고 도움을 청한 것이 벌써 어제 새벽이다.

그 뒤로 경하 일행은 룬과 룬의 아버지 리첼 백작은 코빼기도 볼 수가 없었다.

시간이 되면 하녀들이 와서 식사 시간을 알리는 정도뿐.

"꼭 그렇지도 않습니다. 미메이라의 정보력과는 또 다른 차원에서 하나스의 정보력은 만만하게 볼 수가 없으니까요. 적어도 어느 정도는 예상을 하고 있었을 겁니다. 실제로 변경 지역에 부임하고 있던 룬 씨를 다시 수도로 불러들이고 있는 것만 봐도 알 수 있지요. 나름대로는 하나스도 준비를 하고 있었던 겁니다."

"그건 그렇다고 해도, 더 이상 지체하면 아무래도 아셀까지 가는 데 무리가 있어. 역시 너무 늦장을 부렸나."

초조해진 로운이 드물게 손가락 마디를 잘근잘근 깨물며 말을 하는 것을 보고 경하가 조금은 놀랐다는 듯이 말했다.

"로운… 도 초조해?"

"초조하지 않다면 거짓이겠지."

"헤에…."

왠지 쓰윽 하고 경하는 가슴을 쓸어 내렸다.

로운은 언제나 여유가 만만하게 보였기 때문에 그가 저렇게 간단하게 스스로의 초조함을 인정했다라는 게 신기했기 때문이다.

"일정이 어긋나지 않고, 특별한 문제가 없었다면 장로님께서 이미 카드미엘에 도착하셨을 수도 있어."

로운이 맞잡고 있는 손이 경하의 눈앞에서 미세하게 떨리고 있었다.

그것을 지켜보고 있던 경하의 눈에 순간 이상한 광경이 비쳤다.

'어? 뭔가 나 이상해….'

두근두근하는 심장 소리가 몸 안에서 귀로, 그리고 머리로 확대된다.

육체라는 한정적인 공간에 갇혀 있던 의식이 개방되어 심장 소리와 함께 고동치며 퍼져 나갔다.

"경하님?"

기엘이 자신을 부르는 목소리가 멀리 꿈속에서 들려오는 것 같았다.

'이건… 이전과 비슷한 그런 감각이야.'

오감이라는 것이 사라지고 모든 것이 뇌에 다이렉트로 전해지는 듯한 초감각.

경하의 의식이 순식간에 알리아에서 페이요트 산맥을 넘어 가이칸의 넓은 대지로 향한다.

바람을 타고 흘러가던 의식이 무엇인가를 찾는 듯 여기저기 잠시 머물고 그때마다 경하에게는 낯익은, 그리고 낯선 광경이 교차해서 슬라이드 필름처럼 스쳐 지나갔다.

'푸른색, 아니야… 이건 좀 더 의식에 가까운 것인가?'

오감을 버린 경하의 감각은 지나가는 바람에 담겨 있는 인간의 사념마저 그대로 느껴 버린다.

어딘가를 헤매고 있었다.

마치 넓은 광장에서 두리번거리며 누군가를 찾고 있는 듯한 기분.

경하는 그 무엇인가를 향해 마구 달리고 있었다.

'내가 찾고 있는 것은, 내가 보고 싶어하는 건….'

의식의 한구석에서 이제는 무리라고, 돌아오라고 경고하기 시작했다.

'아니, 조금 더… 조금만 더.'

머리 속에 익숙한 물의 색이 나타났다 사라졌다.

그것은 기억 속에 있는 대하 나하르의 색. 그리고 한순간 경하의 의식 속에서 은백색의 점 같은 것이 눈이 부시도록 빛나며 폭발해 버렸다.

"경하님!!"

감각이 하나둘씩 돌아왔다.

제일 먼저 느낄 수 있었던 것은 자신의 팔을 거칠게 붙들어 흔들어대고 있는 로운의 팔.

다음은 귓가가 윙윙 울릴 정도로 소리치고 있는 기엘의 목소리.

그리고 시력이 회복되기 시작했다.

"아이고, 죽겠다."

"무슨 짓을 한 거냐!"

"화내지 마. 아직 제대로 안 돌아왔단 말이야."

감각은 돌아왔지만 몸을 움직일 만한 힘은 돌아오지 않는다.

한참을 그렇게 멍청하게 천장을 보며 누워 있던 경하는 옆에 서 있는 기엘의 얼굴을 바라보았다.

"그런 얼굴 안 해도 돼. 이상한 짓 한 거 아니니까. 그냥 보고 싶다고, 알고 싶다고 생각했더니 멋대로 움직여 버려서."

"무엇인가 보신 겁니까?"

"응."

기엘의 표정이 미묘하게 변한다.

"카르… 모니아였던가?"

한번 의식이 몸을 떠났던 탓인지 왠지 팔다리가 자신의 것으로 생각되지 않는다.

"우우, 좀 더 내가 컨트롤을 할 수 있었으면 좋겠는데. 이거 상당히 힘들어."

힘이 잘 들어가지 않는 팔에 억지로 힘을 넣어 경하는 상체를 일으켰다.

"뭔가 좀 더 힘을 덜 소모하고 찾는 방법이 있을 것 같은데 너무 무지막지해, 내가 생각해도."

"……."

말을 하다 만 경하를 기엘과 로운이 말없이 바라본다.

그런 두 사람을 보고 경하는 체념했다는 듯이 대답했다.

"괜찮아. 아직 카르모니아에 있으니까. 정확하게 기억은 안 나지만 거기 이상한 그 뭐더라? 암튼 기억에 남아 있는 풍경이 있는데 그게 보였거든. 거기에 있어."

"카르모니아에?"

"응. 이유는 모르겠지만 그곳에 머물러 있는 것 같아. 그 이상은 나도 모름. 끝이야."

경하의 말을 듣고 로운은 생각에 잠겼다.

카르모니아는 제국의 수도 카드미엘에서 대하 나하르로 연결되어 있는 북쪽 도시의 이름이다.

멀다면 멀고, 가깝다면 가까운 거리다.

"약간의 시간은 있는 것이로군."

생각보다 하라스다인 장로는 훨씬 더 카드미엘에 가까운 곳에 있었다.

카르모니아에 머물고 있는 것이면 아직 늦은 것은 아니라고 로운은 생각했다.

그때였다.

똑똑.

"……."

"나야, 룬."

"아아."

목소리가 들리고 문이 열렸다.

갈색의 머리카락을 단정하게 정리하고 무엇인가의 정복 같은 것을 입은 룬이 문 밖에 서 있었다.

"두 사람. 그 이상은 불가능해."

"⋯⋯."

"어서 준비해 줘. 시간이 없다."

'후우⋯.'

경하는 옆에서 걷고 있는 남자를 바라보았다.

그는 굳은 표정으로 앞을 똑바로 바라보고 있었다.

그 앞쪽에는 비슷한 표정으로 걸어가고 있는 룬이 보인다.

'기엘이 걱정 많이 하고 있겠군.'

룬의 말에 의하면 원래 하나스의 국왕 가놋 2세가 만나보겠다고 한 것은 바로 다름 아닌 미메이라의 수장 계승자 단 한 사람뿐이었다고 한다.

그것을 룬이 어떻게 손을 써서 한 사람 더 그를 알현하는 것을 허락받았다고 한다.

무엇을 어떻게 했는지 알 수는 없었지만 결국 경하와 함께 가놋 2세를 만나는 것은 로운으로 결정되었다.

기엘 역시 같이 행동하기를 강력하게 희망했지만 로운의 설득으로 어렵게 포기를 시켰다.

끝까지 성 앞까지라도 같이 가면 안 되겠느냐고 애원 아닌 애원을 하던 기엘이 자꾸만 눈에 밟혔다.

일단 누군가와 만나 협상을 하는 것은 자신보다는 로운이 훨씬 낫다며 스스로 양보를 하긴 했지만 그래도 그는 경하의 옆에서 떨어져야 한다는 사실을 쉽게 받아들일 수 없었던 모양이다.

사실은 경하도 못내 불안했다.

로운을 못 믿는다는 의미가 아니다.

단지 무슨 일이 일어났을 때 로운을 비롯 일행과 떨어지게 되면 어쩔 수 없이 찾아오는 심리적인 불안감 같은 것.

머리보다는 몸이 느끼는 그런 위화감 같은 것이 있었다.

'기엘한테 아무 일도 없겠지?'

주먹을 꾹 쥐고 스스로를 위로한다.

'그래, 아무 일도 없을 거야. 아무 일도⋯⋯.'

*　　　　*　　　　*

"한 가지 궁금한 게 있는데, 로운."

"무엇이 궁금하십니까?"

딱딱한 대답이 들려온다.

아마도 뒤에 서 있는 리첼 백작과 룬의 귀를 의식해서일 것이다.

로운과 경하가 안내된 곳은 궁 안 꽤 깊숙한 곳에 있는 일종의 안전실 같은 곳이었다.

들어오며 경하가 느낀 것은 아주 가벼운 위화감 같은 것.

아마도 뭔가 바리어 같은 것이 쳐져 있는 것이 아닐까 하고 경하는 생각했다.

실제 그곳에는 하나스의 궁정 마법사가 친 차음력(遮波力)을 가진 결계가 설치되어 있었다.

"아니, 아무것도 아니야. 나중에 물어볼게. 별 것 아니니까."

문득 이제 만나게 될 하나스의 국왕 가놋 2세에 대해 미리 이것 저것 물어둘 걸 하며 경하는 뒤늦게 후회를 했다.

아무리 밀사 비슷한 입장에서 만난다고 해도 역시 만나야 할 상대에 대해 전혀 모른다는 것은 불안하기 그지없는 일이기 때문이다.

"후우……"

약하게 빛나고 있는 불빛이 어른어른거리며 꽤 넓어 보이는 공간에 그림자를 만들어내고 있었다.

키리엔이었다면 저런 약한 등불 대신 라이트 구를 만들어 띄워 올려놓았을 것이다.

'등잔이니까 오히려 더 으슬으슬하군. 쳇.'

머엉하게 불꽃이 만들어내고 있는 그림자를 바라보고 있는데 갑자기 그 사이로 조금은 왜소한 몸집의 사람이 나타났다.

'저 사람인가?'

앉아 있던 자리에서 일어서야 하나 말아야 하나 고민하고 있는 그 앞에 왜소한 몸집을 완전히 가려 버리는 풍채 좋은 남자가 한 명 더 안으로 들어섰다.

"전하."

풍채 좋은 남자를 향해 옆에 서 있던 리첼 백작이 말했다.

"그래. 리첼인가."

살찐 손가락이 만들어내는 그림자는 왠지 거미의 발에 통통하게 살이 오른 듯한 그림자를 만들어낸다.

'게에… 몸매는 40댄데 얼굴은 왜 20대인 거냐.'

하나스의 국왕 가놋 2세를 본 첫인상에 경하는 마이너스 점수를 주고 있었다.

"미메이라의 수장 계승자라 들었는데…"

반지를 낀 손가락이 톡톡 대리석으로 된 탁자를 두들기고 있었다.

반지가 대리석에 가끔 부딪힐 때마다 차음력 결계로 보호되고 있는 방 안에 맑은 소리가 울려 퍼진다.

"시안 리에 디 하로이엔 미메이라입니다."

"내 눈앞에서 증명해 보일 수 있소?"

대답 대신 돌아오는 것은 조금은 퉁명스러운 질문이다.

"머리카락과 눈의 색으로는 당신이 미메이라 인인 것은 증명할 수 있으나 수장 계승자임은 증명할 수 없지."

"어떤 식으로 증명해 보이길 원하십니까?"

증명서 같은 것이 있을 리 없다.

"내가 알기로는 미메이라의 수장 계승자는 상당한 수준의 엘러라 들었소."

"……"

도대체 뭘 어떻게 증명해 보이라는 걸까? 앞에서 거창하게 바람의 술을 써보란 소리일까?

경하는 잠시 속으로 망설였다.

옆에 앉아 있는 로운 역시 경하에게 어떤 어드바이스를 주어야 할지 고민하는 눈치였다.

하지만 그는 자청해서 경하의 보좌를 맡은 인물이다.

그는 경하에게 어드바이스를 하는 대신 다른 방법을 선택했다.

"뭐, 원하신다면야 뭐든 해 보일 수 있지만 여긴 장소가 좀 곤란스럽군요. 하지만 그전에….”

“그전에?”

“제가 전하께 가놋 2세가 맞느냐고 묻는다면 어찌하시겠습니까?”

“그런 무례한!!”

왜소한 몸집의 남자가 불쑥 무슨 실례냐면서 질책한다.

하지만 로운은 주눅이 들기는커녕 당당하게 말을 이어 나갔다.

“같은 말을 돌려드리고 싶군요. 시안님께 수장 계승자가 맞느냐
고 물으셨으니 말입니다.”

팽팽한 긴장감이 감돈다.

‘으으, 로운, 무슨 생각이야.’

가능하다면 옆구리라도 쿡 찔러보고 싶지만 넓은 탁자가 그것을
방해한다.

경하는 남몰래 식은땀을 삐질삐질 흘리기 시작했다.

‘적성에 안 맞아, 적성에.’

경하가 그렇게 생각하고 있는데 문득 가놋 2세와 눈이 마주쳤다.

다음 순간 경하는 가놋 2세의 표정이 희한하게 풀어지는 것을 목
격했다.

“믿으라는 소리인가?”

“그렇습니다.”

“하, 하하하하하하.”

통통한 손가락에 끼워진 반지들이 웃음 짓고 있는 가놋 2세의 얼
굴을 가린다.

“재미있군. 아하하하하. 간만이야, 이렇게 재미있는 일은.”

‘뭔가 성격이 이상하게 룬하고 비슷하잖아.’

경하는 끊임없이 웃어대고 있는 가놋 2세를 바라보며 궁시렁거

린다.

"뭐, 좋소. 어찌 되었든 믿어보는 것으로 하지. 믿지 않는다면 아무것도 성립할 수 없는 것이 이런 관계가 아니겠소."

"감사합니다."

바짝 긴장했던 로운의 어깨가 눈에 띄게 풀어지는 것이 보인다.

말은 그렇게 했지만 상당히 신경을 쓰고 있었음에 틀림이 없었다.

그런 로운을 보고 있던 경하는 순간 한 가지 아이디어가 떠올랐다.

'뭐, 이 정도는 괜찮겠지?'

슬그머니 탁자 아래에 있던 손을 들어 올렸다.

경하가 무슨 일을 하려나 싶은지 그곳에 모여 있는 나머지 네 사람의 시선이 경하의 손에 집중되었다.

"라이트 온(light on)."

짧은 시동어와 함께 경하의 손바닥 위에 눈부시게 빛나는 구체가 떠올랐다.

"······!"

"올라가."

마치 애완 동물이라도 다루는 것처럼 경하는 가볍게 그 구체에게 명령했다.

그러자 명령을 받은 구체가 마치 대답을 하는 것처럼 그 자리에서 가볍게 떨리더니 둥실둥실 그 크기를 더해가며 천장으로 올라가기 시작했다.

끝까지 올라간 구체는 조금 더 크기를 더하더니 환하게 대낮처럼 내실을 밝게 비추기 시작했다.

'헤헷, 일석이조다.'

밝아지기 시작하자 눈앞에 앉아 있는 사람들의 얼굴이 선명하게 보이기 시작했다. 그리고 또한 왠지 침침하던 시야가 밝아지자 기분도 함께 밝아졌다.

"그냥, 어두워서요."

아무 말도 못하고 자신을 바라보고 있는 가놋 2세에게 경하가 생긋 웃으며 말했다.

*　　　　　*　　　　　*

"미메이라에서 사신이라고?"

"예. 공식적인 것은 아니나 꼭 전하를 알현하길 원하고 있사옵니다."

"흐음."

하나스의 국왕 가놋 2세는 품 안에서 놀고 있던 흰색의 털을 가진 동물을 살짝 밀어냈다.

고양이와 비슷하게 생긴 그 동물은 잠시 가놋 2세를 원망스러운 눈초리로 바라보더니 이내 체념이라도 했는지 꼬리를 말고서 어디론가 사라져 버렸다.

"사신이라… 이례적인 일이로군. 그래, 용건은 무엇이라 하는가?"

"가이칸 제국의 행방에 대해 긴히 드릴 말씀이 있다고 합니다."

"가이칸 제국? 신국에서 가이칸 제국에 대해서라고?"

"얼마 전 제국의 병력이 미메이라와의 국경 부근으로 이동한 일이 있었는데, 그에 대한 이야기인 듯싶습니다."

"흐음…."

가이칸과 국경을 마주대고 있는 하나스로서는 항상 가이칸 제국의 병력 이동에 촉각을 곤두세우고 있다.

물론 전대의 황제가 평화로운 문치주의를 제창하고 있었기에 국경 근처의 긴장은 완화되어 있었지만 몇 년 전부터 심심치 않게 들려오는 황태자에 대한 정보는 하나스가 단 한 순간도 가이칸에서 시선을 뗄 수 없게 만들었다.

글자 그대로 호전적이라 평가받는 황태자 로렌.

그는 아직 정식으로 황제가 되지 않았는데도 벌써부터 그의 군사를 심상치 않게 여지저기 움직이고 있었다.

그 때문에 제국의 전 황제의 병세가 악화되었다는 소식이 들리자마자 하나스는 긴장 상태에 돌입했다.

"신국이라고 하니 조금은 당혹스럽군."

"정확한 것은 전하를 직접 뵙고 의논을 해보고 싶다고…."

"정확한 것이라고 해봐야 별것있겠나. 하지만 흥미롭기는 하군. 좋아, 만나보겠네."

환하게 반짝이는 빛의 구를 보며 잠시 가놋 2세는 자신이 뭔가 가볍게 생각하고 있던 것이 생각보다는 심각한 일이 아니었을까 하는 후회에 빠졌다.

그에게도 직속 마법사쯤은 있다.

마스터 급은 얼마 없다고 해도 궁정 마법사 따위 찾으면 발에 채일 정도로 많다.

하지만 어느 누구도 이렇게 가볍게 마법(실제로는 마법이 아니겠지만)을 쓰는 자는 본 적이 없는 것이다.

그것도 아주 간단한 시동어만으로 말이다.

눈앞에 있는 저 시안이라는 이름을 가진 미메이라의 수장은 분명 바람의 술을 쓰는 엘러임에 틀림이 없다.

그러나 그가 보여준 것은 바람술 대신 가벼운 마법의 여흥.

"재미있군. 아주 재미있어."

"재미있으시다니 다행입니다."

가놋 2세는 가볍게 대화를 진행시키며 긴장을 풀었다.

자신이 이런 어린아이에 불과한 상대 앞에서 그렇게 신경을 곤두세울 필요는 없다고 생각했다.

설사 이들이 가져온 소식이 믿을 수 없는 소식이라고 해도 말이다.

"그래, 짐에게 전하고 싶은 말이 무엇이오? 분명 가이칸의 그 얼간이 황태자가 하는 일에 대한 것이라 전해 들었소만."

"……."

로운이 살짝 경하의 눈치를 살핀다.

자신이 먼저 나서도 될지를 판단하기 위해서다.

가놋 2세의 질문에 경하는 잠시 무엇인가를 생각하는 눈치다.

'후우… 일단은 내가 말하는 쪽이 좋겠지.'

"가이칸이 미메이라와 합병될 수도 있다면 어떻게 하시겠습니까?"

"……!"

로운이 입을 마악 열려는 순간 경하가 너무나 단도직입적으로 가놋 2세에게 질문을 해버렸다.

"합병?"

"예. 합병이 된다고 하면 어떻게 하시겠어요?"

질문은 간단했지만 대답은 간단하게 돌아오지 않는다.

"합병이라고 말했소?"

"예. 합병이라는 단어 모르세요? 1 더하기 1은 2. 간단하잖아요."

한 나라의 국왕에게 무슨 실례되는 말을 하고 있는지 경하는 과연 알고 있을까?

로운은 웃지도 울지도 못하는 심정이 되어 말하는 폭탄이 되어가고 있는 경하를 조마조마하게 바라보았다.

"국가 간의 이야기라면 1 더하기 1은 2가 아니라 3이나 4가 될 수도 있다라고 대답해 드리면 만족하겠소?"

"아하하, 말이 통하네요."

경하는 뭔가 자신이 전달하려던 이미지가 통했다는 생각이 들었는지 손뼉을 따악— 치며 기뻐했다.

"저어… 로운. 내가 저 사람 뭐라고 부르면 돼?"

주위의 눈은 아랑곳하지 않고 경하가 멋대로 로운에게 질문을 했다.

"예? 그게 그러니까…."

로운은 순간 당황해 버렸다.

과연 미메이라의 수장이 하나스의 국왕을 무엇이라고 불러야 한단 말인가.

경하가 똘망똘망한 눈으로 로운을 쳐다봤지만 좀처럼 대답을 들려줄 수가 없었다.

그때 가놋 2세가 도움의 손길을 뻗쳤다.

"그렇군. 수장과 국왕이라……. 이렇게 하면 어떻소, 미메이라의 수장?"

"……?"

"짐의 이름은 이제라그. 이제라그라고 불러주면 좋겠네. 대등한

관계에서 시작하는 것이 어떨까?"

"대등?"

"친구라고 표현하면 되겠나?"

"전하! 그런 말씀을!"

"가만히 있게, 리첼 백작."

"하나스와 미메이라의 비공식 정상 회담이라는 의미로 받아들여도 될까요?"

경하는 얼마 전부터 생각해 오던 단어를 살짝 입에 올려보았다. 물론 회담 내용은 책임질 수 없지만 말이다.

"물론."

"그럼 좋아요, 이제라그."

"……."

한 나라의 국왕의 이름을 뻔뻔하게 불러 제낄 수 있는 것은 역시 경하가 이세계인이기 때문에 가능한 만용일지도 모른다.

하지만 본인에게서 허락받은 건데 무슨 상관이 있을까라고 경하는 가볍게 생각하고 있었다.

"간단하게 설명하죠. 가이칸 제국의 황제가 내 동생 시유를 볼모로 달라 하고 있습니다. 시유하고의 결혼과 지참금으로 미메이라의 엘러들을 요구하고 있어요."

"……."

"나는 시유를 그 느끼한 황제에게 시집보낼 생각은 전혀 없고, 내 기사들을 다른 사람에게 줄 생각도 전혀 없어요."

사실 시유보다는 경하 스스로가 대상이지만 그 말만큼은 죽어도 하고 싶지 않은 경하는 열심히 시유의 이름을 입에 담았다.

"그래서?"

"으음…."

경하는 열심히 머리를 굴렸다.

'우우~ 차라리 머리를 총으로 맞는 게 낫지. 진짜 단어가 딸리는 구만, 단어가!'

그의 기분은 지금 대통령 앞에서 앞으로의 정세에 대해 논평해 보라는 명령을 받은 기분이다.

돌아가면 책이라도 열심히 읽어야겠다고 경하는 일단 다짐했다.

물론 지금 생각해야 할 만한 일은 아니었지만 말이다.

"제국의 군사력에 미메이라의 힘이 더해진다라고 가정하면 어떻게 하시겠어요?"

"더해진다라……."

"그것뿐만이 아니죠. 제국이 미메이라에 손을 댄다는 소리는 다른 신국에게도 똑같은 짓을 할 수 있다는 소리가 됩니다. 으음… 현재 아슈레이는 가이칸 제국과 다른 나라들이 세력 균형을 이루고 있어서 평화가 유지되고 있습니다. 간단하게 말해서 세력의 균형에 틈이 생길 수 있다는 소리예요. 그러니까 도와주세요."

너무나 어려운 말을 너무나 가볍게 경하는 설명해 나가고 있었다.

"가이칸 제국이 미메이라에 뻗은 손을 거둘 수 있도록 하나스에서 지원해 주세요."

"그래서 하나스가 미메이라로부터 얻을 수 있는 것은 뭔가?"

적잖게 놀라고 있기는 하지만 이제라그는 여유를 잃지 않은 표정으로 경하를 바라보고 있었다.

엄청난 정보라면 엄청난 정보다.

그동안 제국 내에서 이상하게 연속적으로 일어나던 잦은 군사 이

동의 원인이 가닥가닥 손가락에 잡히고 있을 정도다.

그리고 또한 확인 불명으로 의심하고 있던 몇 가지의 정보가 왠지 하나하나 그 모습을 드러내고 있는 것이다.

바로 그의 눈앞에 있는 신국인에 의해서.

하지만 무엇보다 그는 경하에게 감탄하고 있었다.

솔직하게, 하지만 당당하게 그는 이제라그에게 협력을 요청하고 있는 것이다.

한 나라의 국왕으로서, 국왕이라 이름 붙진 않았으나 미메이라의 국왕과도 다름없는 인물에게 이렇게까지 솔직한 말을 듣게 될 줄은 전혀 상상하지 못했기 때문이다.

"하아~ 정말이지, 룬과 똑같은 소리를 하네."

이제라그가 솔직한 심정으로 경하에게 감탄하고 있는 동안 경하는 투덜투덜 다른 소리를 하고 있었다.

"정말이지… 다들 똑같아."

"가는 것이 있으면 오는 것이 있어야 한다는 진리라고 말해 두지."

"……."

"그렇지 않은가?"

"아무것도 제공하지 않겠다면요?"

"협상 결렬."

"……."

로운이 눈을 감았다.

물론 수습할 시간은 아직 있다.

하지만 역시 경하에게 모든 것을 맡기고 가만히 있었던 것은 아무래도 실수였다는 생각이 들었기 때문이다.

"그러면 이대로 돌아가서 내 동생을 가이칸 제국에 시집보내고 우리 기사들을 전부 가이칸 황제한테 보내면 만족하시겠어요, 이제라그?"

"……!"

"그렇게 할까요?"

"그렇게 못하니까 이곳에 온 것이 아닌가?"

"못 도와주겠다면 차라리 저쪽에 협력해 버리는 게 몸에 좋으니까 어쩔 수 없잖습니까? 발악하다가 죽느니 시유한테 가서 제국의 황비로 화려하게 살라고 해도 되고."

그걸 말이라고 하느냐고 로운은 버럭 소리를 치고 싶은 심정이었지만 부르르르 떨면서 참는다.

"과격하군."

이제라그가 간단하게 대답했다.

하지만 경하는 한마디도 지지 않고 오히려 그만 흥분해 버렸다.

"당신이 짜증나게 나오잖아. 이쪽에서는 정중하게 부탁을 하는 거야. 대가? 제국이 하나스를 침공해 올 판인데 대가는 무슨 대가!"

"……."

"아악! 그냥 확 쓸어버리면 소원이 없겠네. 로운, 가자! 에라이, 그러니까 정치적 협상이니 뭐니 하는 것은 나랑 안 맞아. 그냥 내 식대로 하는 게 좋지. 이판 사판 합이 육판이야. 어떻게든 발악하면 안 될 것도 없어."

"진정하십시오, 시안님."

로운이 벌컥벌컥 화를 내며 자리에서 일어나려는 경하를 뜯어 말린다.

"이거 놔! 로운!! 돌아갈래. 차라리 제국으로 가서 단판을 지어버리는 쪽이 빠르겠어. 협상은 무슨 협상이고 자시고야."

"시안님!!"

"그대의 주인은 상당히 과격하군. 로운이라고 했나? 미메이라의 기사여."

"……."

"맘대로 로운 이름 부르지 마, 이제라그."

그러는 자신은 남의 나라 국왕의 이름을 마음대로 불러 제끼고 있다.

"맘대로 부르지 말란 말이야!! 이 녀석은 내 거야!! 내 기사라구! 이제라그, 당신은 룬인지 뭔지 하는 녀석이나 잘 챙겨!!"

엉뚱한 데 화풀이를 하기 시작하는 경하.

조용하던 내실이 순식간에 술렁술렁거리기 시작했다.

입을 꾹 다물고 '정상 회담'을 지켜보던 리첼 백작과 또 한 사람, 미루네 후작은 눈앞에 벌어지고 있는 상황에 놀라 이번에는 입을 다물지 못하고 있었다.

그렇게 엉망진창이 되기 직전, 흥미로운 눈으로 경하를 지켜보고 있던 이제라그가 입을 열었다.

그는 어린아이같이 솔직한 경하에게 이제 경탄을 하기 시작하고 있었다.

자신도 누군가를 향해 저렇게 솔직하게 이 사람은 내 사람이다라고 말할 수 있을까?

아니, 그런 말을 들어줄 기사가 그에게 있을까?

저 방약무인하도록 강대한 자신감은 어디서 오는 걸까?

"아아, 흥분하지 말게나. 그대의 기사를 달라고 하는 것은 아니니까, 시안."

"……."

"앞으로도 뒤로도 갈 수 없는 상황이라는 건가? 그래, 그건 우리 하나스도 마찬가지겠지. 협력이 아니면 그대로 당할 수밖에 없는 상황이니까. 그것에 대해서는 내가 사과를 하지. 내 실수였어."

깔끔하게 이제라그가 사과를 해온다.

이번에는 그의 신하들이 턱이 빠지게 놀라는 얼굴이 되어버렸다.

"그러니까 진정하고 좀 더 자세하게 내게 이야기를 해줄 수 없을까? 한 나라와…."

그의 눈이 자신의 신하들과 로운의 사이를 맴돈다.

"신하들과 그리고 기사를 책임져야 하는 사람으로서 말이야."

마지막 말은 이제라그의 진심이 그대로 담겨져 있는 한마디였다.

제6장
마음속에 묻는 질문

The Wind of Ashurei

"기사라는 것이 뭐라고 생각하나?"

"…기사요?"

"그래. 기사."

"으음. 검을 쓰고, 그리고 명예에 죽고 명예에 살고, 시합 같은 것의 승리는 아름다운 레이디에게~ 뭐 이런 거 아닌가 싶은데요."

"…하하하하, 걸작이군."

웃음을 터뜨리는 이제라그를 보며 경하는 이 사람이 뭔가 잘못 먹었나 하는 얼굴을 해 보였다.

기사라는 걸 어떻게 생각하냐고 해서 대충 생각나는 대로 대답해 줬더니만 사람의 얼굴에 대고 저렇게 국왕이라는 사람이 체통도 없이 웃어 제끼고 있는 것이다.

"하하하, 그렇게 생각한다면서 어떻게 그런 말을 할 수 있는지 정말 궁금하군."

"그런 말?"

"그래. 로운이라도 했던가? 그대의 기사 말이야."

"아아, 로운이요? 로운 말고 한 명 더 있어요. 기엘이라고."

"흐음."

"아, 그런데 이거 하나 더 먹어도 돼요?"

"맛있는가?"

"생각보다 입에 잘 맞아요. 배도 고프긴 했지만."

밖에 복도 어딘가에서 그를 기다리고 있을 로운은 생각나지도 않는지 경하는 열심히 눈앞에 차려진 진수성찬을 집어 먹느라 정신이 없었다.

신나게 이제라그에게 이런 소리 저런 소리를 퍼부은 후 경하는 요 이삼 일 동안 긴장해 있느라 제대로 못 먹었던 것을 보충이라도 하는 듯싶었다.

경하를 재미있게 여긴 이제라그가 시간이 괜찮다면 자신과 식사라도 한 끼 해달라고 권하는 바람에 야심한 시각에 그 둘은 마주앉아서 야참을 먹고 있는 중이다.

아마도 리첼 백작의 집에서 이제나저제나 경하를 기다리고 있는 기엘이 이 사실을 알게 된다면 그 자리에서 삼백 미터 정도는 족히 뛰어오를지도 모른다.

사실 멀리 기엘에게 갈 것도 없이 문밖에 리첼 백작과 그의 아들인 룬과 함께 서 있는 로운은 애가 타다 못해서 끊어질 지경이었지만 문 안의 두 사람은 그것을 아는지 모르는지 서로 대화를 나누느라 정신이 없었다.

"저, 아까부터 궁금한 것이 있었는데요, 이제라그."

"뭐가 궁금한가?"

"몇 살이에요?"

"하하하하하, 그러는 시안은 몇 살이냐고 물어도 실례가 안 될까?"

"열일곱. 곧 열여덟이 돼요."

그렇게 말하고 경하는 눈앞에 있는 커다란 훈제 고깃덩어리 하나를 입에 꾹꾹 밀어 넣었다.

실로 경탄한 만한 식욕이었다.

"나는 몇 살로 보이지?"

"목 아래는 40대. 목 위는 20대."

"이런, 신랄하군."

"살 좀 빼세요. 중년도 안 되었는데 벌써부터 그렇게 찌면 성인병 걸려요."

"하하하하하."

세상에 어느 누가 국왕에게 감히 그런 말을 할 수 있을까?

"그런데 정말 정확하게 몇 살이에요?"

"그대보다 딱 12년 위."

"헤에……."

"국왕이라는 자리는 생각보다 힘들어서 말이야. 먹을 것이라도 이것저것 먹지 못하면 신경이 버티질 못하지. 그러다 보니 이렇게 되었네."

"스트레스 성으로 먹는 거면 더 나빠요. 운동을 하세요, 차라리. 아니면 룬한테 검 쓰는 법을 가르쳐 달라고 하던가. 생각보다 운동이 많이 되더라구요."

"호오."

"그 아저씨 같은 반응부터 좀 집어치워요. 아직 30대도 안 되었는데 웬 할아버지들처럼."

그리고 벌컥벌컥 물을 마셔대는 경하.

"아, 아하하하하. 내게 그렇게 말하는 것은 정녕 그대밖에 없을 것이야. 하하하하."

이제라그가 배꼽을 쥐며 웃어대기 시작했다.

"그러니까 그런 말투가 점점 더 할아버지같이 보이게 하는 거라구요, 이제라그."

그러면서 또 한 입.

경하는 앞에 놓인 고기 한 점을 더 집어 먹었다.

"날이 밝아오는군."

"그러게요. 슬슬 졸리기도 하고. 아마 기다릴 거예요."

"누가?"

"기엘이랑, 이리야랑, 시유랑. 그리고 로운도요."

뭐가 그렇게 재미있는지 이제라그는 경하에게 이것저것 물어가며 내내 웃어대느라 정신이 없었다.

"일행이 많군."

"뭐, 어쩌다 보니까 그렇게 되었어요."

"그 기엘이라는 사람은 그대의 기사라고 했고 하나는 동생. 그럼 이리야라고 했나? 그는 어떻게 되는 사이지?"

이제라그가 하나하나 짚어가며 묻는다.

"뭐, 그냥 친구라면 친구고. 그 사람이야말로 어쩌다 보니 일행이 되었는데 따라오겠다고 해서 그러라고 했죠. 달리 갈 데도 없는 사람 같고."

"어째서?"

"제국에서 엘러들을 모아서 좀 이상한 훈련을 시키면서 혹독하게 당한 모양이더라구요. 도망치고 있었는데 우연히 만났어요."

"우연히라…."

"예. 우연히. 뭐, 그런 것치고는 길게 지속되고는 있죠."

"그대에게는 우연이라는 게 행운인가 보군."

"글쎄요. 하하하하."

이제라그는 과연 무슨 말을 하고 싶어서 그러는 것일까?

경하는 어딘가 모르게 생각에 잠긴 이제라그의 얼굴을 찬찬히 뜯어보았다.

자신처럼 대리가 아니라 진짜로 국왕이라는 운명을 타고난 사람이다.

느낌은 어딘가 모르게 이전에 보았던 그 로렌이라고 하는 제국의 황제와 비슷한 느낌이다.

물론 로렌과 이야기를 나누어보지는 않았지만 말이다.

"국왕이라는 거 힘들죠?"

"그렇게 보이나?"

"스트레스로 그렇게 살이 쪘다면 확실히 힘들어하는 것으로밖에는 안 보여요. 그리고 나도 비슷하게 하고는 있는데 별로 좋은 일은 아닌 것 같아요. 특히 기엘이나 로운을 보고 있으면 왠지 내가 정말 이러고 있어도 되는가 싶기도 하고."

"그들은 그대에게 충성을 다하는 좋은 기사인 듯싶던데?"

"그러니까 더 힘들죠. 차라리 그냥 지나치는 사람 같으면 힘들기는커녕 아무런 사이도 아니니까 더 편하게 대할 거예요. 하지만 그들은 그렇지가 못해요. 뭐, 이리야도 조금은."

"어떤 점이 그렇게 힘들다는 건가?"

"으음…"

단둘이고, 그리고 한밤중의 고요함 속에서 대화를 나누어서인지 경하의 이제라그에 대한 경계심은 많이 완화되어 있다.

그래서일 것이다. 이런 이야기를 나눌 수 있는 이유는.

"말끝마다… 는 아니지만 무슨 일이 있으면 그 사람들, 아마 목숨이라도 내놓을 수 있을 거예요. 아니, 실제로도 그렇고. 그런 느낌 알고 있나요?"

"어떤?"

"내가 살기 위해 다른 사람의 목숨이 차례차례 더해지고 있다는 그런 느낌이요."

"때로는 그런 운명을 타고 태어나는 사람들이 있지."

"난 그런 거 부담스러워요. 가능하다면 도망치고 싶을 만큼."

"그럼 도망치면 되는 것 아닌가?"

"그러는 이제라그는 도망칠 수 있을 것 같아요? 그렇지 않아요."

자기도 모르게 경하는 천천히 고개를 숙였다.

머리카락이 경하의 표정을 가려준다.

"무슨 이유에서든 그 사람들은 날 지키기 위해서 무엇이든 할 테고, 나는 그에 부응할 수밖에 없어요. 내가 해줄 수 있는 것은 그것뿐이니까. 솔직히 말해서 이런 자리에 있는 것도 굉장히 부담스럽죠. 기왕이면 안 했으면 좋겠다라고 생각해요. 자신도 없고."

"……"

"그런데도 나도 모르게 그들이 바라는 대로 하고 있는 거예요. 정말이지, 그 사람들이 날 바라보는 눈을 보고 있으면 안 하고는 못 배기죠. 하하하하."

"그것은 뭔가 이상하다고 생각하지 않나? 그들이 멋대로 그대에게 충성을 하고 이런저런 어려운 일을 해주길 바란다니 너무 이기적이네."

"그렇지 않죠. 그들은 정말로 진심으로 자신들이 할 수 있는 일들을 해요. 모두를 위해서. 나 역시 로운이나 기엘이나 이리야가 좋고, 기왕이면 그 사람들이 기뻐할 수 있는 일을 해주고 싶어요. 여기 있는 동안이라도. 헤헤헤헤."

"자네는 행복해 보이는군."

"그런가요?"

"그래. 힘들어 보이긴 하지만, 그래도 행복해 보여."

"하하하하, 로운이 그 말을 들으면 웃어버릴걸요? 맨날 나더러 투덜거린다고 하니까. 아, 맞아."

로운을 떠올리자 문득 경하는 생각나는 것이 있었다.

"생각해 보니까 나 이제라그, 당신으로부터는 제대로 된 약속 하나도 받아내지 못한 것 같은데 어쩔 거예요? 도와줄 건가요?"

"구체적으로 어떤 도움을 원하지?"

"다 설명했잖아요. 제국이 미메이라에 손대지 않도록 도와달라구요."

"그러니까 구체적으로 어떤 도움을 원하냐고 묻는 걸세."

"……"

경하는 생각에 잠겼다.

로운이라면, 기엘이라면 과연 이럴 때 어떤 대답을 할까?

"구체적이라고 하면 설명하기 힘든가?"

"…아니요. 으음… 그러니까 무력 지원이라고 하면 되는 건가 싶은데."

"무력 지원이라."

"가이칸의 황제가 미메이라에 무력 행사를 하려고 할 때 도와주세요. 뭐, 실제로 전쟁 같은 것이 안 일어났으면 하는 심정이니까. 이제라그, 당신이 우리는 미메이라의 입장에 손을 들어주겠다라고 입장 표명을 해주는 정도로도 족하지 않을까요?"

"그게 무슨 의미인지 정확히 알고 말하는 건가?"

"글쎄요. 하하하. 아마 로운이나 기엘이라면 그렇게 말할 것이라는 생각이 들어서요."

"그대는 좋은 군주군."

"하하하, 기엘은 몰라도 로운은 절대로 그 말 안 믿을걸요?"

아마 절대로 안 믿을 거라고 경하는 생각했다.

'그래도 괜찮아. 뭐… 어느 정도는.'

*　　　*　　　*

"그게 정말입니까?"

"응. 힘들겠지만 최대한 돕겠다고 했어."

"……."

"……."

"재주 하나 좋군."

입을 다문 두 사람의 기사 대신 이리야가 간단하게 논평을 끝낸다.

"여하튼 이로써 하나스에서의 용무는 끝. 다음은 아셀 제국인가?"

"너무 쉽게 해치우니까 맥이 빠지잖아. 오늘은 그만 하고 내일 떠나자구, 내일."

벌러덩.

이리야가 널따란 침대에 드러누워 버렸다.

"젠장! 밤새도록 무슨 일이 있을까 초긴장을 하고 기다렸더니 온 몸이 쑤셔온다구. 죽어도 오늘 출발 못하니까 내일 가, 내일!"

이리야가 소리치기 무섭게 기엘도 그 자리에 주저앉아 버렸다.

"후우…."

"기엘, 어디 아파?"

"하, 하하하, 아닙니다. 이리야의 말에 동감을 표하고 싶을 뿐입니 다, 경하님."

"뭘 그래. 나도 한다면 한다구."

"한다면 하긴 뭘 해. 정말이지, 그때 기엘, 너도 봤어야 했어. 하나 스의 국왕 앞에서 무식하게 소리를 지르는데 간이 오그라드는 것 같았다. 십년감수했어."

밤이 새도록 경하가 이제라그와 대화를 하는 동안 내리 잠 한숨 못 자고 경하를 기다렸던 남자는 기엘이나 이리야와는 또 다른 허 탈감에 몸을 부르르 떨고 있었다.

애가 타서 끊어질 것 같은데 희미한 바람 줄기를 타고 들려오는 웃음소리에 깜짝깜짝 놀라며 기다리던 것을 생각하면 지금도 이마 에 핏대가 오를 지경이다.

"뭐야, 다들. 남이 애써서 밤새도록 열심히 노력해서 하나스 왕의 무력 지원인지 뭔지를 약속받아 왔는데."

"과정이 너무나 비정상적이다."

"뭐가!"

"어떻게 그 따위로 협박을 할 수가 있어?! 하나스의 국왕이 그나 마 마음이 넓었으니 다행이지. 정말이지, 생각만 해도 아찔하다구."

로운이 치가 떨린다는 듯이 말했다.

사실이 그랬다.

속 알맹이는 어떨지 몰라도 적어도 경하는 신국 미메이라의 대표.

그런 인물이 그렇게 '저속한' 언어들을 하나스의 국왕과 리첼 백작 앞에서 마구 퍼부었으니 사실은 눈이 깜깜할 지경인 것이다.

그나마 경하가 어떤 짓을 어떻게 했는지 결과물 하나는 멋들어지게 나왔으니 안심을 할 수 있을 뿐이다.

"결과물이 좋으면 된 거지 뭐. 과정을 떠올리는 것은 생략해 줘, 로운. 흐흐흐흐흐"

사실 스스로도 무슨 말을 어떻게 했는지 잘 기억도 나지 않는 경하로서는 결과물이 좋으면 다 좋다! 라는 말로 얼버무렸다.

"사실 나도 엄청 졸리니까 이만 보고는 끝. 이제 잘래. 떠나는 것은 내일로 하자."

그렇게 말하고 경하는 이리야가 드러누워 버린 침대 대신 널따란 의자로 가서 조심스럽게 몸을 뉘었다.

말은 안 했지만 경하 역시 만만치 않게 긴장했던 탓에 온몸의 뼈가 자주 독립을 외치고 근육이 아우성을 치고 있었다.

"이제라그가 아셀 제국의 황태자와 아는 사이라고 했어. 그에게 소개장을 써준다고 했으니까."

"……!"

그것이 정말이냐고 기엘이 로운에게 물었다.

"로운, 정말이야?"

"내가 알 게 뭐야. 저 녀석이 들은 건데."

"내일 아침에 인편으로 보낸다고 했어. 그럼 난 잔다."

"경하님."

"잔다니까, 나. 다들 나가."

그렇게 말하기가 무섭게 경하는 그대로 꾸벅꾸벅 졸기 시작했다.

"하아~ 정말이지, 뭐가 어떻게 돌아가는 건지 알 수가 없군요."

"그러게 말이야."

"경하님, 침대로 가서 주무십시오."

"……."

그나마 기엘이 경하를 걱정해 말을 걸었지만 대답이 돌아오지 않는다.

"경하님?"

"일어나지 못할 거야. 그대로 자게 해둬. 밤새도록 하나스의 국왕과 이야기를 했으니 졸리기도 하겠지. 어이, 이리야! 일어나!"

로운이 한숨을 내쉬며 이리야를 발로 차서 일으켰다.

"뭐야! 나는 잠도 못 자나?!"

"저 녀석의 침대잖아. 기엘, 이쪽으로 옮겨줘. 그런 데서 자면 틀림없이 좀 있다가 일어나서 아프다고 아우성을 칠 테니까 옮겨두는 게 좋을 거야."

"그래."

기엘은 조심스럽게 의자 위에 몸을 새우처럼 오그린 채로 잠이 들어버린 경하를 조심스럽게 안아 올렸다.

긴 은색의 머리카락이 얼굴에서부터 아래로 흘러내린다.

"과정이야 어쨌든 간에 큰일을 해내신 것이로군."

"그래. 머리가 아찔해지도록 놀라울 따름이지."

"하하하, 경하님이니까 가능한 일이라고 생각해, 로운."

"두 번 다시 경험하고 싶지 않은 일이야. 기엘, 네가 직접 그걸 봤어야 해."

"그래?"

"그렇다니까. 하나스의 국왕 앞에서 도와주지 않으면 시유를 제국으로 시집보내고 미메이라의 기사들을 전부 제국으로 보내 버리겠다고 협박을 했다구, 저 녀석."

"…그건 좀 심하군."

"그뿐인 줄 알아? 그 말이 안 먹히는 것 같으니까 가서 그냥 제국의 황제와 담판을 내던가 확 쓸어버리면 소원이 없겠다는 말까지 서슴치 않고 했어."

"말도 안 되는 소리."

"그런데 했다니까."

"재주도 좋아, 역시. 그렇게 말하고도 지원을 약속받아 오다니."

"……"

세 사람이 자신의 행적에 대해 뭐라고 말하고 있는지 경하는 들을 수가 없었다.

왜냐하면 기엘이 자신을 안아 올려 침대에 눕힐 때도 손가락 하나 까닥하지 못할 정도로 곯아떨어져 있었기 때문이다.

그렇게 경하는 오후 늦게 룬이 뜻밖의 소식과 함께 그들을 찾아올 때까지 단 한 번도 깨지 않고 깊은 숙면을 취했다.

*   *   *

"지금 뭐라고 말씀하셨습니까, 룬 씨?"

"뭐라고 하기는. 아셀까지 동행하겠다고 했어."

"룬 씨, 설명을 해주십시오."

기엘이 방금 들은 말을 믿지 못하겠다는 듯 룬에게 설명을 요구했다.

"일단 이것부터. 자."

룬이 경하에게 뭔가를 내밀었다.

"전하의 친서."

"헤에."

"인을 뜯을 수 있는 사람은 너뿐이니까 소중하게 간직하래."

"아아, 이제라그에게 고맙다고 전해줘."

꿈틀.

순간 룬이 몸을 경직시킨다.

아버지인 리첼 백작에게서 전해 듣기는 했으나 실제로 경하의 입에서 그가 섬기는 하나스의 국왕의 이름이 나오는 것을 듣는 것은 역시 충격이지 않을 수 없다.

"전하의 아명을 그런 식으로 부를 수 있는 사람은 너밖에 없을 거다."

"경하님을 너라고 부를 수 있는 사람도 별로 없지요."

따끔하게 기엘이 한마디 충고를 한다.

"하하하, 너무 그러지 말라고. 나는 친구야, 친구. 사적인 자리에서는 말이야."

"친서를 전해주신 것은 정말 감사드리지만 그렇다고 해서 룬 씨께서 저희와 함께 아셀까지 동행하셔야 할 이유는 없는 것으로 압니다만?"

반쯤은 경계의 의미일 것이다.

기엘은 룬에게 도대체 어떻게 된 영문이냐고 재차 물었다.

"너무 그러지 말라구, 기엘. 이건 어디까지나 명령이다."

"명령?"

"그래. 전하께서 너희들 일행을 호위해서 아셀까지 가라고 직접 내게 칙명을 내리셨다 이 말씀."

"호위라고 했나, 지금?"

로운이 룬이 한 말 중에서 마음에 걸리는 한 단어를 짚어내었다.

"뭐, 표현이 그렇다는 것이고, 그냥 전하의 마음 씀씀이라고 생각해 주는 쪽이 좋아. 사실 나도 그런 심정이고."

"마음 씀씀이라구요?"

"그래. 아무리 당신들이 유능한 사람들이라고 해도 이곳은 미메이라가 아니라 하나스야. 뭐니 뭐니 해도 당신들은 이방인이지. 그 눈에 띄는 머리 색이나 피부 색, 그리고 분명 유창하긴 하지만 외국인인 정도는 단박에 알아볼 수 있는 하나스 어. 어떤 것도 자네들한테는 유리한 게 없어."

그 말은 사실이다.

실제 이리야는 하나스로 들어와서는 거의 도움이 되지 못했다.

분명 이런저런 지방 말을 잘도 알아듣긴 하지만 하나스 어에까지는 손을 뻗쳤을 리가 없는 것이다.

기엘이나 로운도 마찬가지다.

기본적으로 하나스 어라는 것이 가이칸 제국어와 크게 다를 바가 없다고는 하나 그래도 엄연히 구분되는 또 하나의 언어.

시유에게까지 가면 아예 생각할 거리도 없다.

그녀는 제국어조차 할 수 없으니까.

경하만큼은 예외이다.

이유는 알 수 없지만 그는 풍옥을 받아들인 뒤부터는 어떤 언어도 문제없이, 그리고 어떤 문자도 문제없이 읽어내고 말할 수 있는 상태.

하나스에서는 어떻게든 해 나갈 수 있지만 아셀 제국에 도착하게 되면 문제가 달라진다.

일행 중 의사 소통이 가능하게 되는 사람은 단 한 사람, 경하뿐이게 된다.

"그렇다면 룬, 자네가 아셀 제국에서 도움이 될 수 있다라는 의미로 받아들여도 되는 건가?"

"물론 아셀의 카트린 어 정도는 문제 없어. 물론 하나스 억양이겠지만 말이야."

사실 다른 것은 몰라도 하나스에서는 기사 수업을 할 때 의무적으로 아셀과 케리타, 그리고 바에사까지 3국의 언어 정도는 모두 배우게 되어 있다.

만약의 사태에 대비해 철저하게 교육을 받고 있는 것이다.

만에 하나 제국과 전면전이 벌어져 4국 연합 군대라도 조직이 되었을 때 언어 때문에 연합 작전이 수행되지 못하게 된다면 그것만큼 말도 안 되는 일이 있을 수는 없는 것이다.

"말하자면 '길 안내에서부터 통역까지 무엇이든 맡겨주십시오' 라는 소리지."

"하아, 또 일행이 늘어나는 거야? 이제는 우글우글해지겠네."

"경하, 너는 입 좀 다물고 있어!"

로운이 짜증난다는 듯이 한소리 했다.

하지만 그것에 굴복할 경하가 아니다.

"웃기지 마! 내가 왜 입을 다물고 있어. 나도 할 말은 할 거야."

"전하께서 이미 아셀 쪽으로는 어떻게든 연락을 해두신다고 했으니 걱정 말라고. 저 녀석이 안전할 수 있도록 전하께서 최대한 안배를 해둘 거야."

그 말에 모두의 눈이 경하에게 쏠린다.

과연 경하가 하나스의 국왕을 어떻게 구워삶아 요리를 마치고 온 것인지 궁금할 따름이다.

"도대체 저 녀석 정말로 무슨 짓을 어떻게 하고 온 거야?"

모두가 하고 싶었던 말을 이리야가 대표로 정확하게 짚어주었다.

"어? 난 별말 안 했어. 그냥, 그냥……"

차마 이제라그에게 하소연을 하고 왔다고는 말할 수 없는 경하는 말을 얼버무린다.

"그리고 전하의 또 다른 전언은 말이지. 어이! 제이린, 그것 좀 가지고 들어와!"

그가 문가를 향해 소리치자 소리도 없이 문이 열리고 하녀 하나가 커다란 보퉁이를 들고 들어왔다.

"고마워, 제이린."

그녀는 들어왔을 때처럼 나갈 때도 소리없이 얌전히 사라졌다.

"이건 뭔데?"

"풀어봐."

마치 선물이라도 받은 것처럼 경하가 얼른 그 보퉁이 앞으로 달려갔다.

그리고 재빠른 손놀림으로 단단하게 묶여진 보퉁이를 풀어헤쳤다.

그 안에서 몇 개의 가발과 옷가지 등등이 쏟아져 나왔다.

"이건 뭐야?"

새카만 머리카락으로 만들어진 가발을 들고 경하가 물었다.

그것은 여자용의 가발인 듯 여기저기 머리 장신구가 조금씩 붙어 있었다.

"뭐긴, 가발이지. 너희들 머리 색은 너무 눈에 튄다구. 조금쯤은 자각을 해줘."

"……."

"그리고 나머지는 변장용의 옷들이야."

"변장… 할 필요성이 있다고 생각하시는 겁니까?"

"나도 몰라. 어디까지나 전하께서 직접 보내주신 거니까. 물론 보기에는 좀 그럴지 몰라도 여하튼 직접 받아 온 거니까 알아서들 해. 그리고 너희들이 뭐라고 하든 나는 명령을 받은 이상 너희들을 따라간다. 뭐, 내 걱정은 할 필요 없어. 내 앞가림은 내가 알아서 할 테니까. 그럼 된 거지?"

"그런데 룬, 우리들 별로 가발은 필요없어."

"뭐?"

"그 정도는 그냥 돼. 나만 빼고. 기엘, 보여줘. 룬한테."

"……."

"뭘 그러고 있어. 보여주라니까."

"후우, 알겠습니다."

경하가 의기양양하게 명령을 내리자 기엘은 곧 그에 따랐다.

약간은 쓸쓸한 표정을 짓기는 했지만 말이다.

"기엘 디 하라스다인."

정확한 미메이라의 발음으로 그는 자신의 이름을 외워 주문을 시작했다.

"엘-메타모르포시스(el-metamorphosis). 리케어."

벌어진 손끝에서부터 은빛의 엘이 흘러나온다.

그것은 곧 단정하게 빗어내린 기엘의 머리카락 사이로 흘러 들어가 그 색을 점점 더 어둡게 변환시키기 시작했다.

언제 보아도 신기한 광경을 경하는 마음껏 즐기며 바라보았다.

스스로 바람술을 쓰게 된 뒤로는 오히려 정교하게 조작을 해야 하는 주문과는 왠지 거리가 멀어진 경하에게 있어서 저런 것들은 부럽기 그지없는 일들이 되어버렸다.

휘이이이이잉—

변형을 끝내자 바람 소리가 조용히 사라져 간다.

기엘의 변형술은 그의 투명한 은백색 머리카락을 짙은 갈색의 그것으로 바꾸어놓고 있었다.

얼마나 철저한지 눈썹의 색마저 변해 있었다.

"이 정도면 되겠습니까, 경하님?"

"응, 좋아."

경하는 만족스러운 듯 고개를 끄덕였다.

"어때, 룬? 저 정도면 된 거지?"

"……."

룬은 눈앞에서 벌어진 광경을 이해할 수 없었다.

이들은 마술사라도 되는 걸까?

"도대체 어떻게 한 거야?"

떠억— 하고 턱이 저절로 벌어진다.

"엘러라는 것은 마법을 자유자재로 쓰는 인간을 말하는 건가?"

"그저 단순한 변형술입니다, 룬 씨."

기엘이 너무나 멍청한 표정을 짓고 있는 룬을 향해서 말했다.

아무리 해도 보통의 인간에게 엘러들을 단번에 이해하라는 것은 쉬운 일이 아니다.

"단순? 그게 그렇게 단순하다는 단어로 설명할 수 있는 거야? 참나."

룬이 기가 막히다는 목소리로 따지고 들었다.

"세상에! 정말이지 안 되는 것 없겠구만, 너희들은. 아니, 말을 정정하지. 세상에 못할 짓 없겠어."

쉽게 생각하고 있었지만 자신의 눈앞에 있는 사람들은 사실은 그가 생각하는 것보다 훨씬 더 이상한 사람들일지도 모른다는 생각이 들었다.

룬에게 있어서는 이해 한계 범위의 밖에 존재하는 사람들이다.

사실 따지고 보면 경하가 폴리카르의 배 위에서 그에게 보여주었던(정확하게는 그가 목격했던) 그 이상한 현상 자체가 그의 지각 범위를 벗어난 일이었다.

그는 잠시 기엘의 짙은 갈색으로 변한 머리카락을 멍한 눈으로 바라보았다.

'사실은.'

어디로 보나 자연스러운 갈색의 머리카락 그대로다.

어색함이라고는 하나도 찾아볼 수 없는.

'사실은 이 녀석들 정말로 위험한 인간들일지도 몰라.'

오싹하고 소름이 끼쳤다.

"로운, 이리야하고 시유의 머리 색 적당하게 바꿔줘. 그리고, 으음."

룬이 경악으로 굳어져 있는 동안 경하는 이것저것 뒤적이면서 사람들에게 옷가지를 나누어 주고 있었다.

"문제는 나인데 말이야. 후우."

"너는 왜?"

"으응, 내 머리카락은 말이지."

경하는 자신의 긴 머리카락을 만지작만지작거리면서 난처한 표정을 해 보였다.

"내 머리카락에는 절대적인 반대자 하나가 붙어 있어서 말이야."

경하는 이전에 세나케인이 경하의 머리 색이 바뀌는 것에 질색팔색을 했던 기억을 떠올렸다.

이번이라고 다를 것은 없을 것이다.

아무리 위험하다고 해도 세나케인은 경하의 머리 색이 변하는 것을 참아줄 녀석이 아니었기 때문이다.

설명을 듣지 않아도 그것은 너무나 당연하다고 여겨지는 것이다.

"그 녀석하고 한바탕하기 전에는 절대로 불가능하다구. 우우… 어떻게 하지."

머리카락을 부여잡고 고민에 빠지는 경하를 보고 로운이 한마디 했다.

"고민할 필요가 어디 있겠어. 너는 거기 있는 그 검은 머리 가발을 뒤집어쓰면 되잖아?"

"……"

그렇게 말하며 로운이 떨어져 있던 여성용의 가발을 집어 들어 경하의 머리 위에 털썩— 하고 내려놓았다.

그리고는 솜씨도 좋게 주물주물 가발 모양을 잡아주기 시작했다.

역시 이런 쪽의 손놀림은 기엘보다는 로운 쪽이 훨씬 좋다.

"자아, 다 됐다. 이 정도면 완벽해. 안 그래, 기엘?"

씨익— 하고 로운이 웃어 보인다.

하지만 왠지 그 웃음 속에는 사악함이 서려 있다는 것을 경하는 놓치지 않았다.

"그래, 로운. 완벽하군. 쿡쿡."

그것은 완벽하다고 말하면서 쿡쿡 웃어대기 시작한 기엘의 표정에서도 정확하게 잡아낼 수 있었다.

"로―오―운!!"

"왜?"

"어째서 하필이면 여자 가발이야!! 저기 남자용도 있잖아!!"

"그러면 넌 네 머리카락이 저 짧은 가발로 가려질 것이라고 생각해? 말도 안 되는 소리는 하지도 마."

"그래도 그렇지!!"

경하가 뒤에서 떠들든 말든 로운은 아랑곳하지 않고 이리야에게 다가가 가볍게 주문을 외워 그의 머리카락 색을 바꾸어놓았다.

시유는 로운이 손을 대기 전에 스스로 알아서 머리 색을 바꾸려고 했다.

단지 조금 실패를 하기는 했지만 말이다.

그녀의 머리카락은 짙은 색이라기보다는 어딘가 모르게 빛바랜 붉은 머리가 되어버렸다.

경하 일행이 떠들썩하게 준비를 하는 동안 잊혀진 사람이 되어버린 룬은 한쪽 구석에서 계속 한 가지 생각만을 계속하고 있었다.

'위험한 정도가 아니다. 실제로 미메이라의 다른 기사들이 이들 정도의 능력을 가지고 있다면 아주 심각해.'

기엘과 로운이 그들이 가진 능력의 단편을 보여준 것뿐이지만 이해가 빠른 룬은 그것만으로도 충분히 위기감을 느낄 수 있었다.

경하의 능력을 이미 본 후다.

기엘이나 로운, 그리고 이리야가 경하의 능력에 미치지 못하는 능력을 가지고 있을 것이라 가정한다 해도 이들의 위험성은 충분할 정도로 느껴지는 것이다.

하나스의 국왕 이제라그, 즉 가놋 2세가 단 하루 경하와 만난 정도로 이들에게 그렇게 신경을 쓰는 것 역시 무리가 아니었다.

미메이라가 가이칸 제국에 편입된다는 그 가정을 해보았을 때 파생되는 효과, 즉 영향력은 도대체 얼마나 될까?

단순히 그저 가이칸 제국의 병력 이동에도 하나스는 비상이 걸려버린다.

대제국 가이칸. 그리고 그 가이칸의 새로운 황제 로렌은 도대체 어떤 생각을 가지고 미메이라에 그의 세력을 뻗치고 있는 것일지 룬은 도저히 상상이 가지 않았다.

단지 그가 알 수 있는 것은 경하의 말처럼 미메이라가 가이칸 제국의 속국이라도 되는 날에는 결코 돌이킬 수 없는 일이 일어날지도 모른다는 엄청난 사실뿐이었다.

*   *   *

"여기, 바람이 원래 이렇게 안 불어?"

거대한 상선이 폴리카르 강 위에 떠 있었다.

한눈에 봐도 꽤나 거상의 배로 보일 정도로 그 규모가 남달리 큰 배였다.

그것은 폴리카르 위를 정기적으로 오가는 정기선과는 달리 개인 사유로써 하나스의 수도 알리아와 아셀 제국과 하나스의 국경 부근에 있는 도시 유탄을 잇는 무역선 중 하나였다.

"그래. 이쪽은 바람이라고는 손톱만큼도 잘 안 불어. 이전에 이곳에 도착할 때가 신기하게 바람이 많이 불었던 거야."

혹시나 경하가 무슨 말이라도 할까 싶어 룬은 슬쩍 경하를 떠봤지만 경하는 룬이 무슨 의도로 말을 하는지 눈치조차 채지 못한 모양인지 아무렇지도 않게 앞에 떠 있는 커다란 상선만을 바라보고 있었다.

여러 척의 배를 봐왔지만 실제 이렇게 커다란 배를 보게 된 것은 처음이었기 때문이다.

"저렇게 큰 배가 용케 강 위를 오가는군."

"뭐니 뭐니 해도 폴리카르는 아슈레이에서 최고로 거대한 두 개의 강 중 하나니까요. 유속이나 강 자체의 깊이 등 저만한 배도 능히 뜰 수 있습니다."

경하의 옆에 서 있는 것은 보통 때와 다름없이 기사인 기엘 디하라스다인.

그는 경하의 옆에서 단 한시도 떨어지지 않고 그를 지켜보고 있었다.

그런 기엘을 두고 로운은 그들이 함께 타고 내려가게 될 배를 선장의 허락을 얻어 여기저기 살펴보고 있었다.

이리야는 너무나도 당연하게 시유의 보호자가 되어 있었다.

물론 언제나처럼 말이다.

"그런데 저런 배를 타고 가도 되는 거야, 정말?"

"물론. 저 배의 선주는 비공식적이지만 바로 이 나라의 국왕 전하시거든."

"에엑!"

"저것뿐만이 아니야. 전하 소유의 상선은 얼마든지 있다. 국왕이라고 해서 장사꾼이 되지 말라는 법은 없어."

"그래도 그렇지, 한 나라의 국왕이 대놓고 저래도 되는 거야?"

"그러니까 비공식적인 것이라고 했잖아. 실제 소유는 전하의 동생이신 이젤리아 대공이시지."

"하이고, 형제 간에 짜고 고스톱 친다는 소리잖아. 에잇."

"에헤, 그것은 또 무슨 소리야?"

"아아, 그러니까 경하님께서는 가끔 특이한 비유를 쓰시고는 하는데 별로 신경 쓰지 마십시오."

그렇게 주의하라고 몇 번씩 말해 두었지만, 사실 별로 소용이 없다는 것을 기엘은 잘 알고 있다.

"그보다는 어서 출발 준비를 서둘러야겠습니다. 저희들 말고 이미 다른 쪽은 출발을 한 것 같은데 말입니다."

"아아, 그렇지. 기왕이면 박자를 맞추어줘야 하니까."

룬이 고개를 끄덕였다.

하나스의 국왕은 생각보다 훨씬 조심스럽고, 치밀한 남자였다.

그는 경하 일행을 변장시켜 자신의 소유의 상선에 태워 일단 아셀 제국으로 가는 제일 빠른 루트를 선택해 그들을 보내려 했다.

그리고 하나의 안배를 더 준비해 주었다.

그것은 다름 아닌 가짜 일행을 만들어 육로로 미리 출발을 시켜놓았던 것이다.

어째서 그렇게까지 할 필요가 있느냐는 경하의 물음에 룬은 한마디로 일축했다.

'어떻게 될지 모르니까' 라고 말이다.

이제라그가 걱정하는 것은 다른 것이 아니었다.

그는 물론 경하에게 전적으로 협력을 하겠다고 약속했다.

하지만 한 나라의 국왕이라고 해도 그가 원하는 것 자체가 하나스라는 나라 전체가 원하는 것은 될 수 없는 일이다.

비록 그가 완벽에 가까운 전제 정치를 펼치고 있다 해도 왕궁에는 나름대로의 세력이라는 것도 있어서 일이 어디서 어떻게 변하게 될는지 알 수 없는 것이다.

그래서 준비된 것이 바로 가짜 시안 일행이었다.

"일단 이곳에서부터 셰비 근처의 항구까지 가게 됩니다."

지도 위에 셰비라고 쓰여진 곳에 선장의 손가락이 닿아 있다.

"이곳에서는 또 다른 배로 갈아타시게 됩니다. 일단 제가 명령을 받은 것은 여기까지입니다."

"감사합니다. 잘 부탁드리겠습니다."

"별말씀을요."

로운과 상선의 선장이 대화를 나누고 막 돌아서려는데 배 위로 경하가 뛰어 올라오는 것이 보였다.

"아, 로운은 저기 있는데? 로운— 로운—!"

"무슨 소란이야?"

"저기, 이 배 이름 뭐라고 한데?"

"라트커스라고 합니다. 하나스의 역사에 빛나는 용맹한 장군님의 이름을 따서 지어졌지요."

"헤에, 원래 배는 여자 이름을 붙이는 거 아닌가?"

"하하하, 잘 아시는군요. 말씀대로 라트커스는 아름다운 여성의 이름입니다. 장군님이라고 해도."

"정말요?"

활달한 경하의 말투에 라트커스의 선장은 기분이 좋아졌는지 직접 경하에게 대답을 해주었다.

"아주 오래전 하나스의 국왕 폐하에게 아름다운 공주님이 한 분계셨습니다. 그분은 아름다움과 용맹을 함께 가지신 분으로……"

아마도 라트커스의 선장은 옛날이야기를 즐기는 사람이었는지 경하에게 신나게 라트커스라는 이름의 유례에 대해서 설명하기 시작했다.

흥미진진한 표정으로 그것을 듣고 있는 경하의 얼굴도 선장의 기분을 고양시켜 주는 양념이 되고 있는 모양이었다.

"자네들, 심심하지는 않겠어."

"예?"

"무슨 소리지?"

경하와 이야기를 나누고 있는 라트커스의 선장을 보며 룬이 한마디 했다.

"어디로 튈지 도통 짐작도 가지 않는 저 녀석을 보호하려면 말이야. 나는 눈이 네 개쯤 되어도 부족할 것 같아."

"하하하하."

기엘이 동조한다는 의미로 웃어버린다.

하지만 로운은 퉁명스러운 목소리로 한마디 덧붙이는 것을 잊지 않았다.

"네 개라고? 여섯 개나 되지만 항상 모자라서 쩔쩔매고 있어."

"그런가? 그럼 이제는 여덟 개라고 해줘. 그 정도면 어떻게든 제어 불능의 저 녀석을 조금쯤은 제어할 수 있게 될지 모르니까."

'저 녀석'이라는 단어에 기엘이 인상을 찌푸린다.

하지만 그것은 어떻게도 할 수 없는 룬의 말버릇.

사실 로운도 심심치 않게 똑같은 단어를 사용한다.

'여하튼 이 사람들은…'

같으면서 다르고 다르면서도 왠지 비슷한 성격을 가진 남자 두

명을 바라보며 기엘은 한숨을 내쉬고 있었다.

*　　　　*　　　　*

"우웅…."

"역시 안 되는 건가?"

"시끄러워, 정신 집중 안 되니까 조용히 있어봐, 이리야."

"아아, 알겠습니다. 알겠다구요."

경하는 두 손을 물에 담그고는 그 투명한 물을 노려보고 있었다.

나름대로 편한, 지난번의 여행보다 훨씬 편안한 여행을 하고 있던 경하가 심심함을 견디지 못하고 시작한 모종의 일이 현재의 경하가 하고 있는 일이다.

"우우우우우우우—"

마치 물에다가 저주라도 퍼붓고 있는 듯한 소리다.

지금 경하가 하고 있는 것은 물의 술사인 이리야가 시킨, 말하자면 물의 술을 쓰기 위한 기본 수련법 중의 하나였다.

작은 그릇에 물을 떠놓고 그 안에 손을 담그고는 물이 자신의 의지대로 움직이도록 하는 것이다.

물에 술사의 엘을 전달하는 데는 여러 가지 방법이 있지만 무엇보다 좋은 방법은 직접 접촉하는 것이다.

이미 그 정도의 경지는 뛰어넘은 지 오래인 이리야는 자신이 처음 물의 술을 깨우칠 때 쓰던 방법 그대로 경하를 가르치고 있었다.

평소 물의 술에 관심을 보이던 경하가 조금이라도 보람되는 일이 하고 싶다며 이리야에게 직접 물의 술을 가르쳐 줄 것을 부탁해 왔던 것이다.

바람술을 쓰는 데는 제어가 잘 안 된다는 치명적인 단점이 있기는 해도 여하튼 바람술사로서 최고봉에 닿아 있는 경하지만 이상하게 다른 것을 하는 데는 어려움이 많았다.

이론대로라면 경하 정도의 바람술사, 즉 거의 엘-세지 단계를 뛰어넘어 있는 사람이라면 자유자재로 어느 정도의 레벨로 다른 신들의 힘, 즉 물이나 땅, 불의 술을 쓸 수 있어야 한다.

라이트 온 정도의 가벼운 화염술 정도는 쓰고 있는 경하지만 역시 다른 술을 쓰는 데는 어려움이 많았다.

무엇보다 바람술과는 미묘하게 다른 운용법이 경하에게는 잘 이해가 되지 않았다.

묘하게도 최고의 경지에 다다라 있는 바람술의 운영에 완전하게 적응해 있는 감각이 왠지 다른 술에 대한 감각을 둔하게 만들고 있었다.

'우웅, 될 것 같은데 이상하게 잘 안 된단 말이야.'

있는 대로 인상을 쓰고 있는 경하는 아무리 해도 움직이지 않는 물을 노려보며 한껏 신경질을 퍼부었다.

"아니야. 그렇게 힘으로 하겠다는 생각은 버려. 너는 어차피 바람술사라구. 물의 술을 네 마음대로 쓸 수는 없어."

"그러면 어떻게 하라구?!"

"너 화염술을 쓸 때는 어떻게 하지?"

"화염술?"

"그래. 너 라이트 온 정도는 가볍게 시동어만으로 발동시키잖아."

"뭐, 그건 쉬우니까. 게다가 내가 아는 대로라면 바람술하고 화염술은 아주 연관성이 많다고 들었거든."

"화염술을 쓸 수 있으면 다른 것도 어느 정도는 할 수 있을 거야. 기초적인 거라면 얼마든지. 초조해하지 말고 조심스럽게 해보라구."

"그렇게 말해도 말처럼 쉬운 게 아니야, 이리야."

"하아."

좀처럼 기초적인 운용술도 깨닫지 못하고 있는 경하를 보고 있으려니 이리야는 가슴이 답답해져 왔다.

'내가 처음 배울 때도 이 정도는 아니었는데 말이야.'

"자, 아주 자연스럽게 해봐. 네가 화염술을 쓸 때처럼 말이지. 바람술을 쓰는 것처럼 그냥 똑같이 자연스럽게, 천천히."

불쑥 이리야의 손이 경하의 손이 담겨져 있는 그릇으로 다가와 경하의 손을 마주 잡았다.

"기본은 같아. 시동어가 아주 조금 다를 뿐이지."

"우웅."

"부담감 같은 것은 가지지 말라고. 그냥 주문을 따라서 하면서 자연스럽게."

경하의 손가락이 마주 닿아 있는 부분에서 살짝 물의 엘이 움직이는 것이 느껴진다.

"넌 소질이 있어. 그러니까 믿고 해봐."

이리야는 경하를 향해 밝게 웃으며 말했다.

"정말?"

"그래. 따라해 봐. 이번에는 될 거야."

"응."

"류. 타인 아슈레이."

"류. 타인 아슈레이."

"물의 이름 나유의 근원과 흐름."

"물의 이름 나유의 근원과 흐름."

"그냥 말만 따라하지 마. 엘을 느껴보란 말이야. 봐, 내 손에서부터 가득 물의 엘이 움직이고 있다고. 눈을 감고……."

"그렇게 말해도……."

"말했잖아. 바람의 엘을 느끼는 것처럼 자연스럽게 물의 흐름도 느껴봐. 물의 엘을 느껴보라구. 알겠어? 자아, 따라해. 류. 타인 아슈레이."

눈을 질끈 감고 경하는 물속에 담겨진 손에 정신을 집중했다.

"류. 타인 아슈레이."

"물의 이름 나유의 근원과 흐름. 생명을 유지하는 모든 라하트여…."

"물의 이름 나유의 근원과 흐름. 생명을 유지하는 모든 라하트여…."

순간 물이 찰랑거리며 수면에 동심원이 생겨났다.

이리야는 조심스럽게 천천히 물에서 손을 빼내며 시동어를 외웠다.

"라 유리아."

그가 외운 주문은 물의 술 중에서도 가장 기초적이면서도 술사의 능력에 따라 얼마든지 그 위력이 달라지는 주문으로, 직접적으로 물을 움직이는 주문이었다.

"…라 유리아."

이리야의 손이 물에서 빠져나오는 순간 경하의 목소리가 마지막

시동어가 되어 울려 퍼졌다.

휘리릭— 하고 물에 담긴 손가락 사이로 무엇인가 움직이는 느낌이 들었다.

"그대로 정신을 집중하고…"

"……"

"물에 네 의지를 불어넣는 거야. 숨을 쉬도록, 생명을 부여한다고 그렇게 생각하면 돼."

간질간질거리며 손바닥 아래서 움직이던 것이 순간 빠르게 경하의 손등 위로 기어 올랐다.

'이거… 정말로 움직이는 거야?'

놀라서 경하가 손가락을 꿈틀하는 순간 작은 그릇에서 물방울이 솟구쳐 올랐다.

쏴아아아—

그것은 마치 분수처럼 솟아올라 경하의 주위에 온통 작은 물방울들이 가득 들어찼다.

"하하하, 그봐. 금방 되잖아."

타악— 하고 이리야가 경하의 등을 치는 순간 경하가 화들짝 놀라 눈을 떴다.

그의 눈앞에 빛을 받아 눈이 부시도록 반짝이는 수천 개의 물방울들이 떠 있는 것이 보였다.

장관이었다.

"우와아아아— 죽인다!!"

"그렇지?"

"이야야— 성공했다. 아하하하하하!"

자리에서 벌떡 일어나 경하가 어린아이처럼 소리를 질러댔다.

"우하하하하!! 된다. 할 수 있어!! 이리야!!"

"그래, 그래."

수천개의 물방울들 하나하나에 물의 엘이 담겨 공중에 떠 있는 광경은 장관이었다.

분수처럼 위로 솟구쳤던 물방울들은 힘을 담고 있어 결코 바닥으로 떨어지지 않고 경하의 주위에 맴돌았다.

"하하하… 으하하하, 난 역시 천재라니까."

"하이고, 꼭 말 한마디를 더한다니까, 넌."

이리야도 모처럼 기분이 좋아서인지 경하의 우쭐거림을 너그럽게 봐주었다.

"하기사 뭐 아무렴 어떠냐. 하하하하… 하."

기분이 좋아진 경하가 들떠서 물방울들에게 마악 힘을 주려는 순간 이리야가 뚝 하고 웃음을 멈추었다.

"우하하하하! 이야호!"

경하의 목소리와 함께 수천 개의 물방울이 일제히 하늘 높이 치솟아 올라가기 시작했다.

"조용히 해봐!"

"응? 갑자기 왜 그래, 이리야?"

쏴아아아아— 하고 순간 물방울들이 비처럼 쏟아져 내렸다.

순간 물방울들에 집중되었던 경하의 신경이 분산되었기 때문이었다.

"이리야?"

비처럼 쏟아지는 물방울들을 맞으며 경하가 이상하다는 듯이 이리야의 이름을 불렀다.

"못 느끼겠어?"

심각해져 있는 이리야의 표정을 보고 경하도 무엇인가 이상한 일이 벌어지고 있다는 것을 그제서야 깨달았다.

경하는 그 자리에 멈추어 서서 순간 바람의 엘을 사방으로 흩뿌리기 시작했다.

그것은 물에 담겼던 어설픈 힘과는 전혀 다른 강력한 바람의 힘.

경하가 서 있는 자리에서부터 동심원으로 바람의 엘이 퍼져 나갔다.

"기엘."

"아, 로운. 나도 느꼈어."

황급히 풀어두었던 라이트를 집어 드는 두 사람을 본 룬은 갑자기 무슨 일인가 싶어서 두 사람에게 물었다.

"왜 그러는 거야?"

"누군가 배 가까이 다가오고 있다. 숫자가 많아."

"뭐라고?"

순간 이상한 현상이 일어났다.

꼭꼭 닫혀 있던 선실들의 창문과 문이 일제히 약속이라도 한 것처럼 활짝 열려 버린 것이다.

쾅—

콰앙—

기엘과 로운이 앉아 있던 선실의 문이 열리고 멀리 있는 다른 창문들과 문이 열리는 소리가 차례대로 들려왔다.

"경하님의 힘이다."

"그래."

"뭐가 어떻게 된 거야. 설명 좀 해봐!"

"누군가 이 배를 노리고 있어!"

＊　　　　＊　　　　＊

이산 가너트는 인상을 찌푸리고 있었다.

한눈에 봐도 너무나도 화려하게 치장되어 있는 배가 눈앞을 지나고 있다.

'정말이지, 전하께서는 무슨 생각을 하시고 이 배를……'

그는 하나스의 로열 가드 중에 한 사람으로, 정말은 가놋 2세의 직속 기사이지만 실제 그는 가놋 2세의 기사라기보다는 가놋 2세의 동생인 미루네 후작의 심복이었다.

물론 미루네 후작에게 이산을 보낸 것은 가놋 2세이긴 했지만 말이다. 이산은 어젯밤 미루네 후작으로부터 명령받은 모종의 일을 완수하기 위하여 급하게 자신의 병사들을 모아서 폴리카르로 달려왔다.

"전하께서는 그 미메이라의 수장 계승자 시안이라는 인물에게 어떤 의미에서는 매료라도 되신 것 같네. 그렇지 않고서는 신료들과 상의 한마디 없이 그런 행동을 하실 수 없어."

"…흐음."

"물론 전하의 말씀에 거역하고 싶은 생각은 없지만 이번만큼은 나는 형님과 생각이 달라."

미루네 후작은 바로 다름이 아닌 경하가 가놋 2세와 만나는 자리에 동석했던 남자로 국왕의 동생이자 왕국의 부재상으로 봉직하고 있는 남자였다.

물론 다분히 국왕의 동생이라는 신분이 작용한 인사이긴 했지만 무엇보다 그는 다른 국왕의 인척들과는 달리 철저하게 일반 귀족적인 마인드를 가지고 있는 남자로, 나름대로는 하나스의 귀족들 사이에서 암암리에 세력을 구축하고 있는 인물이었다.

"물론 전하의 의중을 모르는 것은 아니지만 그들이 그대로 자유롭게 행동하게 하면 곤란하다. 만에 하나, 제국의 황제에게 내밀 마지막 카드 하나 정도는 가지고 있는 쪽이 이쪽에 유리해. 그들의 말이 모두 사실이라고 해도 전쟁을 피할 수만 있다면 나는 무슨 일이든 할 수 있다. 꼭 전쟁이 일어난다고 누가 말할 수 있겠나?"

"전쟁을 피할 수 있다면 물론 최소의 희생은 각오해야 하겠지요."

"그렇다네. 그러니 그들 일행 중에서 시안이라는 미메이라의 수장 계승자와 그 동생인 시유라는 아가씨는 꼭 생포해서 알리아로 데려오게."

"나머지는?"

"다른 사람들은 신경 쓸 필요 없어. 일단 수장 계승자라고 하는 그만큼은 반드시 생포하고, 그리고 미리 말해 두겠는데 그들은 엘러네. 확인되지는 않았지만 상당한 실력을 가졌을 거야. 구체적으로 어떤 능력을 가졌을지는 미지수이긴 하네만, 자네 정도의 실력이라면 문제없을 게야. 하지만 조심하고, 또 조심하게."

"알겠습니다."

"꼭 성공하길 바라네. 하나스의 미래를 위해서라도."

"믿어주십시오."

*　　　　*　　　　*

"40여 명 정도."

"뭐라구?"

"40명이 좀 넘을 거야. 포위되어 있어."

"말도 안 돼!"

"뭐가 안 돼. 물속에서도 얼마든지 잠복할 수 있는 거야. 젠장!"

경하는 사방에서 느껴지는 사람들의 사념을 온몸으로 느끼며 허리에 묶어놓았던 단검을 빼어 들었다.

"기엘과 로운은?"

"경하님!"

경하가 그들을 찾자마자 마치 멀리서 미리 듣고 달려오기라도 한 것처럼 그들이 나타났다.

"시유는? 시유는 어디에 있지?"

"선실 안에 있습니다. 일단…"

"둘 중 하나는 시유에게 가줘."

"룬 씨가 일단 시유님과 함께 있습니다."

"하나로는 안 되잖아!"

"이 배의 선원들 중 반이 검을 다룰 줄 안다고 들었습니다."

"그래도 안 돼! 기엘! 어서 가."

"경하님."

"젠장!"

아무리 해도 움직이지 않을 것 같은 기엘과 로운을 보고 경하는 욕설을 내뱉으며 선실 쪽으로 달렸다.

결국 자신이 가면 해결될 것이다.

아니나 다를까, 세 남자가 일제히 우르르 경하의 뒤를 따라 달려오기 시작했다.

'나도 중요하지만 시유도 중요해. 나는 레이죠 장로로부터 직접

부탁을 받았다구!'

경하의 신변을 걱정하는 남자들을 이해할 수 없는 것은 아니다.

하지만 그들의 마음이 때로는 부담감으로 느껴질 때도 많다.

"시유!!"

"우아악—!!"

경하가 시유의 이름을 부르는 순간 어디선가 비명 소리가 들려왔다.

이어 금속끼리 부딪치는 차가운 소리들이 여기저기서 들려오기 시작했다.

"기습이다!!"

"와아악—!!"

타다닥—

갑판을 뛰어가는 소리들과 아래서부터 선원들이 뛰어 올라오는 소리가 교차했다.

"나도 중요하지만 시유를 철저하게 지켜줘!! 알겠어?"

뒤에서 뛰어오던 로운을 붙들고 경하가 말했다.

"시유를 나라고 생각하고 지켜줘. 부탁이야."

"…그래, 알았다."

"고마워, 로운."

시유가 있는 곳은 선실 중에서도 제일 안쪽에 있는 작은 곳이다.

로운은 기엘의 어깨를 한번 굳게 치고는 안으로 뛰어들었다.

갑판에서 선실들이 모여 있는 쪽으로 들어가는 길은 몇 개가 있다.

그중에서도 시유가 있는 선실로 통하는 마지막 복도까지 로운은 숨 한번 쉬지 않고 뛰어갔다.

좁은 복도다.

'이곳은 검을 휘두르기에 마땅하지 않아.'

사람이 다니기에는 그럭저럭 편하지만 전투에는, 그것도 일 대 일의 칼부림에는 부족한 공간이다.

막 마지막 복도에 도착한 로운의 눈앞에 검을 들고 살벌한 눈빛으로 서 있는 룬이 있었다.

"뭐야, 적인 줄 알았잖아."

"시유는?"

"안쪽에 있어. 밖으로 나오겠다는 것을 말렸다."

"이쪽은 내가 맡겠다. 밖으로 나가서 경하를 지켜줘."

"뭐?"

"이쪽에는 내가 바리어를 칠 거야. 어서!!"

"알았어."

길이가 긴 롱 소드를 들고 있던 룬은 고개를 끄덕이고는 곧 밖으로 뛰어나갔다.

그것을 확인한 로운은 일단 안으로 들어가 시유가 잘 있는지 확인했다.

벌컥 문이 열리자 안에서 붉은 머리의 소녀가 뛰어나왔다.

"꼼짝 말고 있어."

"로운 오라버니!"

"쉴드를 칠 거다. 안에서 네가 그것을 유지해야 해."

"…알겠습니다."

고개를 끄덕이는 소녀의 머리를 한번 쓰다듬고는 로운은 재빨리 그녀를 문 안으로 우겨넣었다.

피부가 따끔따끔할 정도로 신경이 곤두선다.

경하의 부탁을 받고 들어오긴 했지만 밖으로 나가고 싶은 마음에 두근두근 심장이 울린다.

"젠장, 정말이지 곤란하다니까."

가만히 있어도 사방에서 사람들이 몰려오는 기척이 난다.

"로. 조하 아슈레이. 바람의 이름 미메이라의 시작에서 끝. 카이드, 키리쉬…"

바닥에 꽂은 검에서부터 로운의 몸으로 선명한 바람의 엘의 선이 생겨난다.

문 안쪽에서부터 시유의 엘이 활성화되는 것이 느껴졌다.

그것을 느끼는 순간 로운은 입을 열었다.

"헤데르."

로운의 입에서 시동어가 발동되는 순간 뿌연 색으로 변한 그것은 둥글게 사방으로 퍼져 나갔다.

강력한 방벽으로 보호되는 밀실처럼 시유가 있는 내실을 중심으로 동심원으로 퍼져 나간 그것은 곧 단단한 벽으로 가시화되었다.

"경하님! 피하십시오!"

"시끄러워! 앞이나 조심해!"

슈욱—

바람과 함께 검이 눈앞으로 달려들었다.

재빨리 무릎을 굽혀 검끝을 피한 기엘은 들고 있던 라이트를 머리 위로 쳐 올렸다.

카아앙—

부르르르 떨리는 검신을 통해 상대방이 강한 완력을 가지고 있다는 것을 느낄 수 있었다.

"하앗—!"

힘을 주어 그것을 밀쳐 내고는 그대로 사선으로 내리쳤다.

피가 뿜어져 나오며 검을 들고 있던 팔이 옆으로 튀어 올랐다.

후두두둑—

피가 비처럼 쏟아져 내린다.

'위험해!'

옆쪽에서 또 다른 남자가 검과 함께 달려들었다.

옆구리를 노리며 달려드는 검을 피해 몸을 옆으로 뺀 기엘은 아슬아슬하게 스치는 검끝을 놓치지 않고 포착한 후 몸을 날렸다.

'훈련받은 병사들이다.'

몸놀림은 절도가 있고 그들이 휘두르는 검은 빨랐다.

움직이는 배 위에서도 전혀 지장받지 않고 그들은 검을 휘두르고 있었다.

그들의 뒤로 엄호라도 하듯 화살이 쏟아져 들어오기 시작했다.

배에 타고 있는 사람들이 강으로 뛰어드는 것을 막기 위해서였다.

"케인!!"

뒤에서 경하가 세나케인을 부르는 소리가 들려왔다.

"…쉴드!!"

머리카락이 온통 날려 시야를 가리는 순간 세찬 바람이 등 뒤에서부터 불어왔다.

그 바람에 기엘에게 달려들던 남자가 주춤 뒤로 밀려났다.

기엘은 그 기회를 틈타 깊숙하게 검을 찔렀다.

검끝에서부터 인간의 피부 속으로 파고드는 감각이 그대로 검신을 타고 전해져 왔다.

눈앞에 있던 남자를 처리한 기엘은 고개를 들었다.

어느덧 경하가 만들어낸 쉴드가 온 배로 퍼져 어느새인가 그들이 타고 있는 라트커스를 포위한 작은 배들에서부터 날아오는 화살을 막아내고 있었다.

"사람이 너무 많아서 바람술을 제대로 쓸 수가 없어, 기엘!!"

"그대로 계십시오, 경하님!!"

정신없이 날아오던 화살의 비가 멈추자 선실 쪽으로 후퇴하고 있던 선원들이 일제히 검을 들고 달려나갔다.

'괜찮아. 승산은 있다.'

기엘은 손 안의 라이트를 다시 한 번 고쳐 쥐고 다음의 목표를 찾았다.

'지휘관이 어디엔가 있을 것이다.'

비슷비슷한 복장을 하고 있는 적들 사이로 종횡무진 뛰어다니고 있는 룬의 모습이 그의 눈에 들어왔다.

날렵하게 움직이고 있는 그는 로열 가드라는 이름에 걸맞는 화려한 검술로 주위를 초토화시켜 가고 있었다.

"이리야 씨! 주위의 배들을 어떻게 할 수 없습니까?"

"저 녀석의 쉴드 때문에 아무것도 할 수 없어. 엄호해 주면 쉴드 밖으로 뛰어나가 강으로 뛰어들 수 있어."

"알겠습니다. 부탁드립니다."

주위에서 쏟아지고 있는 화살의 비는 어느 정도 멈추었지만 대신 배들이 직접 라트커스로 다가오고 있었다.

그 작은 배들에 얼마나 많은 사람들이 있을지는 짐작도 가지 않았다.

"이리야 씨!! 이쪽으로!!"

갑판을 가로질러 뛰어가며 기엘이 소리쳤다.

달려드는 남자를 한 손에 든 라이트로 가볍게 젖히고 기엘이 길을 뚫었다.

이리야 역시 그의 레이피어를 손에 쥐고 일직선으로 뛰었다.

갑판이 이렇게나 넓은 곳이었나를 뼈저리게 느끼면서.

"젠장, 도대체 어떻게 해야 하는 거야!!"

난장판이 되어가는 갑판을 보며 경하는 발을 굴렀다.

세나케인의 힘으로 쉴드를 쳐 비처럼 쏟아지던 활은 막을 수 있었지만 대신 이미 정체 모를 사람들이 우르르 몰려들어 있는 갑판 위에서 벌어지는 난장판에는 어떻게도 손을 쓸 수 없었다.

"케인, 쉴드 그대로 유지해 줄 수 있어?"

"물론이다."

갑판에 있는 사람들이 적뿐이라면 가볍게 바람으로 날려 버릴 수도 있지만 적과 아군이 구분되지 않을 정도로 난장판인 상태에서는 불가능하다.

어떻게 해야 하나 고민하고 있던 경하의 눈에 한쪽으로 뛰어가는 두 남자의 모습이 눈에 들어왔다.

기엘과 이리야였다.

'뭘 하려는 거지?'

그들은 달려드는 남자들을 공격한다기보다는 피하면서 그대로 배의 가장자리로 뛰어가고 있었다.

'아! 그렇다! 내 쉴드 때문에 이리야가 물의 술을 쓸 수가 없는 거야.'

막 갑판 끝에 도착한 기엘이 등 뒤로 돌아서 그들을 쫓아온 남자들과 마주 섰다.

그 다음 순간 이리야가 그대로 물속으로 뛰어내렸다.

"케인!!"

굳이 명령하지 않아도 경하의 사고를 그대로 전달받은 세나케인은 이리야가 뛰어내리는 순간 아주 잠깐 쉴드를 풀었다.

풍덩— 하는 소리가 들렸다.

"좋았어!!"

"경하!! 몸을 숙여!!"

"우악!!"

이리야에게 정신을 팔고 있는데 어디선가 룬의 목소리가 들려왔다.

"그대로 한 발을 축으로 해서 몸을 돌려서 그대로 찔러!!"

휘이익—

눈앞에 보이는 풍경이 일순간 흐릿하게 지나간다.

슈욱—!

룬의 목소리가 시키는 대로 며칠이나 룬의 훈련을 열심히 받은 경하의 몸이 자동적으로 반응했다.

힘껏 뻗은 팔의 끝에는 룬이 선물한 날카로운 단검이 들려 있었다.

"……"

주르르륵.

새빨간 피가 단검의 날을 타고 흘러내려 경하의 손목을 적시고 옷깃을 적셨다.

"……"

콰아아앙!!

퍼어엉—

그 뒤로 물소리와 함께 폭발음 같은 것이 들려왔다.

그것은 이리야가 혼신의 힘을 다해 발동한 폭발 주문이라는 것을 경하는 눈치 채지 못했다.

라트커스를 둘러싸고 있던 몇 척의 배가 물의 칼날에 의해 조각 조각 부서져 주위의 강물 위를 가득 채웠다.

"……."

"경하님!!"

새빨갛게 변한 팔 위로 남자의 몸이 덮쳐 왔다.

"경하!!"

기엘과 룬이 경하의 이름을 부르고 있었다.

후두두둑— 하는 소리와 함께 하늘에서 떨어져 내리는 물방울.

그중 한 방울이 경하의 커다랗게 뜬 눈 속으로 떨어졌다.

그것은 이리야의 힘이 그대로 배어 있는 물방울이었다.

흐릿해진 눈에 은백으로 빛나고 있는 세나케인의 형체가 들어왔다.

'케인…….'

쿠욱—

무게 때문에 단검의 날이 주는 감각이 생생하게 손끝으로 파고들 었다.

'세나케인…….'

주르르룩—

눈동자에 떨어졌던 물방울이 분홍빛 눈물이 되어 경하의 눈에서 흘러나왔다.

제7장
바람이 지나간 자리

The Wind of Ashurei

바람이 물결처럼 퍼져 나가는 것이라면, 그때 그들은 경하의 몸에서 흘러나오는 바람의 결을 느낄 수 있었다.

그것은 조용하지만 확실한 파문과도 같이 공기의 결을 만들어 멀리멀리 퍼져 나갔다.

한 사람 한 사람의 몸속으로, 물이 스며드는 것같이.

그것은 바람인 동시에 감촉이 있는, 그리고 살아 있는 감정이었다.

공포인지, 아니면 단순한 두려움인지, 그것도 아니면 그저 슬픔인지 몸에 닿는 그 미세한 느낌만으로는 깨닫지 못한 자도 있었다.

갑판 위에 드러누워 있는 사람들과 그리고 몸을 움직이며 끊임없이 자신의 목적을 위해 나아가던 사람들과 조용히 자신의 임무를 묵묵히 수행해 가던 사람들에게까지 그 감정은 한순간 몸을 스치고 지나갔다.

"어때, 그 녀석은?"

"아아, 아직 그대로다."

"뭘 그런 것을 가지고 저러는 거야? 나는 그보다 더한 일도 얼마든지 있었다고. 마음이 약해서 그래, 마음이 약해서."

왠지 기분이 언짢아진 룬은 들고 있던 검을 몇 번 휘둘러 검날에 묻어 있던 붉은색의 액체를 털어내 버렸다.

점점 더 기분이 가라앉는다.

"우리들은 이런 일을 해도 멀쩡하다구. 그런 것 하나 견디지 못해… 우왓!!"

파앙—

룬의 몸이 뱃전에 내팽개쳐졌다.

"무, 무슨 짓이야?!"

퉤, 하고 피가 섞인 침을 뱉으며 룬이 항의했다.

로운이 말 한마디 없이 룬에게 주먹질을 한 탓이었다.

"……!"

퍼뜩하고 치켜떠진 룬의 눈에 무서운 표정을 한 로운의 얼굴이 보였다.

"그만 해, 로운. 그저 단순하게 생각이 다를 뿐이니까."

의외로 기엘이 로운을 말리며 그의 팔을 붙들었다.

기엘은 로운의 다른 손에 아직도 들려져 있던 검을 빼앗아서는 깨끗하게 닦아 로운에게 돌려주었다.

"머리를 식혀. 경하님은 네가 그러는 것도 좋아하시지 않을 테니까."

의외로 기엘은 냉정하게 반응하고 있었다.

그는 고개를 들어 마스트의 꼭대기에 올라가 있는 경하를 바라보았다.

'또… 상처를 입힌 걸까.'

끔찍하리만큼 경하는 기엘 자신과 로운과 이리야, 그리고 그 이외 자신에게 관련된 사람들이 다치는 것을 싫어한다.

아니, 죽고 싶을 만큼 혐오하고 있다는 것이 더 정확한 표현이다.

온몸으로 거부하고 있는 것이다.

어쩔 수 없는 상황이라고 해도 그것만큼은 경하의 성역이라도 되는지 아무리 해도 경하의 그 지독한 혐오감만큼은 기엘도, 로운도, 아무도 위로를 할 수 없었다.

하물며 자신의 눈앞에서 피를 흘리는 사람을 목격해 버린 것이다.

바로 그 자신의 손으로 상처 입힌 사람을.

차라리 다른 사람이 한 일을 단순하게 목격한 것이라면 또 어떻게든 손을 쓸 수 있었을지도 모른다.

하지만…….

'아무것도 할 수 없다는 게 더 더욱 힘들어.'

기엘은 눈이 부신 하늘과 하나가 되어 있는 듯한 경하를 보며 한숨을 내쉬었다.

불행 중 다행이라면 그나마 경하가 다치게 한 사람이 가까스로 목숨을 구했다는 것이었다.

그 때문인지 지난번에 경하가 납치되었다가 다시 찾아냈을 때처럼 정신을 잃거나 혼미해져 버리지는 않았다.

하지만 기엘에게 있어서 경하의 현재 상태는 더욱더 가슴이 아팠다.

차라리 정신을 잃어버리면 그 지독하게 쓴 '현실'이라는 것을 몇 번이고 곱씹지 않아도 된다.

그냥 잊어버리면 되는 것이니까.

그러나 아무렇지도 않은 맨정신인 상태에서는 끔찍했던 기억은 몇 번이나 되살아나고, 또 되살아나 상처 입기 쉬운 맨몸과도 같은 정신을 갉아먹는다.

경하에게서 흘러나오는 그 파장에는 경하가 지금 느끼고 있는 감정들이 더해져 기엘도 그것을 자신의 감정처럼 느낄 수 있었다.

그것은 슬픔과 함께 묘하게 일그러진 자신의 의지에 대한 분노 같은 것.

어떻게도 표현할 수 없는 상반된 두 가지의 감정이었다.

높은 곳에서는 먼 곳까지 한눈에 들어온다.

그것은 자신이 앉아 있는 곳이 산이든, 바다 근처이든, 높은 건물 위든 별다를 바가 없다.

이렇게 강 위를 유유히 달리고 있는 배의 마스트 꼭대기 위라고 해도 말이다.

주변의 경치가 한눈에 들어오는 곳에 앉아 있는 경하는 저 멀리 사람들이 한둘씩 움직이고 있는 넓은 벌판을 바라보고 있었다.

'위험했어. 분명히.'

시퍼렇게 빛나던 검신, 그것을 든 남자가 자신을 노리고 있었다.

움직이라는 룬의 고함 소리에 경하는 추호의 망설임 없이 그대로 자동 반응 인형처럼 자신의 몸을 움직였다.

몸을 돌리고, 그리고 팔을 높이 치켜 올렸다.

단지 그것뿐이었다.

'하지만······.'

몇 번이나 생각해도 그것은 어쩔 수 없는 상황이었다.

이전과 같은.

그래도 몸속에서 소용돌이치고 있는 그 끔찍한 감각만큼은 어떻게 해도 익숙해지지 않는다.

'기엘이랑 로운이랑 이리야는 언제든 그런 일을 하고 있어. 나라고 못할 것도 없다. 그리고 그들은 나 때문에 그러는 거니까 그 책임 역시 내가 져야 하는 것이다.'

언제나 일어날 수 있는 일이라고 경하는 생각했었다.

하지만 동시에 혐오감이 치밀어 오른다.

눈을 돌리고, 자신을 위해서 다른 사람들이 한 짓에 대해 마음을 닫으려고 했다.

자신을 위해서 한 일이니까라고 말이다.

하지만 경하의 마음을 괴롭히고 있는 것은 단순히 자신의 손으로 누군가를 다치게 했다는 사실만은 아니다.

그보다 좀 더 깊은, 마음속 저 깊은 곳에 있는 이기심.

지금까지 '경하'를 위해 '자신'을 희생해 '타인'을 희생시켜 온 사람들의 마음은 생각하지 않으려 했었다.

'더러워···.'

욕지기가 치밀어 오른다.

'내 자신이 너무나 더러워. 최저야.'

스스로는 깨끗하다고 마음속 어디선가 그렇게 우기고 있었다.

자신이 한 짓이 아니니까 하지 말아달라고 하면, 그렇게 부탁하고 주장하고 있으면 자신만큼은 깨끗한 것이라고.

'사실은 내가 제일… 제일 최저의 인간이었어.'

*   *   *

"아무래도 미메이라 인들이 다른 수를 쓰고 있는 듯합니다."

"듯하다, 라고?"

"정정하겠습니다, 폐하. 현재 확인된 정보에 의하면 미메이라 인으로 보이는 일행이 하나스의 국왕 가놋 2세와 비밀리에 만남을 가졌다고 합니다. 정확하게 어떤 의견이 오갔는지까지는 알 수 없지만 모종의 거래가 이루어졌을 가능성이 있다고 합니다. 그 이외의 정보는…"

"흐으응."

어둠 속에 앉아 있던 남자의 얼굴이 창으로 비쳐 들어온 달빛에 비추어 보인다.

"미메이라의 사신은?"

"현재 카르모니아에 잠시 머물러 있는 상태입니다. 그쪽 역시 미메이라에서의 연락을 기다리고 있는 듯 이곳으로 오는 일정을 조금 미루겠다 하고 있습니다."

"카스펀."

"네, 폐하."

"반대했던 것치고는 열심히군."

"……."

미타 남작은 어둠 속에서 로렌의 표정이 변하는 것을 지켜보고 있었다.

하나하나 보고를 할 때마다 그의 군주의 표정은 묘하게 재미있어하는 얼굴로 바뀐다.

"일단 겉으로는 안심을 시켜놓고 물밑 작전을 벌이고 있다는 것이군. 하기사 그쪽에도 신국이라는 자존심이 있는 것이겠지."

"……."

"물밑에서 음모를 꾸미고 그물을 치는 것은 자네의 특기였지."

로렌의 시선이 미타 남작의 눈동자로 향한다.

"부탁하네."

"진심이십니까?"

"뭐, 약간 우회해서 가는 것도 나쁘지 않지 않은가."

"우회라고 하셨습니까?"

미타 남작은 속으로 혀를 찼다.

그의 군주는 한번 결정한 일은 지나치게 몰아붙이는 경향이 있다는 것을 스스로 깨닫고 있을까?

준비는 완벽해야 하는 법이다.

물론, 그가 생각해도 준비는 완벽에 가깝다.

하지만 아직 준비 작업은 그 과정 중에 있을 뿐이다. 가깝다고 표현되는 일은 아직 완성 단계는 아니라는 의미가 된다.

"카르모니아의 그에게 말을 해두는 것도 좋겠지. 대관식은 그리 멀지 않았다고 말이야."

"알겠습니다."

"그리고 한 가지 더."

"예?"

대답을 마치고 자리를 떠나려는 미타 남작을 불러 세운 로렌은 예의 미소를 지으며 말했다.

"자네의 특기에 나는 아주 많은 기대를 하고 있네."

"……."

"그물을 칠 때는 확실히 치는 게 좋아. 나는 그 그물에 걸릴 물고기가 아주 마음에 들 것 같으니까."

*　　　　*　　　　*

시유는 축축해진 머리카락을 몇 번이나 손으로 다듬다가 결국 포기해 버렸다.

보통 때라면 미메이라의 사람들이 으레 그러듯 가볍게 바람술을 써서 말려 버렸겠지만 기엘과 로운의 부탁으로 바람술을 쓰는 것을 최대한 자제하고 있기 때문이다.

강바람은 시원하지만 때로는 견딜 수 없을 만큼 축축해져서 기분마저 울적하게 해버린다.

"정말이지, 티리쉬의 주문 같은 것 쓰고 싶지 않다구."

눅눅한 머리는 어떻게 해도 원래처럼 가지런해지지 않는다.

결국 방법은 내실에서 나가 갑판 쪽에서 햇빛을 쬐는 것뿐이다.

"하지만 역시 나가고 싶지 않은데."

머리카락을 손으로 쓰다듬으며 그녀는 작게 불평을 했다.

"어째서 항상 밖에 나가 있는 거지, 그 사람은?"

문제의 습격의 범인은 결국 확실하게 밝혀지지는 않았다.

단지, 경하와 가놋 2세 사이에서 오갔던 내용에 동조하지 못하는 세력이 있다는 것을 확인했을 뿐이다.

사실 배 위에서는 그것이 누구인지를 밝히는 작업이 이루어지지 않았다.

그 이유는 이미 가놋 2세가 룬에게 '아마도 무슨 일이 있을 것이다'라고 언질을 준 상태였기 때문이다.

물론 뒤늦게야 그것을 알게 된 기엘과 로운에게 갖은 구박을 다 당하고 있음은 굳이 밝힐 필요도 없다.

가놋 2세야 경하에게 친서를 보낼 정도로 호감을 가지고 있지만 그렇지 않은 사람들이야 얼마든지 존재한다는 것쯤은 가놋 2세 스스로가 알고 있었다.

말하자면 배후가 누군지 정도는 이미 대략 파악하고 있다는 의미.

그 때문에 습격을 받아서 반쯤은 엉망진창이 되었던 라트커스는 다음날 오전에는 벌써 아무 일 없었다는 듯한 분위기로 완전히 일소되어 있었다.

단 하나 변한 것이 있다면…….

"경하님은?"

"아아, 저 위에 있어."

"또입니까?"

"뭐, 밥 먹으라고 하면 기어 내려오니까 걱정하지 않아도 돼, 기사 양반."

이리야가 너무 걱정하지 말라는 듯이 기엘에게 말했다.

"언제까지 저러실지……."

이리야는 툭툭— 자신이 옆자리를 치며 기엘에게 권했다.

그곳은 마스트의 꼭대기에 올라가 있는 경하가 한눈에 보이는 자리로 요 이삼 일 4명의 남자가 번갈아가면서 낙낙하게 햇빛을 쬐고 있는 자리이기도 했다.

단지 다른 사람이 보면 덩치도 좋은 4명의 남자가 번갈아서 궁상맞기 그지없는 포즈로 앉아 있는 것으로밖에는 보이지 않는다는 것이 문제라면 문제일 것이다.

"몸에 안 좋으실 듯한데."

"뭐, 어쩔 수 없지. 그나마 저 정도로 끝내준 게 다행이라는 생각밖에 안 들어."

"그건 그렇습니다만…."

기엘은 입술을 깨물었다.

마스트 위에 있는 경하와 그를 덮치고 있던 남자를 발겼했을 때 정말 피가 마르는 기분이었다.

마치 피 같았던 경하의 눈물.

기엘은 경하가 다시 이전의 상태가 되어버리지 않을까 해서 미쳐버릴 것 같았다.

"아… 로운이 어디 있는지 아십니까?"

"어? 신관 양반은 선장하고 있어. 내일 오전이면 셰비에 도착한다고 해서 이런저런 이야기를 나누러 간 것 같아."

"내일 오전이요?"

"그래. 저 녀석 힘이지. 생각보다 역시 빠르거든. 사실 폴리카르의 유속으로는 하루 정도는 더 걸릴 것이라고 생각했는데 말이야."

"……"

저 녀석의 힘이라고 이리야가 말한 것은 바로 다름 아닌 경하의 바람을 말하는 것이다.

경하는 사건이 있은 후 계속 저렇게 마스트 위에 앉아서 바람을 부르고 있었다.

끊임없이.

로운이나 기엘이 바람술을 쓰는 것은 위험하다고 몇 번이나 말해도 경하는 결코 양보하지 않았다.

들키지 않을 정도로만 쓰겠다고 고집을 피운 것이다.

실제 경하가 지금 일으키는 바람은 아주 미세한 것이었다. 그저 자연스럽게 불고 있는 바람에 아주 약간의 힘을 더한 것으로, 바람술을 쓰고 있다고는 느껴지지 않을 정도이다.

시유를 비롯 나머지 사람들이 티리쉬로 그들의 힘을 억제하고 있기는 하지만 말이다.

"마음이 정리되면 내려올 테니 너무 걱정하지 말아."

"그러시겠죠. 하지만 말입니다."

"응?"

"뭔가 서두르고 있다는 생각은 안 드십니까?"

"서두르다니, 뭘?"

"경하님께서… 이 일정을 굉장히 서둘러서 어떻게 해서든 빨리 해결을 하고 싶어하시는 것 같습니다."

"……."

"적어도 제게는 지금의 경하님이 하시는 행동이 그렇게 느껴집니다."

'역시 안 되겠어.'

내실에 앉아서 머리카락만 만지작거리던 시유는 결심을 하고 일어섰다.

'햇빛이라도 쬐어야지, 여기 앉아 있다가는 정말 곰팡이라도 슬어버릴 것 같아.'

경하 따위는 신경 쓰지 않으면 된다고 그녀는 생각한다.

어차피 그녀가 어딜 가든 아무도 시유에게 뭐라고 말 한마디 거는 사람은 없다고 그녀는 조금 섭섭한 마음을 가지고 있었다.

그나마 믿고 의지하고 있던 로운이 쉴드를 거두자마자 밖으로 뛰어나가는 것을 직접 목격했던 후로는 더욱 그런 마음이 강해진다.

시유에게 괜찮으냐는 말 한마디 아무도 건네주지 않았다.

'누가 나한테 신경 쓰겠어? 모두 경하님, 경하님 하면서 그 사람에게밖에 신경 쓰지 않는걸.'

말은 하고 있지 않았지만 시유는 그런 경하에게 질투심마저 느끼고 있었다.

'정말이지, 그런 녀석 따위 정말 싫어.'

동요하지 않고 있는 것처럼 보이게 최대한 냉정한 척하지만 그녀는 아직 16살밖에 되지 않은 어린 소녀에 불과했다.

'언니였다면 저런 약한 모습 누구에게도 보이지 않았을 거야.'

결국 그녀는 시안을 떠올리고 말았다.

누구도 기억해 주지 않는 불쌍한 자신의 언니를 말이다.

"시안 언니……."

갑판으로 나가겠다는 생각은 이미 어디론가 사라져 버렸다.

어느새 그녀는 자리에 주저앉아 버렸다.

"언니……."

눈물이 촉촉하게 그녀의 뺨을 적시기 시작했다.

*　　　*　　　*

시원한 바람이 불어오고 있었다.

한밤중, 주의를 기울이지 않으면 발 밑도 보이지 않을 정도로 칠

흑 같은 어둠이 몸을 감싸는 시간, 시유는 살그머니 문을 열고 선실에서 나왔다.

'이 시간이면 아무도 없겠지?'

물론 만약의 일을 대비해 보초를 서는 사람이 있겠지만 그런 것은 생각하지 않기로 했다.

낮에 햇빛을 쬐려고 마음먹었다가 그만 시안의 일이 생각나서 그대로 주저앉았던 시유는 한밤중 사람들의 눈을 피해 밖으로 나온 것이다.

"하아, 시원하다!"

바람의 나라 미메이라의 사람답게 시유도 바람을 좋아했다.

그것은 천성과도 같은 것이지만 그녀는 천성 이상으로 바람을 즐기는 소녀였다.

언니인 시안과는 달리 어렸을 때부터 미메이라의 들판을 뛰어다니며 자랐던 그녀다.

수장의 핏줄을 타고 태어난 만큼 그녀가 가지고 있는 힘은 일반적인 미메이라 인의 기준보다는 훨씬 강력하다.

단지 그것을 쓸 만한 환경이 아니기에 세밀한 바람술의 운용이 서툴 뿐이다.

'역시 바람이 좋… 어?'

뱃전에 기대 불어오는 바람을 얼굴에 맞으며 기분 좋게 서 있는데 문득 뒤쪽에서 인기척이 느껴졌다.

'누구지?'

인기척이 느껴져 뒤를 돌아보는데 그 중간에 한구석에 기대어앉아 있는 형체가 보였다.

"……"

차마 비명은 지르지 않았지만 그녀는 흠칫하고 그 자리에 얼어붙었다.

'누, 누구지?'

깜깜한 가운데 그 형체는 희끄무레하게 보여 소름을 자아낸다.

하지만 그녀는 그것이 누구인지 금방 알아볼 수 있었다.

언제 어디서든 미메이라 인의 은발 머리카락을 못 알아볼 리는 없는 그녀다.

그리 길지 않은 머리카락과 웅크리고는 있으나 단단한 어깨는 눈에 익다.

'로운 오라버니.'

그는 피곤에 전 듯 몸을 웅크리고 선잠에 빠져 있었다.

'깨워서 안으로 들어가시라고 하는 쪽이 낫겠지?'

시유는 로운에게로 조심스럽게 걸어갔다.

그때였다.

어디선가 모르게 이상한 기운이 시유에게 다가와 그녀의 발을 묶었다.

"이, 이건…"

"그냥 둬. 지금 깨우면 못 잘 거야."

"……!"

시유를 붙잡은 것은 경하였다.

그것도 손을 이용한 것이 아니라 그의 엘이 담긴 바람의 줄기가 그녀의 발을 묶었던 것이다.

"이건… 놓아주세요."

"벌써 풀었어."

"……"

"이틀 정도 안 잤을 거야, 로운은. 그러니까 그냥 둬."

그렇게 말하면서 경하는 들고 있던 두터운 망토를 로운의 어깨에 살짝 덮어주었다.

그것은 저녁 무렵 기엘이 가지고 올라와 경하의 어깨에 둘러주었던 것이다.

로운은 꽤나 피곤한지 경하가 곁에 다가가도 깨어나지 않았다.

"왜 안 자고 나왔어?"

"……."

"아, 잠깐…."

경하는 그대로 로운의 앞에 서서 그의 손을 로운의 이마 부근에 가까이 대었다.

"세나케인, 로운을 좀 깊이 잠들게 해주고 싶어."

"……."

시유가 지켜보는 가운데 경하의 몸에서 희미한 형체가 흘러나왔다.

그것은 로운의 이마에서부터 발끝까지 한차례 맴돌더니 다시 경하의 몸속으로 스며들었다.

"아직, 바람술을 잘 못 써서…."

시유가 이상한 눈으로 바라보자 경하가 변명하듯 말한다.

"보통 때라면 너나 내가 다가가는 것만으로 깰 텐데 굉장히 피곤한가 봐."

"…어차피 다 당신 때문이야."

"으응?"

"다 당신 때문이라구! 로운 오라버니가 이렇게 피곤해하는 것은!"

"……"

이번에는 경하가 꾸욱 입을 다물었다.

"자비로운 척, 착한 척, 다른 사람들을 생각해 주는 척, 배려하는 척하지 마. 모든 게 당신 탓이야."

"……"

"당신만 없었으면… 당신이 아니라 시안 언니가 있었다면…"

"이렇게 고생할 필요는 없었겠지."

쓴 물이라도 삼킨 것처럼 경하의 목소리가 갈라진다.

"그래! 당신만 없으면 되는데… 왜 당신이 이 자리에 있는 거야! 시안 언니가 아니라!!"

"나도 몰라."

"어째서! 어째서 여기에 당신이 있는 거야?!"

"모른다고 했잖아!"

단어가 비수가 되어 가슴을 후비고 들어온다.

미안하다고 사과를 할 수도 없다.

아니, 사실 미안한 마음은 들지 않는다.

다만 안타까울 뿐이다.

뭔가 말을 하기 위해 시유는 입을 벌렸다가 다물어 버린다.

더 이상 말을 했다가는 왠지 다른 말을 들어버릴 것 같다.

시유는 그것이 더 무서웠다.

그녀는 그대로 몸을 돌려 선실로 뛰어가기 시작했다.

시유가 고개를 돌릴 때 눈가에서 무엇인가가 반짝이는 게 보였다.

하지만 경하는 그녀를 붙잡지 않았다.

"후우… 어렵구나, 어려워."

시유가 사라진 쪽을 바라보고 있는데 어디선가 이리야의 목소리가 들려왔다.

"많이 컸네, 그런 말도 하고."

"무슨 소리야, 이리야?"

"어라, 로운은 잠든 거야? 이런 소란을 피우는데?"

"피곤한 것 같아서 내가 재웠어. 정확하게는 세나케인이 한 거지만."

"흐으응."

"그러는 이리야는?"

"아아, 나는 원기 보충."

"원기 보충?"

그러고 보니 이리야는 전신에서 물을 뚝뚝 흘리고 있었다.

"지난번에 한번 폭주를 했더니 몸이 영 말을 안 들어서 말이야."

그렇게 말하며 이리야는 여기저기 우드드득 소리가 나는 몸을 몇 번 흔들어 보인다.

"역시 원기 보충에는 물속이 최고거든."

"……."

"좀 둥둥 떠내려가다 보면 물고기가 된 기분도 들지. 나름대로는 괜찮아."

"몸이 많이… 안 좋은 거야?"

"그냥 피곤한 정도야. 신경 쓰지 마."

하지만 경하는 왠지 뒷말이 들리지 않는 모양이다.

그는 이리야에게 다가가 아직도 물이 뚝뚝 떨어지는 그의 손을 잡았다.

자연스럽게 그의 입에서 다음의 말이 흘러나온다.

"…케인."

다음 순간 이리야는 온몸 속으로 상쾌한 바람이 불어 들어오는 듯한 느낌을 받았다.

이전에 경하로부터 힘을 받을 때와는 또 다른 느낌.

경험을 했던 것이기에 그리 놀라지는 않았지만 케인을 불러 엘을 전달하는 경하의 표정에는 적이 놀란다.

"이봐."

"응?"

"너……."

"뭐?"

"시유… 에게 뭐라고 한마디 더 해주지 그랬어?"

"뭐라고 해줄까? 나도 너 밉다. 뭐 그렇게?"

"그런 소리는 아니지만… 그래도 시유가 너를 그렇게 미워할 이유는 없다고 보거든."

"괜찮아, 그 정도는."

경하는 그대로 로운의 옆에 쪼그리고 앉았다.

로운은 정말 깊게 잠들었는지 미동조차 하지 않는다.

어둠 속에서 희미하게 빛나는 경하와 로운의 머리카락.

그것을 번갈아 바라보고 있는 이리야의 표정도 그리 밝지만은 않다.

"……."

"미워할 사람이라도 있으면 미워하면서라도 기운이 날 거라고 봐. 증오하고 싶으면 증오하라고 할 거고. 무조건 난 아니라고 말할 수도 없는 처지니까."

"너…"

"미워할 대상마저 사라지면 허탈할 테니까. 미운 짓을 해서라도 미워하라고… 뭐, 그런 심정."

"……"

"좀 미움받아도 어쩔 수 없는 거라고 생각해. 게다가… 헤헤헤."

"헤헤헤?"

"시유, 미인이잖아. 뭐, 미인한테 미움 좀 받아도 괜찮달까? 하하하하하하."

"에라이!"

퍼억— 하고 이리야가 장난스럽게 경하의 어깨를 쳤다.

그 어깨가 하나도 아프지 않은 것은 아마도 이리야의 위로가 전해져서일지도 모른다.

그렇게 밤은 깊어가고 경하는 자신을 미워할 수밖에 없을 소녀를 생각했다.

*　　　　*　　　　*

"예? 배를 갈아타지 않는다구요?"

"일정이 바뀌었습니다. 이대로 이 배를 타고 유탄까지 가신 후 그곳에서 육로로 자노아로 가시도록 하라는 전갈을 받았습니다."

라트커스의 선장은 손에 든 양피지를 로운에게 내밀었다.

룬이 한마디 거들었다.

"이 배 말고, 육로로 따로 출발시켰던 일행도 습격을 받은 모양입니다. 원래대로의 일정을 따르면 위험할지도 모른다고 생각해서 일정을 바꾸었습니다. 셰비에는 잠시 보급만을 받기 위해 들렀다가 그대로 출발할 생각입니다."

"흐음."

"약간 돌아가는 일정이 되겠지만 무엇보다 안전이 중요하니까."

"경하님, 괜찮으시겠습니까?"

기엘이 경하를 돌아보며 의견을 구했다.

"어차피… 뭐, 어떻게든 가야 하는 거잖아."

"어차피라고 하지만 그래도 육로로 가는 것과 수로로 가는 것에는 많은 차이가 난다. 시간적인 문제보다는… 아니, 분명 시간 문제도 있지만."

로운이 미간을 찌푸리며 지도를 노려보았다.

탁자 위에 있는 것은 하나스와 아셀을 중점으로 제작된 지도로 미메이라는 그냥 한쪽 구석만 조그맣게 보이는 지도였다.

"하나스에선 문제가 없었지만 아셀은 달라. 솔직하게 고백해서 아셀에 대해서는 나도, 기엘도 아는 바가 없다. 아무리 룬, 당신이 잘 알고 있다고 해도 기본적으로 우리는…"

"아아, 알아, 알아. 믿음직하지 못해서 고민이라는 거. 하지만 좀 믿어달라구. 당신들한테 미운 털 박힌 것도 알지만 그래도 나는 나름대로는 최선을 다하고 있는 거야."

룬이 말하고 있는 것은 다름이 아니라 룬이 경하에게 가르친 단검술과 그가 사건 직후 한 말에 대한 것이다.

그 두 가지 덕에 지금 로운은 룬을 비롯 나머지 두 남자에게 눈총을 받느라 경하 옆에는 접근도 못하는 중이다.

생각해 보면 웃기는 노릇이었지만 로운들에게 있어서 그는 일종의 위험 분자였던 것이다.

"로운, 어떻게 해서든 가야 하는 거 맞지?"

"……"

로운이 룬과 약간씩 신경전을 벌이자 경하가 로운에게 말했다.

"그리고 시간 단축이 된다면 더욱더 좋은 것이고."

"그래. 기엘의 아버님이 언제 카드미엘에 도착하실지 모르는 일이야."

"흐음, 그렇다면…."

경하는 말을 하다 말고 지도를 내려다보았다.

폴리카르 강은 셰비를 중심으로 둘로 나누어진다.

하나는 유탄을 지나서 아셀 제국의 동부를 흘러 바다로 빠져나가고 또 하나는 서부를 지나 수도인 자노아 곁을 지난다.

누구의 눈으로 보아도 현재의 위치에서 자노아로 가는 직통 길은 폴리카르의 서쪽 라인을 타고 가는 것이다.

또 하나, 현재 그들에게는 시간이 없다.

경하는 두 개의 강줄기를 포함한 아셀 제국의 지도를 다시 한 번 바라보았다.

'미메이라에서 많이 떨어져 있어. 너무 많이.'

그리고 경하는 조용히 기엘과 로운과 시유의 얼굴을 확인했다.

아직은 아무렇지도 않지만 미메이라에서 너무 많이 떨어지는 것은 좋지 않다. 그것도 시간이 많이 걸린다면 더 더욱.

그가 들은 미메이라 인들의 약점, 특히 바람술의 능력이 강하면 강할수록 영향을 받는다는 그 사실이 마음에 걸린다.

아셀 제국은 미메이라에서도 상당히 먼 곳이다.

오히려 넓은 제국 땅들보다도.

거기다 이리야에게는 해당 사항이 없을지 모르지만 이리야는 물의 술사다.

무엇보다 물 가까이 있는 것이 그의 몸에 도움이 될 것이라는 생각도 들었다.

만에 하나 무슨 일이라도 생긴다면 이리야는 역시 물 위에, 또는 속에 있는 것이 낫다.

"이렇게 하죠."

경하는 마음속으로 결정을 내리고 반듯하게 고개를 들었다.

"이제라그가 준비해 준 많은 것들, 정말 감사하게 생각합니다. 그의 도움이 있었으니까 그럭저럭 여기까지 빨리, 그리고 그나마 안전하게 도착했다고 생각해요. 그리고 룬을 보내준 것도. 하지만 이것은 우리 일이고, 우리가 가야 하는 길입니다."

"…무슨 소리를 하려는 거야?"

룬이 뭔가 심상치 않은 경하의 기색을 발견했다.

"여기서부터는 우리끼리 가겠어요. 말이야 뭐 어떻게든 내가 해결하면 되는 거고, 그리고 무엇보다 더 이상 룬이나 이제라그에게 신세를 질 수는 없으니까. 우리가 가진 돈으로 다른 배를 빌려서, 아니면 정기선에 살짝 숨어 타는 쪽도 나쁘지 않구요."

"이봐! 너—!"

항의하려는 룬의 입을 막는 경하.

경하는 지도를 들어 올려 룬의 얼굴에 가져다 대었다.

"나는 하루라도 빨리 아셀에 가야 해. 방해하지 마. 안전한 것도 중요하지만 그보다 더 중요한 이유가 나한테는, 아니, 우리한테는 있어."

"그래도!"

"그래도가 아니야. 이건 내 일이야. 내가 해야 할 일이라고. 당신이 대신 해줄 수 없는 일이야. 당신도, 이제라그도 아닌 내가 할 일이라구."

경하는 룬의 얼굴에 들이댔던 지도를 탁자 위에 내동댕이쳤다.

"여기서부터는 우리가 알아서 가겠어."

"그런 말도 안 되는…! 나는 명령을 받았다!"

"그 명령은 이제라그에게 당신이 받은 거지, 내가 받은 게 아니야."

"이봐!!"

룬이 흥분해서 말하려 했지만 경하는 들은 척도 안 했다.

"기엘, 로운, 배를 구해줘. 작은 것도 상관없어."

"경하님."

"그리고 시유, 너는 힘들겠지만 아무 말 없이 따라와 줬으면 좋겠어. 몸 상태가 나빠지면 바로 나에게 이야기해 줘."

"……."

"그리고 기엘, 로운. 나… 티리쉬 주문은 해제할 거야. 최대한 빨리 자노아에 도착하고 싶어. 이리야 씨도…."

"응?"

"이리야 씨는 날 도와줘. 좀 무리한 주문이 될지도 모르겠지만… 내가 힘을 합하면 어떻게든 될 거라고 생각해."

"잠깐 기다리십시오. 저희들은 저희 나름대로 명령을 받은 것이 있습니다."

"선장님 신세는 많이 졌어요. 하지만 지난번에 보셨죠? 우린 우리 몸을 지킬 수 있는 힘이 있어요. 사람들이 많으면 오히려 힘들어요. 여러분들까지 보호해야 하니까."

"…그런."

"이기적으로 들릴지 모르지만 난 이 사람들이 더 이상 상처받거나 하는 것은 싫어요. 그러니까 최소한도로 인원을 줄여서 최대한 빨리 가고 싶어요."

"......."

그 말에 결국 선장은 입을 다물 수밖에 없었다.

그리고, 다른 사람들도 마찬가지였다.

"내가 할 수 있는 일은 많지 않지만 할 수 있는 일은 최대한 할 거니까."

휘이잉—

바람이 경하를 스치고 지나갔다.

그것은 경하가 불러온 폴리카르 위를 흐르는 바람.

"모두들 내 말을 들어줘. 부탁이야."

*   *   *

"어디로 갔는지 행방이 묘연하다니?"

"하나스에서 약간 술수를 부렸더군요. 가놋 2세가 전적으로 그들을 지원한 것 같습니다. 두 패로 갈라져 알리아를 출발했는데 현재로써는 그 행방을 알 수가 없다고 합니다."

"그게 무슨 소리야!!"

로렌이 탁자를 치며 자리에서 일어났다.

"웃기는 소리 하지 마. 그곳에서는 택할 수 있는 길이 뻔하다. 폴리카르를 빼고는 없잖아. 그것을 왜 못 찾는다는 거야!"

로렌이 역정을 냈지만 미타 남작의 표정은 변하지 않는다.

오히려 이런 작은 일에까지 신경을 써야 하는 상황에 한탄을 할 뿐이다.

물론 작은 일이라 치부하기에는 문제가 있지만 말이다.

"바람술사들을 골라서 보내. 마법진이 그 근처 어딘가에 있지? 최대한 빨리 보내서 그들을 찾아내."

"하나스는 불가능합니다. 하나스에는 마법사들이 있어서 결계로 보호하고 있기 때문에…."

"그렇다면 가능한 곳이 어디야! 안 되면 마법사들에게 페이요트 산맥에다라도 이동 마법진을 만들라고 해!"

"……."

"보내서 찾아내. 그들은 충분히 찾아낼 수 있지 않나!"

"역정을 내지는 마십시오. 유탄 쪽으로는 가능합니다."

"그럼 그리로 보내면 되잖아!"

"하지만 폐하, 이쪽에 그렇게 시간을 들일 필요는…."

"필요한 만큼, 쓸 수 있는 모든 수단을 들이라고 나는 명령했다."

"폐하."

"카스핀."

"……."

"나는 완벽한 게 좋다. 피라마들이 끼어들어 조금이라도 일을 그르치는 것은 질색이야. 미메이라의 사신이 곧 도착한다고 들었다. 그전에 그들을 해치워. 미메이라가 둘로 갈라져 있다면 내가 원하는 쪽을 선택하고 다른 한쪽은 없애 버리면 된다. 무슨 소리인지 알겠나?"

번득이는 눈빛 속에서 그것이 로렌의 진심이라는 것이 느껴진다.

미타 남작은 잠시 무언으로 항변을 하려다가 그만 포기해 버렸다.

어차피 그의 군주의 말을 거스를 수 있는 사람은 없는 것이다.

"알겠습니다, 폐하."

"유탄으로 바람술사들을 골라 모조리 보내라. 생포가 가능하다면 생포를 시도해라. 회유도 좋고, 뭐든 원하는 것을 들어준다고 제시해도 좋아. 불가능하다면 제거해."

"예, 폐하."

"아, 그렇군."

명령을 내리던 로렌이 문득 생각났다는 듯이 덧붙였다.

"하셰카를 써먹을 수도 있겠어. 아셀 쪽에 있는 지부는 거의 손상이 없을 터, 그들에게 연락해서 미리 찾아보라고 해. 그들도 기회라고 생각할 것이다."

"…하셰카를…."

미타 남작은 로렌의 말을 듣자마자 그때까지 잊고 있었던 자들에 대해 생각이 났다.

로렌의 말 그대로다. 하나스나 제국 쪽의 검은 암살단 하셰카의 지부는 상당히 피해를 입은 상태로 아직 재기 불가능. 그러나 아셀 쪽은 다르다.

"카스핀."

"예."

"바람이 불고 나면 무엇이 남는 줄 아나?"

"……."

"바람이 지나간 자리에 말일세."

"아무… 것도 남지 않을 듯싶습니다만."

"아니, 바람이 지나가고 나면 아쉬움이 남네."

"……."

"난 그런 것은 질색이다. 나는 바람을 내 손안에 넣어보겠다."

로렌이 활짝 창을 열었다.

순간 바람이 몰려 들어와 주변의 것들이 일제히 날아올랐다.

"바람의 흔적 따위 나는 원하지 않아. 그 자리에 머물러 아쉬움 따위를 곱씹고 싶지는 않다."

로렌의 등 뒤에서 강렬한 햇빛이 비친다.

"아슈레이에 바람이 불어오고 있어. 그것을 잡아서 내 손안에 넣어 그 주인이 될 것이다."

"……"

"반드시."

*　　　　　*　　　　　*

"도대체 당신은 왜 따라온 거야?"

"그야 당신들이 아셀 제국에 잘 도착할 때까지 도와주라는 명령을 받았으니까."

"하아~ 정말 말이 안 통하는 인간이구먼."

이리야가 룬을 향해 투덜거렸다.

"그러니까 저 녀석이 필요없다고 하는데도 고집을 부리지."

"그러는 당신도 이유없이 저 녀석을 따라다니고 있는 것으로 아는데?"

룬이 반격했다.

결국 경하가 주장한 대로 셰비에서 다른 배를 구해 옮겨 탄 그들은 현재 셰비를 떠나 한창 강을 따라 내려가는 중이었다.

한 가지 경하의 생각대로 되지 않은 것은 바로 이 룬의 존재였다.

그는 알리아로 돌아가는 것을 거부하고 그대로 경하 일행과 같이 가겠다고 고집을 피워 버린 것이다.

"난 이유가 있으니까 따라다니는 거야."

"뭔데?"

"저 녀석 내 생명의 은인이거든."

"뭐?"

"경하가 내 생명을 구해줬다 이 말씀이야. 어차피 멋대로 살아온 인생인데, 기왕 저 녀석이 구해준 거 저 녀석을 위해 써도 되겠다 싶어서."

"잉여의 삶이라는 거냐?"

"잉여면 어떻고, 저 녀석이 새로 만들어줬음 어떻겠어. 말장난 하고 싶은 마음은 없어. 내가 가고 싶어서 따라가는 거지."

"나도 마찬가지다. 내가 가고 싶어서 가는 거야."

"당신은 당신네 나라 국왕이 있잖아. 왜 딴 짓을 하는 거야?"

"나는 하나스의 기사다. 분명 하나스의 기사지. 하지만…."

"하지만이 거기서 왜 붙어?"

"하지만 난 국왕 폐하의 기사는 아니야."

"에엥?"

"하나사의 기사이긴 하지만 국왕의 기사는 아니다."

"그게 무슨 말이야?"

"나도 몰라. 그것을 알기 위해 가는 거다. 저 남자들이 무엇을 보고 있는 건지, 무엇을 바라는 것인지 눈으로 확인하고 싶다."

그러면서 그는 손으로 기엘과 로운을 가리켜 보였다.

"난 전하를 위해서 내 목숨까지 바치겠다는 생각은 해본 적이 없다. 아니, 오히려 기사라는 게 거추장스러웠어. 그런데 저들은 달라."

"다르긴 다르지."

"그 이유를 알고 싶다. 저 경하라는 소년에게 있는 그 무엇인가가 어떤 것인지 알고 싶다."

"하이고."

이리야는 이마를 짚었다.

뭔가 상당히 이상한 놈을 데리고 와버린 것 같았다.

"뭔가 저 녀석한테 홀라당 간 놈이 하나 또 나온 것 같은데 이걸 좋다고 해야 할지, 나쁘지도 해야 할지."

"그게 무슨 말이야?"

"넘어가. 나도 잘 몰라."

"이리야!"

"어. 왜 불러?"

"준비해 줘."

"아. 아아, 알았다. 그럼 난 이만. 저 녀석이 뭔가를 시켜서 말이야."

이리야가 룬에게 손을 팔랑팔랑 흔들어 보이면서 경하에게로 걸어갔다.

룬은 그 뒤에 서서 경하에게 다가갈수록 표정이 변하고 있는 이리야를 지켜보았다.

그는 이리야에게 두 남자를 보고 있다고 했지만 사실은 이리야 역시 그가 눈여겨보고 있는 남자였다.

말하는 것을 봐서 그는 절대로 기사가 아니다.

하물며 경하와 같은 바람술사도 아니다.

'분명 뭔가가 있어, 저 녀석에게는.'

룬이 눈여겨보고 있는 인물 중 또 다른 한 명인 경하는 그때 배의 앞쪽에 꼿꼿하게 서 있었다.

경하는 그때까지 의식적으로 열심히 속으로만 갈무리하던 힘을 천천히 개방하고 있었다.

몇 번이나 외워 간신히 막아둔 티리쉬의 주문을 한순간에 해제해 버린다.

주문이 해제되는 순간, 주위의 공기가 울렁하는 느낌이 들었다.

"세나케인뿐만 아니라 내 엘도 쓸 거야. 다들 어딜 붙들고 있던가 아니면 안에 들어가 있어."

로운이 구해온 배는 지난번의 라트커스만큼 큰 배는 아니었다.

하지만 그렇다고 해서 그렇게 작은 배도 아니기에 작은 선실 정도는 있다.

그 안에 시유가 있었고 경하는 룬에게 그 안으로 들어갈 것을 종용했다.

"싫어. 내 몸 하나는 지탱할 수 있다구. 네 녀석의 바람 때문에 흔들릴 정도면 따라오지도 않았다."

경하에게 그렇게 대답한 룬은 자신의 몸을 돛대에 꾹꾹 밧줄로 묶기 시작했다.

"어디 맘대로 해봐."

"……"

그런 룬을 보면서 경하는 작게 미소 지었다.

그리고…….

"케인…"

작은 목소리로 경하가 케인을 부르자 그 형체가 순식간에 배를 둘러쌌다.

"제어가 안 될지도 모르니까 배를 부탁해."

"알기는 아는군. 의지박약의 산물이다."

"지나치게 인간다운 말투는 그만두랬지? 왠지 너 말하는 투가 우리 형을 점점 더 닮아가. 쓸데없이 문장 쓰는 거 하며."

"네 옆에 있다 보면 그렇게 되는 게 아닐까?"

세나케인은 절대로 한마디도 지지 않고 시비를 걸었다.

"시끄러워. 산만해."

"하아~ 분부대로 합죠."

정말로 인간처럼 세나케인의 대답이 들려온다.

그것을 듣고 경하는 묘한 미소를 지었다. 정말로 형이라도 옆에 붙어 있는 기분.

"그럼 시작할게. 다들 잘 부탁해."

경하는 조용히 배 앞머리에 서서 눈을 감았다.

눈을 감고 있으려니 몸 주위를 지나는 세나케인의 기척이 느껴졌다.

세나케인의 형체가, 그 바람의 드래곤이 온 배를 감싸 안고 있는 것이 생생하게 온몸의 감각으로 전해져 온다.

'부탁해, 케인.'

두 팔을 벌리고 몸 안에 있는, 그리고 대기에 있는 엘을 찾아 숨 쉬기 시작한다.

경하의 몸속에 있는 무한대의 바람의 엘이 공기 속의 엘과 공명하여 박동이 시작되었다.

휘이이이이이잉—

쏴아아아아아아—

바람 소리에 물결이 밀려와 함께 합창이라도 하듯 울어댄다.

손가락 끝에 자신의 엘과 공기 중의 엘이 하나로 합쳐져 걸린다.

그 순간 경하는 눈을 떴다.

아무것도 걸리지 않는 확 트인 시야.

앞에 보이는 것은 수천 수만 개의 가닥으로 길게 이어진 바람의 엘.

그 끝에는 경하 자신의 마음이 있다.

경하는 눈을 크게 뜨고 자신의 마음을 움직였다.

진심을 담아, 모두를 위해. 그리고 자신을 위해.

그 뒤를 세찬 바람 소리가 뒤따랐다.

제8장
이제라그의 하루 — 외전

The Wind of Ashurei

"전하, 기침하실 시간이옵니다."

두터운 휘장 뒤에서 목소리가 들려왔다.

푹신한 이불 속에 감겨 곤히 자던 이제라그는 그녀의 목소리를 듣고 꼼지락꼼지락거리며 눈을 떴다.

"......"

"전하, 기침하셨습니까?"

"아아, 그래."

대답을 하자 휘장 뒤에 비치던 인영이 재빨리 사라진다.

아마도 그가 일어난 것을 알리러 나갔을 것이다.

'아아, 또 하루가 시작되는 건가.'

손으로 더듬어 그는 몸에 감겨 있던 이불을 밀어내고는 자리에서 일어났다.

어제 밤늦도록 이것저것에 손을 댄 탓인지 왠지 몸이 더 무거운 느낌이었다.

"후우… 힘들군."

기분이 나빠지거나 무슨 일이 생기면 곧장 이것저것 먹어대는 버릇 때문인지 고민이 있었던 다음날이 되면 얼굴이나 손가락이 훨씬 퉁퉁 붓는 느낌이다.

"역시 그 친구 말대로 살을 좀 빼야 하는 건가?"

그는 며칠 전 만났던 아름다운 은발 머리의 사람을 떠올린다.

한눈에 봐도 아름답다고밖에 표현할 수 없는 사람.

"흐음, 그런 것은 타고나는 것 같은데 말이야."

고개를 내려 자신의 부풀어 오른 배를 바라본다.

물론 남자이니 임신 따위 했을 리가 없다.

순수하게 자신의 '살'이다.

"푸우… 역시 빼볼까?"

뜨금뜨금 가슴께가 따갑다.

경하가 한 말이 그의 머리 속에 떠올랐다.

"목 아래는 40대. 목 위는 20대."

*   *   *

"전하, 입에 맞지 않으십니까?"

언제나와 같은 아침.

하지만 이제라그의 시녀들에게 이날 아침은 악몽 같았다.

보통 때와 다름없이 이제라그가 좋아하는 음식들을 잔뜩 상 위에

올려놓았지만 이상하게도 그들의 왕은 그 음식들에 아주 조금 손을
대었을 뿐 대부분의 음식이 그대로 남아 있었다.

평소 이제라그가 먹는 양이 아니다.

"아아, 그냥 조금 덜 먹었을 뿐이다. 아, 그리고 말이야. 으음…."

"예, 전하."

"으음, 지금 이 시간에 궁에 있는 로열 가드가 누군지 알고 있나?"

"아, 예. 이 시간이라면…."

시중을 들던 시녀는 자신이 아침에 봤던 기사의 이름을 열심히
떠올린다.

"파기엘이 대기 중입니다."

"그럼 파기엘을 불러주겠나, 오전 회의가 끝나면?"

"예, 알겠습니다. 그렇게 전하겠습니다."

"아! 그리고 한 가지 더. 파기엘을 부르는 것은 비밀리에…."

"예?"

"비밀리에 불러주게. 후원 쪽으로…."

"……?"

"알겠지?"

"예. 잘 알겠습니다, 전하."

꼬르르르륵— 하고 배에서 소리가 들려온다.

하지만 이제라그는 애써 맛있는 음식들의 유혹을 참았다.

'나는 왕이다. 무엇이든 할 수 있는 왕이라구.'

그는 불끈하고 주먹을 쥐었다.

'하지만 이 파이 한 조각 먹는다고 해서… 특별히 영향은 없지
않을까? 많이 먹지는 않았는데 말이야.'

그렇게 생각하며 그는 따악 한 입(다른 사람한테는 세 입)의 파이를

맛있게 우물우물 먹어치웠다.

이제라그의 하루는 길다.
오전에는 어전 회의라는 거창한 이름이 붙은 시시껄렁한 회의.
그리고 조금 휴식을 취하고 나면 산더미 같은 양피지 더미에 휩싸여 이런저런 일을 열심히 봐야 한다.
그리고 나면 금방 점심 시간.
그러면 그는 오전에 쌓인 스트레스를 풀어내려는 듯 열심히 식탁 위를 비운다.
점심 식사를 하면 아주 잠깐 오수를 즐긴다.
낮잠은 그의 삶의 활력소.
낮잠을 자고 일어나면 왠지 하루 종일 기분이 좋다.
그렇게 낮잠을 자고 일어나면 해가 중천에 떠오른다.
그러면 그의 왕비랑 약속한 대로 궁을 한 바퀴 시찰.
아무래도 살을 빼라는 속셈인 듯싶지만 사실 반쯤은 건성이다.
궁을 한 바퀴 시찰하고 나면 그때부터는 내내 사람들을 만난다.

'왕이라는 것은 역시 참으로 귀찮단 말이야.'
라고 그는 간단하게 논평한다.
싫어하는 사람도 만나야 하고, 절대로 만나고 싶지 않은 사람들도 가끔은 봐야 한다.
만나고 싶지 않은 사람과 싫어하는 사람 사이에는 엄청난 차이가 있다.
일단 싫어하는 사람들은 기본적으로 나이가 지긋한 정도가 아니라 어서 빨리 관으로 들어가 주었으면 하는 궁의 대소 신료들 중에서도 엄청 늙은 장로들.

만나고 싶지 않은 사람들은 주로 그의 혈족들로, 제일 위로는 그의 친어머니인 대비, 제일 아래로는 그의 3명의 후궁들이 낳은 공주와 왕자들이다.

이상하리만치 그는 가족들을 만나는 것을 싫어했다.

왜냐고?

'왕은 고독해야 하니까.'

그는 스스로에게 대답한다.

*   *   *

"예에?"

"뭘 그렇게 놀라는 건가. 짐의 말이 이상하기라도 한 건가?"

"아, 아닙니다, 전하. 그냥 단지…."

"단지?"

"아무것도 아닙니다."

어안이 벙벙한 표정을 하고 있는 남자는 로열 가드 중의 하나인 파기엘. 그는 지금 이제라그가 방금 전에 한 말에 너무나 놀라 할 말을 잃은 상태다.

"검술 훈련을 그만둔 지 꽤 되었지만 그래도 소시 적에는 꽤 열심히 했었지. 그대가 잘 가르쳐 주었으면 하네."

"아, 예에. 하지만 그, 저보다는 훨씬 더 전하께 검을 가르쳐 드릴 분들이……."

"되었네. 그쪽으로 가면 너무 복잡해져. 귀찮으니까 자네에게 가르쳐 달라는 게야."

"그렇긴 합니다만, 그것이…."

"싫은가?"

"아, 아닙니다!"

"그럼 좋네. 오늘부터 매일 이 시간에 이곳에서 보자고. 알았나, 로열 가드 파기엘?"

"예, 전하."

울 것 같은 목소리로 파기엘이 대답했다.

그리고 그날 파기엘은 생전 처음 그의 국왕에게 검술 연습을 시킨다는 무지막지한 정신 노동을 해야 했다.

"아이고, 허리야… 그래, 거기를 좀 두드리게."

"전하, 괜찮으십니까?"

"아아, 괜찮아. 그리고 그 아래 다리도 좀 주무르고."

14살에 이제라그에게 시집와서 왕자 하나를 낳은 아름다운 이제라그의 왕비 오로트.

그녀는 왕비가 된 후 처음으로 육체 노동을 하고 있었다.

바로 넓고 넓은 이제라그의 허리와 다리를 열심히 두드리고 있던 것이다.

"아니, 거기가 아니라 좀 더 아래."

"……"

"이제 좀 살 것 같군."

순간 꼬르르르륵— 하는 점잖치 못한 소리가 들려왔다.

이제라그의 배에서 들려오는 소리였다.

"…전하, 시녀들을 시켜 무엇이든 좀 가져오라 할까요?"

"……"

꼬르르륵—

대답 대신 이제라그의 뱃속에서 환영의 소리가 들린다.

"······."

"···전하?"

"흠, 흠. 가, 가져오라고 하게."

"알겠습니다."

"기왕이면···."

"예?"

"기왕이면 양고기 스튜 가득."

"예. 가득."

생긋하고 그녀가 웃어 보였다.

그 얼굴이 이제라그에게는 천사의 미소로 비추어진다.

그날 밤 이제라그는 아침에 다짐했던 모종의 결심은 까마득하게 잊어버린 채 좋아하는 양고기 스튜를 열심히 먹었다.

세상에서 가장 좋아하는 일이 무엇이냐고 이제라그에 묻는다면 아마도 그는 서슴치 않고 대답할 것이다.

양고기 스튜라고 말이다.

세상에 낙이 하나 있다면 맛있는 음식을 먹는 것이라고 서슴없이 말하는 하나스의 국왕 이제라그는 그런 사람이었다.

〈7권으로 이어집니다〉

또 한 고개를 넘어서며…….

김우인입니다.

더운 여름을 지나 이제는 가을을 재촉하는 비가 창밖으로 내리고 있습니다. 그동안 『아슈레이』는 고개를 하나 넘고, 또 하나를 넘었습니다. 예, 이제 경하는 원래의 이름을 찾았습니다. 하지만 아직은 시안이라는 이름에 묶여 있지요. 아마도 다른 차원에 머물기 위한 일종의 필요불가결한 이름일지도 모르겠습니다.

주위에 모여든 사람들과 자신에게 부여된 능력.

인간이 할 수 있는 일에는 불가능이라는 단어는 없다라고 스스로 생각하고 있습니다만 과연 주인공인 경하에게도 그럴까요? 글쎄, 일단 두고 봐야겠습니다.

긍정적으로 살고 싶습니다. 밝게 말이죠. 하지만 가끔은 우울해지는 일들이 그것을 방해할 때가 있습니다. 국내에서도 국외에서도… 가끔은 너무나 우울한 일들이 일어납니다. 그럴 때면 밤새도록 친우와 마주 앉아서 이런저런 대화를 나누고 싶어진달까요? 그것이 안 되면 밤이 새도록 새벽까지 분명 사람들이 어딘가 있을 인터넷의 바다를 헤치고 다닙니다. 요즘엔 홈페이지에도 자주 붙어 있지만 말입니다.

아참! 홈페이지가 있습니다.

친구인 이현군이 만들어준, 개인 홈이라고 보긴 그렇고 이런저런 분들의 글이 함께 있는 공간이죠. 조만간 리뉴얼도 할 생각입니다. 궁금하신 분들은 한번씩 들러서 발 도장이라도 찍어주십시오.

http://k-uin.com입니다(은근슬쩍 홈피 자랑).

즐거운 일이 많이 생겼으면 좋겠습니다. 기왕이면 하루 종일 기분 좋게 미소 지을 수 있는 그런 일 말입니다. 『아슈레이』를 함께 읽으시는 모든 분들께도 즐거운 일이 생겼으면 합니다.

아! 한 가지. 새벽 바람 맞아보십시오.

세상에 그처럼 좋은 바람이 없습니다.

2001년 9월 김우인 드림

아슈레이 세계

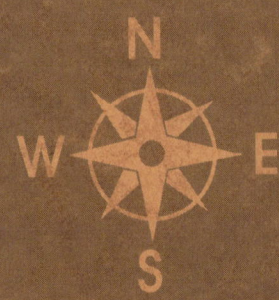

타카인 시

케리타

바라스

나메스

벤항일

리사다임

나유

리튜나스

유린의 땅
(아슈레인 중간지대)

리치온산맥

카브리스

테리온

미메이라

수도키리엔

카르모니아

가이칸 제국

호로스

수도니카리안

에사

이오카

자유도시 레카

제국수도 카드미엘

하나스

케슈튼

수도 알리아

요하엘

세비

페이요트산맥

유탄

대하나할

폴리카르강

로자노아

아셀

2000. 10. 18